U0879842

桐城派研究

（第十九辑）

主办单位：安徽省桐城派研究会
协办单位：安徽盛运集团

合肥工业大学出版社

图书在版编目(CIP)数据

桐城派研究.第十九辑/安徽省桐城派研究会编.—合肥:合肥工业大学出版社,2017.6

ISBN 978-7-5650-3463-3

Ⅰ.①桐… Ⅱ.①安… Ⅲ.①桐城派—文学研究 Ⅳ.①I207.62

中国版本图书馆 CIP 数据核字(2017)第 164973 号

桐城派研究(第十九辑)

安徽省桐城派研究会 编　　　　责任编辑 陆向军 何恩情

出 版	合肥工业大学出版社	版 次	2017 年 6 月第 1 版
地 址	合肥市屯溪路 193 号	印 次	2017 年 6 月第 1 次印刷
邮 编	230009	开 本	880 毫米×1230 毫米 1/32
电 话	综合编辑部:0551—62903028	印 张	7.625
	市场营销部:0551—62903198	字 数	200 千字
网 址	www.hfutpress.com.cn	印 刷	合肥创新印务有限公司
E-mail	hfutpress@163.com	发 行	全国新华书店

ISBN 978-7-5650-3463-3　　　　定价:29.80 元

如果有影响阅读的印装质量问题,请与出版社市场营销部联系调换。

《桐城派研究》编委会

顾　　问　徐东平　周中明　开晓胜

　　　　　吴小国　朱　宏　徐成志

名誉主编　胡　睿

执行主编　唐红炬

副 主 编　杨怀志　潘忠荣　方宁胜

编　　务　林亚敏

目　　录

文派研究

诗家研究

地域文化

文化遗存

文 派 研 究

论桐城派的现代转型

王达敏

摘　要　清代道咸之际，桐城派秉持“变”和经世致用的思想，紧随中国现代化的步武，开始了长达百年的转型历程。在政治上，桐城派参与引领并推动中国告别中世纪、走向现代世界；在文学上，桐城派从文论、体裁和语言诸侧面向新文学位移；在传播方式上，桐城派深度介入报纸、期刊和出版等新媒体，创办文学社团，以拓展存在空间和加速自身转型；同时，属于桐城一脉的女性作家也以出身旧家的新人姿态登上文坛。桐城派的现代转型使它成为新文学的开端，也造成了其自身的终结。尽管桐城派因转型而终结，但它为中国现代化事业建立的卓越功勋，其内部富含生命活力的珍贵质素，则将永存。

关键词　现代转型；变；终结；不可磨灭

清代道咸之后，中国与西方相遇，被迫卷入肇端于西欧的全球现代化运动，成为这场运动的东方回响和重要组成部分。经历现代化的百年激荡，中国的政治制度、物质生活和精神世界，或先后，或同时，发生了由表及里的嬗变。由于中国原有文明的渊茂，这一嬗变无法一蹴而就，迄今仍在途中。紧随整个国家现代化的步伐，桐城派或被动、或主动地开始了现代转型。由于桐城派思想、艺术的繁复和精微，其转型不免一波三折。尽管如此，转型毕竟开始，并在各个层面跌宕起伏地展开了。

一、导乎先路

从清代咸同开始到新中国建立初期，在乾旋坤转的现代化运动中，桐城派从学问领域跨入实际政治运作，参与引领并推动中国走向现代世界。这期间，两位重量级政治家曾国藩、徐世昌的主持风会，对于桐城派的现代转型和国家的进步具有里程碑意义。

曾国藩私淑并终生服膺姚鼐，又与梅曾亮长期切磋学问。他的出现，把桐城派推向峰巅，以至于胡适说："姚鼐、曾国藩的古文差不多统一了十九世纪晚期的中国散文。"① 首先，曾国藩以其在军政学界的崇高地位，把桐城派带向政治和文坛中心。在与太平天国战争中，曾国藩以捍卫礼教相号召，吸引大量抱道君子来归。当时曾幕人才几半天下，曾氏又待"堂属略同师弟"②，因此，幕中从事学术文事者多以其学问祈向为转移。曾氏俯首桐城，幕宾也多心向桐城。后来，曾幕移动到哪里，曾门弟子游走到哪里，就把桐城派的种子播向哪里。当曾氏晚年总督直隶时，经过他和弟子张裕钊、吴汝纶的拓荒，朴野少文的冀南之地形成了一个规模巨大、绵延百年、文风雄奇、志在经世的莲池学者群体。其次，曾国藩作为洋务新

① 胡适：《建设理论集导言》，见《中国新文学大系导言集》，天津人民出版社，2009 年 5 月第 1 版，第 2 页。

② 曾国藩：《题金陵督署官厅》，见《曾国藩全集·诗文》，岳麓书社，2011 年 9 月长沙第 1 版，第 100 页。

政的领袖，在朝野懵昧之时，倡导学习西方科学技术，发展军工产业，选派幼童留学；在中外冲突之时，他以其对国内外大势的深刻洞见，一反桐城派前辈邓廷祯、姚莹曾经的主战姿态，而力持和局。曾氏的洋务理论和实践推动中国从农业社会向工业社会转变，也为桐城派带来了宽阔的国际视野，为桐城派向现代的转型提供了契机①。

在曾国藩洋务理论和实践的陶铸下，其身旁走出了一群富有远见卓识、尊奉桐城之学的中国第一代外交家兼政治家。最著名者有郭嵩焘、黎庶昌和薛福成。他们突破了数千年历史中形成的华夏中心观，走向盘古开天地以来华族闻见所不及的高度文明世界。郭嵩焘意识到西洋立国自有本末，其末在工商，其本则在政教修明、以法治国。薛福成意识到中国与强大的西方相遇，已经无法闭关独治，必须变古就今。他推崇西洋器物技艺，更推崇君民共主的君主立宪制度。黎庶昌为西欧的议会民主、政党政治和军事力量所震撼，深感忧患。郭、黎、薛是优秀的外交家，也是一流的桐城派古文家。他们描写异域的大量作品为桐城派、也为中国文学史，带来了新的思想情感、新的风情、新的词汇和新的艺术魅力。

清末民初，莲池群贤传承祖师曾国藩倡导的经世致用精神，投身实际政治。他们多半留学日本，熟悉东洋、西洋的现代政治，渴望中国从专制向民主过渡，实行宪政。清廷在退出历史舞台前夜，为预备立宪，成立资政院。莲池学子籍忠寅、刘春霖当选资政院议员。他们在资政院常会上张扬立宪精神，支持速开国会，反对封疆大吏越权，弹劾军机大臣，抵制皇权胡为。1911 年 6 月 4 日，他们又积极组织宪友会，为国家从

---

① 王达敏：《曾国藩总督直隶与莲池新风的开启》，见《安徽大学学报》2014 年第 6 期，第 61－70 页。

官僚政治向政党政治转型尽力[①]。进入民国，籍忠寅、常堉璋、王振尧、谷钟秀、李景濂、张继、李广濂、邓毓怡、王树枬等当选国会议员。他们中，籍忠寅、常堉璋等是改良派，张继、谷钟秀是革命党。无论改良或革命，他们在国会内外都忠于职守，为中国实现真正宪政而勤奋工作。1914 年 1 月，谷钟秀在上海主办《正谊》杂志，锤击袁世凯欲帝制自为，撰《中华民国宪法草案释义》，捍卫宪政理想[②]。邓毓怡热心参与制订宪法，1922 年发起宪法学会，手译欧战后各国宪法，终因生逢乱世，壮志不酬，忧愤而亡[③]。此外，张继曾任参议院议长和国民政府委员、刘若曾任直隶省长、王瑚任江苏省长、傅增湘任教育总长、谷钟秀任农商总长、吴笈孙任总统府秘书长、何其巩任北平市长。他们悉皆民国政局中的要角，曾为中国的现代化事业付出过大量心血。

徐世昌是继曾国藩之后把桐城派推向另一座峰巅的政治家。他曾任军机大臣、东三省总督、体仁阁大学士；袁氏当国时，任国务卿；1918—1922 年出任中华民国总统。他与盟兄弟袁世凯一文一武，左右清季民初政局近二十年。他与桐城派渊源甚深。其外祖刘敦元籍贯桐城，为刘开族父行，与姚氏为亲故。刘氏俪体文经过河南巡抚桂良揄扬，为道光帝所知；其诗文全稿藏于桐城姚氏。徐世昌数次刊布外祖诗文集，曾请吴汝纶赐序。吴序揭示了徐氏与桐城文脉的关联[④]。贺涛、柯劭

---

① 侯宜杰：《刘春霖》、《籍忠寅》，见《逝去的风景——清末立宪精英传稿》，第 333－341 页、第 350－354 页。

② 《正谊》第 1 卷第 1 号，1914 年 1 月 15 日。

③ 籍忠寅：《邓君家传》，见《困斋文集》卷四，壬申（1932）冬日籍氏家藏，第 10－14 页。

④ 徐世昌：《先太宜人行述》，见《退耕堂文存》，天津徐氏开雕，第 9 页；《敬跋先外祖悦云山房集》，见《退耕堂题跋》卷一，第 12－13 页。吴汝纶：《刘笠生诗序》，见吴汝纶著、施培毅和徐寿凯校点：《吴汝纶全集》（一），黄山书社，2002 年 9 月第 1 版，第 200 页。

悫为吴汝纶弟子，徐世昌的同年。1917 年初，徐氏曾说："丙戌同年多文人。贺松坡，余从之学文；柯凤荪，余从之学诗。"① 徐世昌与曾国藩一样，对国内外大势有卓越洞察，很早就觉悟到，中国只有改革才能挺立于世界。他是中国早期现代化的著名推手，在主政东三省时建树尤多。他凭着对新旧文化的湛深造诣和对共和政治的深刻理解，宽容而文明地面对新文化运动的兴起和五四运动的展开。他的宏通之识和在中国现代化中所起的先导作用使他誉满海内外，1921 年巴黎大学授予他博士学位。徐世昌为桐城派做了大量工作。他重建桐城文统，以明清八家归有光、方苞、姚鼐、梅曾亮、曾国藩、张裕钊、吴汝纶、贺涛上绍唐宋八家之绪。他再造桐城道统，把弘扬实学的颜李学派引入桐城派中，以分程朱理学之席。他主纂《大清畿辅先哲传》，将北方的区域意识植入莲池学者群体之中。而他所具有的比曾国藩更为深广的现代视野，尤其将桐城派带向新的境界。必须道及的是，徐世昌于 1920 年 1 月颁令，命国民学校一、二年级的教材改用语体。这一决策是对时代新潮的顺应，是新文化运动的重大成果，也是对包括桐城派在内的古典学术的釜底抽薪。

二、文学蜕变

与西方相遇之后，桐城派的文学观念和文学创作发生蜕变。桐城诸老的原创在文论；经过桐城后学从西学视角所作的创造性阐释，这些文论成为现代美学的组成部分。桐城诸老忌古文中掺入小说；其后学则不惟引小说因素入古文，而且开手翻译小说、创作小说。桐城诸老忌古文沾染语录中语言的鄙俚

① 贺葆真：《贺葆真日记》（三）1917 年 2 月 1 日，见李德龙、俞冰主编：《历代日记丛钞》第 133 册，学苑出版社，2006 年 4 月第 1 版，第 17 页。

俗白；其后学则自觉破此清规，甚至在前贤古文中寻觅引车卖浆者语，以与新文学对接。桐城望族在桐城派兴起后多守程朱之道、韩欧之文；在西潮汹涌时代，这些望族开新而不忘守本，但鲁褋方氏激进的后辈则积极投身新文学运动，一去而决绝地不再回返。

在桐城派文论的现代转型中，朱光潜贡献最大。朱氏籍贯桐城，在桐城中学受到桐城派的严格训练；留学欧洲时，对西方美学有精深研究，后来成为新文学阵营中杰出的理论家。他对桐城派文论的现代阐释，是从中西汇通角度转化传统精神资源的范例。桐城派首重的文以载道，受到周作人等新文学家诟病。朱光潜则以为，中国文学与西洋文学的大不同处，是其骨子里重实用、道德，文以载道之说"把文学和现实人生的关系结得非常紧密"，"在中国文学中道德的严肃和艺术的严肃并不截分为二事"，这是中国文学的特点，不容一笔抹倒①。桐城派重视声音节奏在欣赏和创作中的价值，提出了因声求气说。朱光潜对此说作了新的发挥。他以为，声音与意义本不能强分，古文对声音节奏很讲究，白话文同样离不开声音节奏，只是比起古文来，白话文的声音节奏较为"不拘形式，纯任自然"罢了②。姚鼐论述文章风格时，提出阳刚阴柔说。朱光潜以为，姚鼐之说在西方美学中同样存在。姚鼐所说的阳刚之美、阴柔之美，在西方分别被称为雄伟、秀美。他引申西哲之论曰："'秀美'所生的情感始终是愉快"，"外物的'雄伟'适足激起自己焕发振作"③。姚鼐论述文章最高境界时，提出了"神妙说"。他推尊一种不可言说的与天道合一的超越、神

① 朱光潜：《文艺心理学》，安徽教育出版社，1996年9月第1版，第100页。

② 朱光潜：《谈文学·散文的声音节奏》，见《朱光潜美学文集》（二），上海文艺出版社，1982年9月第1版，第301-307页。

③ 朱光潜：《文艺心理学》，安徽教育出版社，1996年9月第1版，第225页。

秘、疏淡、含蓄的意境。朱光潜继承包括姚鼐在内的前贤之说，提出“艺术的作用不在陈述而在暗示”，“含蓄不尽，意味才显得闳深婉约，读者才可以自由驰骋想象，举一反三”[①]。朱光潜在中西美学比较中，对桐城派的文学思想进行了融会贯通的解说。他的解说彰显了桐城派文论的普适性和现代价值，也使其不露痕迹地渗入新文学的理论系统之中。

在创作中，桐城派最忌小说因素掺入古文中。方苞在论述义法的雅洁原则时，对吴越间遗老的用笔放恣，“或杂小说”，极表不满[②]。此一见解后来成为桐城派家法。与西方相遇后，桐城派一部分学者自觉扬弃这项禁忌，不仅在古文中引入小说因素，而且大量翻译西方小说，直至亲自动手写起小说来。在翻译方面，林纾是“介绍西洋近世文学的第一人”[③]。他用古文翻译的一百八十余部作品是中国文学史上的丰碑，给文坛打开了通往西洋文学之门，向读者展示，西方不仅有别样的器物和制度，也有可以与司马迁《史记》并驾齐驱的深邃精美之作。他以辉煌的业绩改变了包括桐城派在内的中国学者千百年来视小说为小道的观念。在小说创作方面，吴闿生的弟子潘伯鹰成就最为卓著，其作品在民国时代甚获好评。关于小说，潘氏以为：“摹画世情，抒心意，为体深博，奇而法，庄而肆，造极幽远，感人尤至者，莫善于小说。”[④] 小说在他眼中已非闲书，而是高雅艺术。这就难怪他在撰作时那么苦心经营、一丝不苟。

---

① 朱光潜：《谈文学 · 情与辞》，见《朱光潜美学文集》（二），上海文艺出版社，1982 年 9 月第 1 版，第 355 页。

② 沈廷芳：《书方望溪先生传后》，见《隐拙斋文钞》卷四，乾隆庚午年（1750）刻本，第 7 页。

③ 胡适：《五十年来中国之文学》，见《胡适文存》（二），黄山书社，1996 年 12 月第 1 版，第 193 页。

④ 潘伯鹰：《著者赘言》，末署“民国十八年三月慧因室记，凫公”。见《人海微澜》卷首，大公报馆，1929 年 8 月第 1 版。按：凫公是潘伯鹰笔名。

潘伯鹰的代表作《人海微澜》1927年起在《大公报》连载，两年始毕；1929年出版单行本，翌年即告再版。这部风靡京津之作写尽新旧交替、礼坏乐崩时代北京城的社会乱象和众生百态，得到吴宓等名家激赏。吴氏推潘伯鹰为“今日中国作小说者第一人”①，且向陈寅恪等力荐，并将《人海微澜》列入清华大学和西南联合大学学生的必读书目②。潘伯鹰的小说创作得到同门诸子支持。《凫公小说集》出版时，其中《隐刑》剪辑之册残缺甚多，谢国祯在北平图书馆从报刊上为之抄补，齐燕铭为封面作画，贺培新为封面题字③。《人海微澜》付梓时，吴兆璜以文、贺培新以诗序之。此外，1902年至1903年，吴汝纶的弟子邓毓怡、籍忠寅成立了小说改良会，拟对小说进行改良④。上述事实表明，突破桐城先正设置的忌小说的界限，已成为新时期桐城派部分学者的共识。桐城诸老忌小说，与小说同样不登大雅之堂的戏曲自然也在禁忌之列。但民国时代，吴闿生的弟子周明泰、张江裁、王芷章和齐燕铭均以戏曲研究名家，齐氏还主创了饮誉红区的京剧《逼上梁山》和《三打祝家庄》。

方苞在论述义法的雅洁原则时说：“古文中不可入语录中

---

① 吴宓：《吴宓诗话》，商务印书馆，2005年5月第1版，第218页。

② 刘淑玲：《〈人海微澜〉与新人文主义》，见《中国现代文学研究丛刊》2012年第7期，第70－85页。

③ 潘伯鹰：《著者赘言》，末署“民国十九年五月慧因室记，凫公”。见《人海微澜》卷首，北平世界日报，1930年7月北平印刷。按：《人海微澜》1927年至1928年连载于《大公报》。1929年8月由天津大公报馆出版。1930年7月，该书作为《凫公小说集》第一种，由北平世界日报代印，发行2000册。北平版增加序文两篇，分别是吕碧城撰《高阳台・为凫公先生题人海微澜》，徐英撰《题凫公人海微澜》；同时，潘伯鹰撰《著者赘言》也比大公报馆版增写了《凫公小说集》印行经过的说明文字，本文所引内容即为作者新增。

④ 周兴陆：《“小说改良会”考探》，见《第二届清代文学国际学术讨论会论文集》，安徽大学文学院，2015年8月，第756－767页。

语。”[①] 语录语的特点就是鄙俚俗白，与雅洁有碍，因而被桐城诸老悬为厉禁。清季民初，这一戒律也被桐城派诸家突破。光绪三十年（1904），陈独秀在安庆创办《安徽俗话报》，负责纂辑小说、诗词稿件的吴汝澄和李光炯均为吴汝纶的弟子，负责纂辑教育稿件的房秩五是吴汝纶创办的桐城学堂五乡学长之一。该报以开启民智为旨归；在思想上提倡科学、男女平等、实业救国、现代教育；在文学上提倡白话写作、戏曲变革；在语言上使用鄙俚俗白。在新文化运动前后，就连桐城派的嫡传姚永朴也开始试写白话文了。为教育家中小儿，姚氏撰写过一部简明中国通史——《白话史》。此书用新史学的章节体写成，语言是较为纯正的白话[②]。姚氏在理论上并不反对使用鄙俚俗白。1935 年春，他对弟子吴孟复说：“‘奋臂拨眦’，几何不为引车卖浆者语耶？昔在京中，林琴南与陈独秀争，吾固不直琴南也。若吾子言，桐城固白话文学之先驱矣。”[③] 姚氏以方苞的《左忠毅公逸事》为证，说明桐城派本来就不排斥引车卖浆者之语。其说自然并非事实，但也具体而微地显示，桐城派面对新文学的紧逼，如何调整自身以适应新的时代。

进入清末民初，在桐城派诸世家中，鲁谼方氏从桐城之学转向新文学最为彻底，也最有成就。鲁谼方氏自方泽始，人文蔚起。方泽以姚范、刘大櫆为友，以姚鼐为弟子。方泽孙方绩、曾孙方东树皆从姚鼐问学。方宗诚师事族兄方东树，又入曾国藩幕府。方宗诚之子方守彝、方守敦视曾国藩为神圣，身际西潮横决之世，谨守中体西用之旨。在方守彝、方守敦培养

① 沈廷芳：《书方望溪先生传后》，见《隐拙斋文钞》卷四，乾隆庚午年（1750）刻本，第 7 页。

② 姚永朴：《白话史》，钞本，安徽省图书馆藏。笔者在安徽省图书馆阅览此书和其他古籍时，得到石梅、张秀玉和周亚寒三位女士帮助，谨致谢忱！

③ 吴孟复：《书姚仲实先生〈文学研究法〉后》，见《吴孟复安徽文献研究丛稿》，黄山书社，2006 年 8 月第 1 版，第 51 页。

下，其子孙辈二十余人龙腾虎跃，皆成新时代的弄潮儿。其中，方守敦子方孝岳、女方令孺、孙方玮德和舒芜，方守彝外孙宗白华，从桐城派起步，朝新文学迈进，最终成为新文学中的名家。方孝岳在上海圣约翰大学毕业后，任教于北京大学预科，后留学日本。对于新文化运动中的文白之辨，他于1917年4月在《新青年》发表《我之改良文学观》，以为“白话文学为将来文学正宗”，但今日应“姑缓其行”，只做“极通俗易解之文字”即可①。此后，方孝岳用西洋方法整理国故，对自己所从出的桐城派作了独到研究。方令孺、方玮德姑侄是闻一多、徐志摩为首的新月派中的人物，其学养虽以桐城派为根底，其诗文面貌则焕然一新。宗白华生于方家大院，与桐城之学的关系千丝万缕，五四后则以《流云》小诗和兼通中西美学而著称于世。舒芜童年、少年时代浸润于桐城派氛围之中，受鲁迅、周作人影响后，对家学反戈痛击，死而后已。其文之骨有桐城之影，其文之表则与桐城若不相干了②。

三、从闺阁到社会

清代，安徽女性文学昌盛，桐城才媛的成绩尤为斐然可观③。这些才媛多生于诗礼之家，嫁于簪缨之族，有父兄陶

① 方孝岳：《我之改良文学观》，见《新青年》第三卷第二号，1917年4月，第101－104页。

② 方宁胜：《桐城文学世家的现代转型》，见胡睿主编：《桐城派研究论文集》，中国文联出版社，2006年5月第1版，第83－105页。

③ 单士厘撰《清闺秀艺文略》收录女性作家两千三百一十人，安徽达一百一十九人之多，紧随江苏、浙江之后，位居第三。光铁夫撰《安徽名媛诗词征略》收录安徽清代女作家近四百人，桐城达九十三人之多，位居各县之冠。见胡适：《三百年中的女作家——〈清闺秀艺文略〉序》，《胡适文存》（一），黄山书社，1996年12月第1版，第530－536页；光铁夫：《安徽名媛诗词征略》，黄山书社，1986年10月第1版。

铸，有姐妹共笔砚，有夫君伴吟，才情因得施展。综而观之，她们虽各有精彩，也间有不让须眉之作，但因受礼教闺范限制，心灵难得自由；诗词常撰于绣余织余灶余，视野难得开阔，因此其作品往往题材狭窄，风格单调，也缺乏现实关照[①]。进入清末民初，属于桐城一脉的才媛，除了籍贯桐城者外，也有隶籍外省者出入其间。杰出者有桐城姚倚云（1864—1944）、吴芝瑛（1867—1934）、方令孺（1897—1976）、吴君琇（1911—1997），天津俞大酉（1908—1966）等。这些女性作家生活于大转折时代，栉欧风，沐美雨，产生了较强的女权意识。她们离开闺阁，服务社会，甚至劳心国事。这一切殊非桐城前代才媛所能梦见。

这些桐城派女性作家皆生活于衣被新学的旧家。姚倚云为桐城麻溪姚氏嫡脉，其父姚濬昌为姚莹之子，颇得曾国藩赏识。兄弟姚永朴、姚永概曾在北京大学内外经受新文化运动考验。夫君南通范当世习闻吴汝纶绪论，“颇主用泰西新学”[②]。侄儿姚焕、姚昂，继子范罕、范况曾负笈东洋[③]。吴芝瑛为吴汝纶侄女，夫君无锡廉泉倾心维新，支持革命；清末在上海参与开办文明书局，编印新式学堂教科书、西学译著等；

---

① 祖晓敏：《清代桐城女性文学创作的文化内涵》，硕士学位论文，2006 年夏在安徽大学通过答辩，导师为周致远教授。吕菲：《清代桐城女性诗词初探》，见《安庆师范学院学报》，2008 年第 11 期。温世亮：《清代桐城麻溪姚氏闺阁诗歌繁兴的文化因素》，见《地方文化研究》，2013 年第 6 期。聂倩：《桐城方氏家族女性诗歌研究》，硕士学位论文，2014 年夏在曲阜师范大学通过答辩，导师为李冬红副教授。

② 马其昶：《范伯子文集序》，见《抱润轩文集》卷五，癸亥（1923）刊于京师，第 9 页。

③ 徐丽丽：《姚倚云年谱》，见《清末民初才媛姚倚云研究·附录》，硕士学位论文，2014 年夏在苏州大学通过答辩，导师为马卫中教授，第 113 页、第 118 页。

民初东渡日本[①]。方令孺之父方守敦曾随吴汝纶考察日本学制，喜读《大公报》社评。其兄弟诸侄多是新文化运动后成长起来的新人[②]。吴君琇之父吴闿生为吴汝纶独子，曾游学日本。夫君金孔章留学法国，获巴黎大学法学博士学位[③]。俞大酉世父俞明震为晚清显宦、诗人，父亲俞明谦曾负笈东瀛[④]。五位女性作家的家风兼容新旧。家风之旧，使她们如清代桐城才媛一样，古典学养深厚；家风之新，使她们能够超越清代桐城才媛，开辟新的人生道路。这种融汇新旧的家庭是过渡时代的产物。家庭与时代把她们造就成为具有古典风韵的新女性。

这些桐城派女性作家走出家庭后，很热心教育事业，为国造就人才甚众。姚倚云于光绪三十一年（1905）三月发表公开演说，为办学筹募经费；同年十二月起受张謇之聘，担任通州公立女子学校校长。1919 年后担任安徽女子职业学校校长达六年之久。1925 年回任通州女校讲席。吴芝瑛捐出父亲遗产，光绪三十二年（1906）在家乡创办鞠隐小学堂。方令孺留美归国后，长期任青岛大学、复旦大学教授。吴君琇、俞大酉也转徙于各地中学、大学任教。

这些桐城派女性作家或关心国事，时发惊心之鸣；或在民族存亡关头，奋起救亡御侮，并以柔翰抒发国仇家恨。袁世凯当国后醉心帝制，吴芝瑛不避斧钺，上书力阻。她说：“帝制至于今日，已为我国四万万同胞之公敌。公竟冒不韪，甘为众

---

① 王宏：《廉泉年谱初稿》，见《近代中国》第二十辑，上海社会科学院出版社，2010 年 11 月第 1 版，第 382－427 页。

② 子仪：《新月才女方令孺》，青岛出版社，2014 年 10 月第 1 版。

③ 金之庆：《金孔章吴君琇大事年表》，见金孔章、吴君琇：《琴瑟集》，香港天马图书有限公司，2002 年 10 月第 1 版，第 339 页。

④ 俞大酉：《花朝雨后放歌呈孔才师用觚庵世父均》、《先考行述》，见《涵苍室诗文》，稿本，国家图书馆藏。

矢之的，是公自遭其毙也。以清朝二百余年之基，其潜势不为不厚，当武昌义旗一起，而天下如洛钟响应，清室卒为之墟。此无他，民气固也。公今以新创之业，遽欲抗五千年来蓬勃将起之民气，是犹以鸡卵而敌泰山，其成败利钝，不待龟卜而知其必败也”[①]。其胆识深得并世名流汪精卫、章太炎、吴稚晖称誉。抗战军兴后，俞大酉时任北平中国大学讲师，秘密加入国民党，与日伪周旋，被捕入狱。方令孺在安庆访问伤兵，支持子侄辈汇入抗日洪流。年近八旬的姚倚云避地马塘、潮桥，吴君琇流离四川，均有大量诗作抒写家国飘零、九州锋镝引起的孤愤。姚倚云以诗激励后生：“齐家治国男儿志，还我河山属少年。”[②]

在桐城派女性作家中，吴芝瑛具有强烈的女权意识，俞大酉则把经济独立视为妇女解放的保证。吴芝瑛随夫定居北京不久，就组织妇人谈话会，讨论男女平权等问题。光绪三十二年（1906），她筹款赞助秋瑾创办以倡导妇女解放为宗旨的《中国女报》。1912 年，民国肇造，她作为妇女界代表之一，致书南京临时政府，要求在宪法正文中写明男女一律平等，均有选举权和被选举权。时隔数日，她又与神州女界共和协济社同仁一起上书孙中山，请其支持创立女子法政学校和《女子共和时报》，并在国会设立女界旁听席位[③]。俞大酉在做《天津民国日报》总主笔时，曾在 1946 年和 1947 年三八节领衔写过两篇主旨相近的社评。她以为：“真的妇女解放，决不仅在妇女参政、谋与男子同权，而在争取经济独立”。“惟有经济独立

---

① 《吴芝瑛》，见《兴华周刊》第 31 卷，第 28 期，第 22 页。

② 姚倚云：《己卯潮桥商校暑假三年级学生倩曾孙临乞诗赋此贻之》，见《沧海归来集・消愁吟上》，范当世著、马亚中和陈国安校点：《范伯子诗文集》附录，上海古籍出版社，2003 年 7 月第 1 版，第 802 页。

③ 周爱武：《近代女子参政的呐喊者——吴芝瑛》，见《安徽史学》1992 年第 2 期，第 76 页。

的人，才有自由平等之可言”。同时，新的女性应以献身精神，负起建国责任，“参与国家各部门工作，然后才能开拓自己的自由之路”[①]。俞大酉强调经济独立对于女性解放的意义，比吴芝瑛的争取男女平权更进了一层。

在桐城派女性作家中，吴芝瑛支持民主革命，俞大酉则对民主和宪政作过深入论述。辛亥革命前，吴芝瑛是民主革命的支持者。她与秋瑾义结金兰后，毅然筹款帮助秋瑾东渡留学。秋瑾成为革命家后，她始终支持其事业。秋瑾就义后，她撰写大量诗文，颂扬其功绩，并与好友徐自华一起，冒死义葬烈士，挑战清廷威权。辛亥革命后，吴芝瑛走到上海街头，发表演讲，呼吁年轻人为国从军，撰《从军乐》六章鼓动之，且斥巨资以助军饷[②]。俞大酉在抗战胜利后主持发表的社评以为：民主政治的“第一个最明显的象征，就是人民的言论自由”[③]。1946 年底，制宪国民大会召开前后，她以为，“国家者乃全体国民的国家，非任何党派任何阶级的国家，所以全民的意志和利益高于一切，先于一切。因此，这次所制订的新宪法必须建筑在全民的意志和利益上面，以全体国民的要求为根据为依归，不能为了迁就某一党派和阶级的偏见而置全体人民的意志于不顾，以致留下未来国家的大患”[④]。又说：“现在只有实施宪政，才能使中国富强康乐。”[⑤]

---

① 俞大酉等：《纪念国际妇女节》，见《天津民国日报》1946 年 3 月 8 日第 1 版社论。

② 周婧程：《吴芝瑛对民主革命的贡献——以相助秋瑾为例》，见《齐齐哈尔大学学报》2012 年第 3 期，第 12 - 15 页。

③ 俞大酉等：《民主政治与言论自由》，见《天津民国日报》1946 年 9 月 21 日第 1 版社论。

④ 俞大酉等：《中国人民所希望的新宪法》，见《天津民国日报》1946 年 11 月 15 日第 1 版社论。

⑤ 俞大酉等：《对于宪法应有的认识》，见《天津民国日报》1947 年 1 月 31 日第 1 版社论。

四、传播方式的更新

桐城派早先主要通过政治、书院、家门之内互为师友和刊刻自家著作等渠道进行传播。与西方相遇后，桐城派除了旧有流布渠道外，更通过出报纸、办刊物、建立出版机构、结社等现代方式进行传播。传播手段的改变是桐城诸家趋新的表现，也加速着桐城派向现代转型。

桐城诸家对报纸等新媒体非常敏感。他们在阅报中睁眼看世界和中国；在报端发表见解以经世济民，并播扬自家的文学观念和审美趣味。吴汝纶是桐城派中办报的先行者。在庚子乱局中，他对朝野因茫昧而祸国的惨剧有切肤之痛，起意办报以启愚蒙。在避难深州、兵火仓皇中，他即致信弟子常堉璋，对诸如集股、购置印刷机、组织机构、安排人事等办报事宜作切实指导。由于总理朝政的庆亲王奕劻唯恐私报讥刺时政，而谕批从缓，使吴汝纶的办报计划胎死腹中①。时隔四十余载，桐城派学者再次与报纸结缘。抗战结束后，国民党中宣部派时任华北宣传专员的卜青茂恢复《天津民国日报》。卜氏是贺涛之孙贺翊新、贺培新好友，但他和部下毫无办报经验，贺培新当仁不让地将自己那些受过现代教育的友朋、门生三十余人推荐到报社工作，隐主该报笔政。贺氏弟子俞大酉任总主笔，主持撰写数百篇社论，倡导民主、宪政、法治、女权、新闻自由和学术自由等。贺氏弟子刘叶秋任副刊主编，编发数百版文艺作品。就形式而论，这些作品有旧文学，也有新文学。就内容而论，这些作品所表现的思想悉与战后时代风尚合拍，同时又引领着新的时代风尚。据初步统计，有不下四十五位桐城派的学

---

① 舒芜：《先行者》，见《文汇报》2004 年 2 月 5 日第 12 版《笔会》，也见《大公报》2004 年 2 月 17 日第 4 版。按：此文是舒芜先生为李经国先生纂《观雪斋所藏清代名人书简》所作序，由李先生见示，谨致谢忱。

者为《天津民国日报》撰稿，成就显著者有：吴闿生、阎志廉、谷钟秀、尚秉和、傅增湘、邢赞亭、冒广生、贺葆真、张继、贺翊新、贺培新、贺又新、陈汝翼、傅筑夫、陈保之、陈诵洛、陈病树、吴君琇、吴防、潘伯鹰、曾克耑、俞大酉、刘叶秋、张厚载、齐纪图、高準、孙贯文、朱光潜、刘国正等。王树枏、柯劭忞彼时已经下世，其遗作经整理也在副刊刊出。《天津民国日报》非常畅销，在最好的时候，每日发行量达七万份之多。其读者网络遍布全国，尤其是覆盖东北、华北地区。这是桐城派退出文坛前的最后辉煌。经过新文化派持久的批判，在新文学逐渐占领文坛高地的情势下，桐城派尚能组织起这样一支整齐的队伍，爆发出如此巨大的能量，显示出经过新学洗礼后的古典传统仍会焕发出惊人活力。

清民易代之际，桐城派学者主持过《经济丛编》和《青鹤》等刊物。《经济丛编》半月刊以吴汝纶为精神导师，由廉泉、常堉璋董其事，邓毓怡负责编纂，光绪二十八年（1902）二月十五日在京创刊，自光绪三十年（1904）三月二十九日出版的第42期、第43期合刊起，取名《北京杂志》，不久停办。该刊宗旨为经世济物，以牖民智。“经济”取《中庸》“经纶天下”、《论语》“博施济众”之义。陈灨一主编的《青鹤》半月刊创办于1932年11月15日，1937年7月30日停刊，共出版114期。该刊意在新旧相参，发挥中国灿若光华之古学，以与世界思想潮流相融贯。江西新城陈氏自陈用光师事姚鼐后，一门数代浸润于桐城之学。陈灨一继起于清民易代之际，虽不为桐城所囿，却也不悖家学。在《青鹤》特约作者中，桐城派名家有王树枏、冒广生、柯劭忞、袁思亮、傅增湘和叶玉麟等①。

---

① 魏泉：《1930年代桐城派的存在与转型》，见《安徽大学学报》2013年第6期，第60－68页。

清民易代之际，桐城派学者主持的出版社主要有华北译书局、京师国群铸一社。光绪二十八年（1902），吴汝纶办报受挫，命弟子常堉璋、邓毓怡等苦心经办华北译书局。清季开办译书局成风，华北译书局的成就与湖北译书局（1894）、京师大学堂译书局（1902）等相比虽有不逮，但因其主办者为学坛重镇，该局也颇受关注。除发行《经济丛编》外，书局将吴汝纶到日本考察教育时数十家当地报刊有关载文汇为一编，取名《东游日报译编》出版。这部作品集中反映了吴汝纶为中国之崛起而不辞劳苦考察日本现代教育的热诚，塑造了桐城派大师笃信新学、挺立时代潮头的苍劲形象，既为桐城派赢得盛誉，又推动了当时正在进行中的教育变革。京师国群铸一社由吴汝纶弟子高步瀛主持，其业务主要有两项：一是设立通俗演讲社，向公众发表演说；二是出版书籍。通俗演讲社以"扶共和宪政稳健进行"为宗旨，其成员贾恩绂、梁建章、韩德铭、步其诰等均为高步瀛就读莲池书院时的学侣。高步瀛撰《共和浅说》、韩德铭撰《民政心说》即为当时的演讲词。京师国群铸一社所出书籍的作者也多属莲池群体成员[①]。此外，由吴汝纶侄婿兼弟子廉泉参与创办的上海文明书局（1902）和北京分局不仅出版桐城先正的著作，也印刷了吴汝纶纂《吴京卿节本天演论》、严复译《群学肄言》、吴闿生译《万国通史》、《改正世界地理学》等。这些作品既传播了新学，也彰显着桐城派学者思想的新锐和为重塑中华文明所作的努力。

民国建立后，吴闿生主盟的大型社团"文学社"在京师文坛影响颇大。在内忧外患、新文化运动方兴未艾之时，文学社成员竭力融新知于旧学，以再造文明。文学社由吴闿生及其弟子组成。吴氏最早的弟子是辛亥革命元老张继。张氏父亲张以南是张裕钊、吴汝纶的得意门生。年十六，他遵父命拜吴闿

① 许曾会：《清季民国桐城派史学研究》，博士学位论文，第 38 - 39 页。

生为师，时吴氏年才十九[①]。但吴氏真正抗颜为师，则在新文化运动兴起之后。至1920年底，吴氏门人贾应璞、张庆开等集同学六十二人，次其名字、年岁、乡里，为《文学社题名录》，以张继冠首。“文学社”之名由吴氏所赐。1924年夏、1936年底，在贺培新主持下，《文学社题名录》又经二刻、三刻，分别增入吴门弟子六十二人、一百四十人。数十年间，《文学社题名录》共录吴门弟子二百六十四人，知名当时与后世者有：张继、李葆光、周明泰、李濂堂、柯昌泗、于省吾、贺翊新、贺培新、齐燕铭、吴兆璜、潘伯鹰、谢国祯、徐鸿玑、李鸿翱、曾克耑、何其巩、陆宗达、贺又新、王芷章、张江裁、李钜、陈汝翼、王汝棠、王维庭、吴君琇、吴防等[②]。这些吴门弟子或为革命家，或为抗日志士，或为学者，或为小说家、戏曲家，等等，多非传统意义上的桐城文士。他们在大转折时代，以其所学，散发出光芒和热量。

五、终结与不灭

桐城派为什么会发生现代转型？

桐城派的现代转型当然由发端于西欧的全球现代化运动所催发。没有这一不可遏阻的惊涛骇浪的冲击，中国将依然是过去的中国，桐城派也将依然是过去的桐城派。未与西方发生实质性接触前，中国也常处于变易之中。但这变易在中国内部发生，如珠走玉盘而不飞离玉盘一样。但与西方发生实质性接触后，数千年华夏中心的大梦顿时惊破，中国带着精神巨创展开了惊心动魄的现代化运动。桐城派的现代转型也由此启动。

桐城派的现代转型是桐城诸家持守“变”的观念的结果。

---

① 吴闿生：《记张溥泉》，见《天津民国日报》1948年3月11日第6版。

② 《文学社题名录》，1920年12月第1版，1924年夏第2版，1936年12月第3版。

姚鼐在开宗立派时就提出："天地之运，久则必变"[①]；"为文章者，有所法而后能，有所变而后大"[②]。在姚鼐之前，其师刘大櫆就已提出："天地之气化，万变不穷。"[③]"世异则事变，时去则道殊"[④]。在姚鼐之后，其弟子梅曾亮明确提出：为文者应"通时合变，不随俗为陈言"[⑤]。"文章之事，莫大乎因时"[⑥]。稍后曾门弟子薛福成更提出："通变方能持久，因时所以制宜。"[⑦]"今古之事百变，应之者无有穷时"[⑧]。有关"变"的观念虽为《易经》等经典所固有，但它并非传统思想的主流。传统思想的主流是天不变，道亦不变。桐城诸家从古典资源中提炼出一个"变"字，将其转化为一种思想，转化为一种信念，转化为派内家法，而一代代传承下来。当桐城诸家将"变"的观念与其持守的经世致用精神结合起来迎接西方挑战时，其现代转型便已不可避免。后来，桐城诸家又将"变"的观念与进化观念对接，形成了更富理据的、线性的、向前发展的世界观。当这一世界观成为思想和行动的指南时，桐城派便朝着现代化的纵深方向挺进了。

---

① 姚鼐：《赠钱献之序》，见姚鼐著、刘季高校点：《惜抱轩诗文集》，上海古籍出版社，1992年11月第1版，第110页。

② 姚鼐：《刘海峰先生八十寿序》，见姚鼐著、刘季高校点：《惜抱轩诗文集》，上海古籍出版社，1992年11月第1版，第114页。

③ 刘大櫆：《息争》，见刘大櫆著、吴孟复校点：《刘大櫆集》，上海古籍出版社，1990年12月第1版，第16页。

④ 刘大櫆：《答周君书》，见刘大櫆著、吴孟复校点：《刘大櫆集》，上海古籍出版社，1990年12月第1版，第122页。

⑤ 梅曾亮：《复上汪尚书书》，见梅曾亮著、胡晓明和彭国忠校点：《柏枧山房诗文集》，上海古籍出版，2005年12月第1版，第30页。

⑥ 梅曾亮：《答朱丹木书》，见梅曾亮著、胡晓明和彭国忠校点：《柏枧山房诗文集》，上海古籍出版，2005年12月第1版，第38页。

⑦ 薛福成：《强邻环伺谨陈愚计疏》，见《出使奏疏》卷下，无锡薛氏传经楼重刻本，光绪二十年（1894）10月，第26页。

⑧ 薛福成：《出使四国日记自序》，见《出使四国日记》，中国社会科学文献出版社，2007年1月第1版，第9页。

桐城派的现代转型造成了怎样的结果呢?

桐城派发生现代转型的直接结果，就是导致了它自身的终结。桐城诸家热情拥抱西方。西方的民主宪政、法治制度、人权、自由、平等的价值理念，西方完备的教育制度、精好的器物、博大的学术和文学艺术以及优异的风土人情，桐城诸家惊叹之，赞美之，介绍之，学习之，并用以改造自己，也改造着中国。为了救亡和启蒙，当桐城诸家分别成为洋务派、立宪派、革命派的时候，以西学为圭臬的时候，甚至用白话文创作的时候，桐城先正所尊奉的孔孟程朱之道、秦汉唐宋之文已经无处安放。可以说，当西潮涌来那一日起，当中国踏上现代化之路那一日起，当桐城派开始转型那一日起，桐城派式微的命运就已经注定。桐城诸家在吸收西方文化之时，有的不忘民族本位，有的起而卫道，但均改变不了其最终命运。学界普遍以为，桐城派受五四新文化运动打击而陷入绝境。其实，新文化派在相当长一个时段中力量极为有限。鲁迅在《呐喊自序》中曾说：新文化派当时“不特没有人来赞同，并且也还没有人来反对”①。而钱玄同、刘半农演出的双簧更道尽了新文化派的寂寞。几声“桐城谬种”“十八妖魔”的诅咒，绝难打倒桐城派。最终打倒桐城派的，是桐城派自己，是桐城派在面对西方时所进行的现代转型。1949 年后，当仍处在转型中的桐城派遭遇“要同传统的观念实行最彻底的决裂”的政治氛围时，其走入历史的结局已经无可挽回。

桐城派虽因现代转型而走向终结，但它为新文学开启端绪的历史功勋不可磨灭。对于桐城派作为新文学开端的地位，一些新文学家有着清醒的认识。例如，周作人批判桐城派比胡适、陈独秀、钱玄同、傅斯年还要持久与深刻，但他在 20 世

---

① 鲁迅：《呐喊自序》，见《鲁迅全集》（一），人民文学出版社，1981 年第 1 版，第 419 页。

纪30年代初反思桐城派与新文学的关系时就认为："到吴汝纶、严复、林纾诸人起来，一方面介绍西洋文学，一方面介绍科学思想。于是，经曾国藩放大范围后的桐城派，慢慢便与新要兴起的文学接近起来了。后来参加新文学运动的，如胡适之、陈独秀、梁任公诸人都受过他们的影响很大。所以我们可以说，今次文学运动的开端，实际还是被桐城派中的人物引起来的。"① 按周作人的说法，桐城派所介绍的西洋文学、科学思想对新文学的领袖们具有决定性影响。这一结论正与历史实际相符。陈独秀、胡适、鲁迅等以新旧划分时代和文学，崇新而贬旧，并且相信新会战胜旧。这一思路是他们倡导、推动新文化运动的理论基础。背后支配这一思路的，就是进化史观。而进化论的译介、传播，恰是严复和吴汝纶的功绩。因此，说桐城派为新文学开启了端绪，并非无根之谈。

桐城派虽因现代转型而走向终结，但在走向终结的过程中，桐城诸家对于桐城派，对于桐城派所从出的古典传统仍然怀有敬意和深情。他们以为，在现代化进程中，虽说古典传统中一部分内容已不周于用，或在舍弃之列，但古圣先贤的精神则是民族之根，不可毁弃。而古圣先贤的精神就隐藏在精美的文学中。因此，欲得古圣先贤的微言奥义，必以文学为津筏。吴汝纶说："因思《古文辞类纂》一书，二千年高文略具于此，以为六经后之第一书。此后必应改习西学。中国浩如烟海之书行当废去，独留此书，可令周孔遗文绵延不绝。"② 又说："欲求研究国故，必须从文学入手。因中国数千年之陈籍，都是文言。古今多少英豪俊杰，他们著作书籍，莫不极意讲求文

① 周作人：《中国新文学的源流》，华东师范大学出版社，1995年12月第1版，第48页。

② 吴汝纶：《答严几道》，见吴汝纶著、施培毅和徐寿凯校点：《吴汝纶全集》（三），黄山书社，2002年9月第1版，第231页。

章之精美，所有精心结撰的微言奥义，大抵埋藏于隐奥之间，隐约于言辞之表。苟非精通文学，何能了其奥义。所以欲通国故，非先了解文学不可。”[①] 贺涛“以文章为诸学之机缄”，“诏学者必以文词为入学之门，亦以此要其归”。他“虽极推服西国大儒学说，而以吾国文词为学术之本源”[②]。相信古圣先贤的精神有绵延的价值，相信通过文学能进入古圣先贤的精神堂奥，因此文学不可不研读。这是桐城诸家在桐城派终结前对古典传统所作的最后守望。中国的现代化还在进行中，桐城诸家对于古典传统的敬意和深情，对于民族之根的固守，对于达此根本的学问门径的亲切指引，至今仍闪耀着智慧之光。

中国与西方相遇之初，面对神州三千年未有之奇变，桐城诸家属于中国最先觉醒的一群人。他们秉承数代一脉相承的“变”的观念和经世致用的思想，与时俱进，勇敢地踏上从古典向现代转型之路，也参与引领并推动中国告别中世纪、走向现代世界。他们发起洋务运动，提倡宪政，译介包括进化论在内的西方科技和文艺；他们突破老辈藩篱，在文学创作和文学传播方式上进行全新探索；他们中的女性作家也以出身旧家的新人姿态登上文坛。这一切，与桐城派原有的精微理论和深邃艺术相浑融，构成一个浩大而富有魅力的存在。这一存在，是中国现代化历史进程的重要组成部分，是桐城派对中华民族的卓越贡献，也是其不朽之所在。

作者：中国社科院文学所教授

---

① 吴闿生：《莲池讲学院开学演词》，见《莲池讲学院讲义》，保定协生印书局印。

② 贺葆真：《先刑部公行述》，见贺培新纂：《贺氏文献录》，国家图书馆地方志家谱文献中心编：《清代民国名人家谱选刊续编》第十四册《吴强贺氏家谱》附，北京燕山出版社，2009 年第 1 版，第 248 - 251 页。

桐城派与“五四”文学革命的认识论和价值理想

张器友

摘　要　“五四”新人视桐城派为“妖魔”，称桐城派后期代表人物为“桐城谬种”，但是“五四”新文化运动和文学革命的认识论和价值理想多是“桐城谬种”传输的。其中严复译介的进化论构成了文学革命的认识论方法论，严复、林纾等人译介的启蒙理性主义构成了文学革命的主要价值理想。文化的发展不能割断历史。

关键词　桐城派后期代表人物；“五四”文学革命；认识论；价值理想

传统是割不断的。“五四”新人视桐城派为“妖魔”，称桐城派后期代表人物为“桐城谬种”，但他们从事新文化运动和文学革命的认识论和价值理想多是这些“桐城谬种”传输的，其中严复译介的进化论构成了他们的认识论方法论，严复、林纾等人译介的启蒙理性构成了他们的主要价值理想。他们在历史的进程中取得了重要成就，但因为没有确立起辩证唯物论历史唯物论世界观和方法论，所以分明踩在前人的肩膀上，却又视这个“肩膀”为“无物”，为“废物”。倘若真如他们当初所言，他们自己创造的业绩也就失去凭依而轰然坍塌。但是历史老人按照自己的脚步在走路，它接纳了这批年轻人的贡献，又在历史的进程中不断矫正着它们“反传统”的负效应。

一、文学革命的认识论

桐城派后期代表人物严复、林纾、吴汝纶翻译介绍西方近世哲学社会科学和文学艺术，“传输欧化”，在晚清时期无人可比，康有为盛赞“译才并世数严、林”，典型表现了那个时代文化人的共识。严复、林纾丰富的译著，为“五四”文学革命携来了未曾有过的影响，这里特别需要重视的，是严复翻译的赫胥黎的《天演论》。这部译著犹如一座灯塔，照亮了一个时代，给了从晚清到“五四”至少两代知识分子以新的眼光，成为“五四”文学革命重要的认识论和方法论。章太炎说：“自严氏之书出，而物竞天择之理，厘然得于人心，中国民气为之一变。”① 进化论、“进化”和“进化”的衍生语，诸如“物竞天择，适者生存”“弱肉强食”“以人持天，与天争胜”，等等，成为“五四”新人早期话语结构中的关键词。

“五四”之前，陈独秀、胡适、鲁迅等新一代少年都呼吸着《天演论》吹进来的进化论新风，进化论成为他们文化自觉和个性自觉的重要精神食粮，成为他们倡导新文学的重要思想基础。

从《青年杂志》发刊到五四文学革命，进化论构成了陈独秀分析人类社会、国家、传统和文学的重要认识论和方法论。在1915年在《青年杂志》发刊词《敬告青年》中，陈独秀把达尔文生物进化论和赫胥黎社会进化观嫁接起来，作为发刊立论的根据。他说：“人身遵新陈代谢之道则健康，陈腐朽败之细胞充塞人身则人身死；社会遵新陈代谢之道则隆盛，陈

---

① 《述侯官严氏最近政见》，《民报》第2号，1905年11月。

腐朽败分子充塞社会则社会亡。”① 他告诉青年，社会处在新陈代谢的过程当中，“新鲜活泼之青年”应该“自觉其新鲜活泼之价值”，适应物竞天择、适者生存的规律，“奋其智能，力排陈腐”，以“适于今世之争存”，“自度度人”，创造“清宁之社会”②。他提供青年抉择的“六义”之中，“三义”都是直接以进化论为根据。如“进步的而非保守的”，盖因“自宇宙之根本大法言之，森罗万象无日不在演进之途，万无保守现状之理”；“进取的而非退隐的”，原因在于“生存竞争，势所不免，一息尚存，即无守退安稳之余地”；“世界的而非锁国的”，也是因为“投一国于世界潮流之中，笃旧者固速其危亡，善变者反因以竞进”③。这时期，他提倡科学、民主，提倡爱国，反对尊孔，都无不以进化论为立论之基。

陈独秀于1917年发表的《文学革命论》，也是操持进化论、呼应胡适的“文学改良”。这篇文章有三处皆援引“进化”一说。文章开头由进化论立论，认为西方自文艺复兴以来政界、宗教界、伦理道德和文学艺术界“莫不因革命而新兴而进化”。反观中国，他认为，“文学艺术诸端，莫不黑幕丛张，垢污深积”，“推其总因，乃在吾人疾视革命，不知其为开发文明之利器故”。在陈独秀看来，唯“革命”才有“进化”，也唯有“进化”才有文学的前途。操持这种观点，他分析中国文学的变迁，认为魏晋的五言抒情写事，一变前代板滞堆砌之风，在当时为文学一大革命，“即文学一大进化”；又认为“方归刘姚之文”，“其伎俩惟在仿古欺人，直无一字有存在之价值。虽著作等身，与其时之社会文明进化无丝毫关系”。在陈独秀这里，文学革命就是文学“进化”；“进化”是

① 陈独秀：《敬告青年》，《青年杂志》，第一卷第一号，1915年9月15日。
② 陈独秀：《敬告青年》，《青年杂志》，第一卷第一号，1915年9月15日。
③ 陈独秀：《敬告青年》，《青年杂志》，第一卷第一号，1915年9月15日。

判断文学价值的标尺。他所推崇的“三大主义”：“推倒雕琢的、阿谀的贵族文学，建设平易的、抒情的国民文学”，“推倒陈腐的、铺张的古典文学；建设新鲜的、立诚的写实文学”，“推倒迂晦的、艰涩的山林文学，建设明了的、通俗的社会文学”，就是这种文学“革命而进化”的目标和结果。

胡适与陈独秀相同。他的名字“适之”就是得之于进化论，和《天演论》永远地拴在了一起。在《尝试集·自序》中，他承认：“那时影响我个人最大的，就是我平常所说的‘历史的文学进化观念’，这个观念是我的文学革命的基本理论。”① 所谓“历史的文学进化观念”就是运用进化论于文学艺术之中。在《文学改良刍议》中，他开宗明义：“文学者，随时代而变迁者也。”② 亦如陈独秀一样，进化论成为基本理论的基石，也成为支撑其具体观点的支柱。谈到“不摹仿古人”，他道：“周秦有周秦之文学，汉魏有汉魏之文学，唐宋元明有唐宋元明之文学。此非吾一人之私，乃文明进化之公理也。”他以散文、诗词为例，历数文学进化的事实，指出：“吾辈以历史进化之眼光观之，决不可谓古人之文学皆胜于今人也。左氏史公之文奇矣，然施耐庵之《水浒传》视《左传》《史记》，何多让焉。《三都》《两京》之赋富矣，然以视唐宋诗词，则糟粕耳。此可见文学因时进化，不能自止。唐人不当作商周之诗，宋人不当作相如子云之赋。即令作之，亦必不工，逆天背时，违进化之迹，故不能工也。”在谈到“不避俗语俗字”时，他历数白话文学在中外文学史上的变迁发展，认为中国白话文学发展到明代，因以八股取士受阻，然后道：“然以今世历史进化的眼光观之，则白话文学之为中国文学之

① 胡适：《尝试集·自序》，《胡适文集》，第9集，欧阳哲生编，北京大学出版社，1998年，第74页。

② 《文学改良刍议》，《新青年》，第二卷第五号，1917年1月1日。

正宗，又为将来文学必用之利器，可断言也。”①

他把文学的变迁当成线性的进化过程。他宣告：“一千多年中国文学史是古文文学的末路史，是白话文学的发达史。”②认为“古文学”是“死的文学”，白话文学是“活的文学”，白话文学是文学的正宗和发展进化的目标。他的《白话文学史》希望为白话文运动寻找历史背景和源流上的支持，在勾勒历朝各类白话文写作时，他运用进化论线性思维和实证分析，力图证明白话文学乃是中国文学正宗的历史想象。他在《文学进化观念与戏剧改良》中具体分析了文学进化的四个层次的内涵：第一层，文学是人类生活状态的一种记载，“人类生活随时代变迁，故文学也随时代变迁，故一代有一代的文学”；第二层，文学的发达不是三年五载的事，“须是从极低微的起原，慢慢的，渐渐的，进化到完全表达的地位”；第三层，文学在进化过程中，经过一个时代往往带着前一个时代留下来的“遗形物”，如男子的乳房，形式虽存，作用已失，在他看来，戏曲中的乐曲、脸谱、嗓子、台步、武把子等，都是这一类的“遗形物”；第四层，“一种文学有时进化到一个地位，便停住不进步了，直到它与别种文学相接触，有了比较，无形中受了影响，或是有意地吸收人的长处，方才再继续有进步”③。这类进化观轻视了中国文学史的丰富性和中国古代文学的整体成就，轻视了文学自身的特殊性，它以“新”否“旧”，以“白话”挤兑“文言”，遮蔽了各个历史时期文学的成就和价值，因而也就遮蔽了中国文学的传统性，但是因为倡导言文统一，倡导白话文学，符合了历史的大趋势，以致走

---

① 《文学改良刍议》，《新青年》，第二卷第五号，1917年1月1日。

② 胡适：《白话文学史·引子》，《白话文学史》，上卷，东方出版社1996年，第3页。

③ 胡适：《文学进化观念与戏剧改良》，《胡适文存》（一），外文出版社2013年8月影印本（原本上海亚东图馆版），第197－205页。

到了历史的前沿。

五四文学革命的重要成果在于开创了白话文学的新时代，实现了胡适所说的“国语的文学”，这其中“人的文学”观念的产生及其实践不容忽视。但要知道，这一观念的产生也是以进化论为其认识论的。如同陈独秀一样，周作人在《人的文学》一文中，把生物进化观和作为文化学范畴的“人学”观嫁接在一起，使生物进化论成为他的文学人道主义的基础。他说，“我们要说人的文学，须得先将这个人字略加说明”，这个人，“乃是从动物进化的人类”，“其中有两个要点，（一）‘从动物进化的’，（二）从动物‘进化’的”[①]。“我们承认人是一种生物，他的生活现象，与别的动物并无不同。所以我们相信人的一切生活本能，都是美的善的，应得完全满足。凡是违反人性不自然的习惯制度，都应排斥改正。但我们又承认人是一种从动物进化的动物。他的内面生活，比其他动物更为复杂高升，而且逐渐向上，有能够改造生活的力量。所以我们相信人类以动物的生活为生存的基础，而其内面生活，却渐与动物相远，终能达到高上和平的境地”。从这两个“要点”出发，他提出人的生活“便是人的灵肉二重的生活”，“这灵肉本是一物的两面，并非对抗的二元。兽性与神性合起来便是人性”，“从动物进化的人，也便是指这灵肉一致的人”。这样的“人的理想生活”“首先便是改良人类的关系。……营一种利己而又利他，利他即是利己的生活”[②]。在周作人看来，这种人道主义，并非悲天悯人或是博施济众的慈善主义，“乃是一种个人主义的人间本位主义”。周作人认为，“用这种人道主义为本，对于人生诸问题，加以记录研究的文学，便谓之人的文学”。这其中，可分为两项：一是“正面的，写这理想生

① 周作人：《人的文学》，《新青年》，第五卷第六号，1918年12月15日。
② 周作人：《人的文学》，《新青年》，第五卷第六号，1918年12月15日。

活，或人间上达的可能性”；二是“侧面的，写人的平常生活，或非人的生活”。如果满足于“写人间兽欲的人的文学”，那便是“非人的文学”，必须在人的“灵肉”两面“兽性与神性”统合之中，表达出“对非人的生活怀着悲哀或愤怒”，以“人的文学为是”，而不是以“非人的文学为是”①。可以看出，若没有进化论，便没有了周作人关于人的灵肉两面、神性兽性一体观，便没有了用“人的文学”排斥“非人的文学”的伦理人道主义倾向。当然它的局限在于把生物进化等同于人的进化，由二者的连接派生出“个人主义的人间本位”主义，把人的自然属性当成了动物的自然属性，并以此作为人的进化的出发点，这就抹杀了社会性对人性最初的制约。马克思主义认为，人的自然需求“不是纯粹的自然需求，而是历史上随着一定的文化水平而发生变化的自然需求”②，人的本质“实际上，它是一切社会关系的总和”③。“人的文学”观因为不能科学区分人的自然属性与动物的自然属性，没有正确回答个人与社会、个人与时代、个人与阶级的关系，所以不可能切实引导文学充分地、正确地表达人道主义诉求；但是在当时的语境中，在生命禁锢在无处不在的理学高压的社会里，又确实具有把人从封建礼教的桎梏中解脱出来，反对封建主义，追求个性解放的革新意义。

鲁迅也是持着进化论投身文学革命的。1898 年严复翻译的赫胥黎《天演论》正式出版，鲁迅正在南京读书，就跑到书店买了来，“翻开一看，是写得很好的字”，震惊于“世界上还有一个赫胥黎坐在书房里那么想，而且想得那么新鲜？一口气读下去”，看到了一个“物竞”“天择”的新天地。以致

① 周作人：《人的文学》，《新青年》，第五卷第六号，1918 年 12 月 15 日。
② 《马克思恩格斯全集》，第 47 卷，人民出版社 1979 年，第 52 页。
③ 《马克思恩格斯全集》，第 3 卷，人民出版社 1960 年，第 5 页。

拒绝本家老辈劝读“参康有为变法”一类的书，“一有闲空，就照例地吃侉饼，花生米，辣椒，看《天演论》”①。在一个时期内，进化论成为他观察和处理社会、人事和文学的认识论和方法论。他由进化论看到了中国社会变革的希望，看到了青年胜于老年，看到了新文学要取代旧文学，他发表于《新青年》及《语丝》等报刊上的“随感录”一类的文字，都是据此以为武器，以致成为“新文学开山”。他把生物进化论引入社会学，以为人类应该像生物界一样，新陈代谢，走“进化的路”，“老的让开道，催促着，奖励着，让他们走去。路上有深渊，便用那个死填平了，让他们走去。少的感谢他们填了深渊，给自己走去；老的也感谢他们从我填平的深渊上走去。……明白这事，便是从幼到壮到老到死；而且一步一步，多是超过祖先的新人”②。他寄希望于青年，关爱着青年，他说，“依据生物界的现象，一，要保存生命，二，要延续这生命；三，要发展这生命（就是进化）。生物都这样做，父亲也就是这样做”。为要发展这生命，做父亲的人，就应该“自己背着因袭的重担，肩住了黑暗的闸门，放他们（儿童）到宽阔光明的地方去，此后幸福的度日，合理的做人”③。他由这进化论驱赶着内心的寂寞和抑郁，作前驱的呐喊，其作品无论是对国民性的批判，对食人礼教的讨伐，对封建复古主义的狙击，都是尽着掀掉“人肉宴席”，创立“人国”于地上的使命。他把中国的历史概括为“一，想做奴隶的时代；二，暂时做稳了奴隶的时代”，告诉青年不要跟着“复古家”去“神往于三

① 鲁迅：《朝花夕拾·琐记》，《鲁迅全集》，第2卷，人民文学出版社1981年版，第295－296页。

② 鲁迅：《热风·随感录四十九》，《鲁迅全集》，第1卷，人民文学出版社1981年版，第328页。

③ 鲁迅：《坟·我们现在怎样做父亲》，《鲁迅全集》，第1卷，人民文学出版社1981年，第130页。

百年前的太平盛世”，无须反顾，“前面还有道路在”，“创造这中国历史上未曾有过的第三样时代”①。他听到复古主义的“高雅的人”发出“白话鄙俚浅陋，不值识者一哂之者也”的议论时，便愤怒地把他们称之为“现在的屠杀者”，说他们“做了人类想成仙；生在地上要上天；明明是现代人，吸着现在的空气，却偏要勒派腐朽的名教，僵死的语言，侮蔑尽现在”②。

鲁迅还由进化论看出了新旧进化过程中的某些辩证法思想，认识到“新”也决非全新，提出了历史“中间物”的观点。他说：“在进化的链子上，一切都是中间物。当开首改革文章的时候，有几个不三不四的作者，是当然的，只能这样，也需要这样。他的任务是在有些警觉之后，喊出一种新声；又因为是从旧垒中来，情形看得较为分明，反戈一击，易制强敌的死命。但应该和光阴偕逝，逐渐消亡，至多不过是桥梁中的一木一石。跟着起来的，便该不同了，倘非天纵之圣，积习当然也不能顿然荡除，但总得更有新气象。”③ 秉持了这一辩证的进化观，他“彷徨于明暗之间”，独自“远行”，虽感到“黑暗与虚无乃是实有”，还是永远地进击，向着前面走，就如同他所描写的那个以色列人钉杀在十字架上的“人之子”，他“永久地悲悯他们的前途，然而仇恨他们的现在”④。

---

① 鲁迅：《坟·灯下漫笔》，《鲁迅全集》，第1卷，人民文学出版社1981年，第213页。

② 鲁迅：《热风·随感录五十七》，《鲁迅全集》，第1卷，人民文学出版社1981年，第350页。

③ 鲁迅：《坟·写在坟后面》，《鲁迅全集》，第1卷，人民文学出版社1981年，第286页。

④ 鲁迅：《野草·影的告别》、《野草·复仇》（其二），《鲁迅全集》第2卷，人民文学出版社1981年，第165页、第174页。

二、文学革命的价值理想

在桐城派发展历程中，经世致用思潮中的薛福成已经注意到西方近代科学和民主对于国家富强的意义，在其《出使四国日记》中热情地向国人介绍近代西方科学知识及技术，还注意到了西方民主政治的新气象。启蒙新思潮兴起后，严复、林纾的译著成为文化人关注的重心。除引进进化论外，严复的那一系列译著无不维系着科学、民主、自由、平等，他的许多论述也由此展开了思想文化的新境界，而成为思想文化的价值理想，林纾的翻译小说则为这类价值理想提供了感性的生动观照。

陈独秀倡导文学革命，正是以此作为价值理想的。他公开打出科学、民主两面大旗："拥护德、赛两先生"。他以此作为思想武器，与封建保守势力相对垒，他说："要拥护那德先生，便不得不反对孔教，礼法，贞节，旧伦理，旧政治。要拥护那赛先生，便不得不反对旧艺术，旧宗教。要拥护德先生，又要拥护赛先生，便不得不反对国粹和旧文学。"① 这两面大旗是陈独秀，同时也是五四文学革命的核心价值观，五四新人大都秉持这种核心价值观去创造新文学。这种价值理想的诉求，与陈独秀等文学革命前驱者直接接受西方启蒙理性主义的思想资料有关，也与近代启蒙新思潮的影响有关。在这个方面，近代启蒙新思潮中的代表人物改良主义者梁启超、康有为，革命者章太炎对他们产生了重要影响，启蒙新思潮中的桐城派后期代表人物严复、林纾、吴汝纶也都对他们产生了重要影响。《青年杂志》（含《新青年》）上的不少文章在阐述科

① 陈独秀：《本志罪案之答辩书》，《新青年》第六卷第一号，1919 年 1 月 15 日。

学、民主及自由的时候，严复早期的言论和译著常常是作者们据以立论的重要依据。譬如高一涵《共和国家与青年之自觉》《民约与邦本》《自治与自由》等文章论及青年与国家、自利与利他、自由与民主等问题，与严复关于“群已权界”“自由与自繇”“小己与国群”等观点前后一致。高一涵论及自由的种类，特别提及严复，指出自由的有限制性一说，“此物理家之言，赫胥黎等主之，吾国侯官严氏即承其绪余者也”。在谈及自由与民主政治的关系时，他又说：“顾自由要义，首当自重其品格，所谓品格，即尊重严正，高洁其情。予人以凛然不可侵犯之威仪也。然欲尊重一已之自由，亦必尊重他人之自由。以尊重一己之心，推而施诸人人，以养成互相尊重自由权利之习惯，此谓之平等的自由也。发扬共和精神，根本赖此。”① 这段话与严复的观点前后相通，此前严复在《群已权界论译凡序》说，“自入人群而后，我自繇者人亦自繇，使无限制约束，便入强权世界，而相冲突，故曰人得自繇，而必以他人之自繇为界”②。周作人关于“个人主义的人间本位”的“人的文学”的价值诉求也与严复等人所宣传的价值理想相通。周作人说，个人主义的人间本位“须营造一种利己而又利他，利他即是利己的生活”，“是从个人做起。要讲人道，爱人类，便须先使自己有人的资格，占得人的位置。……如不先知自爱，怎能‘如己’的爱别人呢？至于无我的爱，纯粹的利他，我以为是不可能的”③。这种言说，人们从严复译著和严复本人早期的著述中耳熟能详。

如果说五四新人欢迎“德先生”和“赛先生”登堂入室，

---

① 高一涵：《共和国家与青年之自觉》（一），《青年杂志》第一卷第一号，1915 年 9 月 15 日。

② 《严复集》，第 1 册，王栻编，中华书局 1986 年，第 132 页。

③ 周作人：《人的文学》，《新青年》第五卷第六号，1918 年 12 月 15 日。

打倒“孔家店”，创造新文学的时候，后期桐城派的代表人物严复所传输的那些科学、民主以及自由、平等的价值观念，为他们开启了思想的堂奥，那么他们打破贵族文学、宫廷文学的殿堂，走向平民，走向“劳工”，质询“国民性”，抒写中国底层百姓的悲欢离合，歌咏个性解放和自由爱情的时候，林纾翻译小说中的西方文艺复兴以来的这类价值诉求，已经为他们的写作提供了新鲜的审美经验。

周作人曾经提到，“我们几乎都因了林纾才知道外国有小说，引起了一点对于外国文学的兴味”①。他在谈到清末作家对鲁迅的影响时称，“……对于鲁迅有很大影响的第三个人，不得不举出林琴南了”。鲁迅还在南京学堂的时候，林琴南已经用了冷红生的笔名，译出了小仲马的《茶花女遗事》，很是有名。鲁迅买了来读。他和周作人还很佩服林译司各得的《撒克逊动后英雄略》，“原本既是名著，译文相当用力，而且说撒史逊遗民和诺曼人对抗的情形，那时看了含有暗示的意味，所以特别地被看中了。《埃及金塔剖尸记》的内容古怪，《鬼山狼侠传》则是新奇，也都很有趣味。”在日本留学期间，只要林译小说“印出一部，来到东京，便一定跑到神田的中国书林，去把它买来，看过之后鲁迅还拿到订书店去，改装硬纸板书面，背脊用的是青灰洋布”。早期的林译小说《迦茵小传》，《鲁滨逊漂流记》正续，《玉雪留痕》，《橡湖仙影》等都是鲁迅阅读过的②。

郭沫若也曾经带着真挚的感情，谈到林译小说对他的影响。他说：“林琴南的小说在当时是很流行的，那也是我所嗜好的一种读物。我最初读的是 Haggayd《迦茵小传》。那女主

---

① 周作人：《林琴南与罗振玉》，《语丝》第 3 期，1924 年 12 月。

② 周启明：《鲁迅与清代文坛》，《林纾研究资料》，薛绥之、张俊才，福建人民出版社，1983 年，第 239 - 240 页，

人公的迦茵是怎样的引起了我深厚的同情，诱出了我大量的眼泪哟。”“《迦茵小传》有两种译本，林琴南译的在后。在前的一种只译了一半。这两种译本我都读过，这怕是我读过的西洋小说的第一种。这在世界的文学史上并没有什么地位，但经林琴南的那种简洁的古文译出来，却增了不少的光彩……他在文学上的功劳，就和梁任公在文化批评上的一样，他们都是资本制革命时代的代表人物，而且是相当有些建树的人物。林译小说中对我后来的文学倾向上有决定的影响的，是 Scott（司各特）的《Ivanhoe》，他译成《撒喀逊劫后英雄略》。这书后来我读过英文，他的误译和省略处虽很不少，但那种浪漫主义的精神他是具象地提示给我了。我受 Scott 的影响很深，这差不多是我的一个秘密。”① 他把林纾在文学上的成就与梁启超在文化批评上的功劳相提并论，很见出他公正的学术眼光和较为宽广的学术视野，他袒露自己接受林纾影响的“秘密”，特见出了诗人的赤诚。从他“五四”时期的那些带着浪漫气息的小说如《残春》《喀尔美萝姑娘》《叶罗提之墓》及一些剧诗中，从这些作品所透露的时代苦闷、个性解放和爱情诉求，是不难看出林译小说，特别是那些青年男女爱情题材的小说，在他独特经历和情感世界作用之下所生发的作用。他抗战时期创作的著名历史剧《屈原》也带着林译兰谟《莎翁本事》的影响。诗人徐迟阅读过《屈原》后写信给郭沫若，认为《屈原》里大气磅礴的“雷电独白”与莎士比亚《李尔王》里的句子“有平行”，建议郭沫若将其删除，郭沫若没有接受徐迟的意见，他在回信中说：“的确有些相似，相似得连我自己都感觉着有点惊讶。但我要告诉你，我很惭愧，象这《厘雅王》（按：即《李尔王》）——这‘戏剧中最完全的典型’（雪莱

---

①《郭沫若全集·文学编》，第 11 卷，人民文学出版社 1983 年，第 122－123 页。

语）我却是第一次才阅读的。三十年前读过兰谟的《莎翁本事》（林纾译《英国诗人吟边燕语》），向暴风雨愤怒的一段大概也是有的吧，目前的兰谟原书和林译本都没有，无法引证。"[①] 他不承认受到了当时翻译本《李尔王》的影响，却坦诚地道出了一个重要信息：林译《英国诗人吟边燕语》虽然"无法引证"，但因为"三十年前读过"，那里面"向暴风雨愤怒的一段"及其精神气氛，就不能不渗入他的灵腑当中，作用于《屈原》的"雷电独白"。

其实，也不独胡适、鲁迅、周作人、郭沫若接受过林纾翻译小说的启蒙和影响，五四运动时期的作家少年时代没有阅读过林纾翻译小说的实在不多。只要翻阅一下那一代人的传记和回忆，那里面常常都会提到林译小说。苏雪林晚年回忆说："林琴南所译的几种名著如《块肉余生述》《贼史》《十字军英雄记》《萨克逊劫后英雄录》《红礁画桨录》《迦茵小传》都是我的国文启蒙老师，到今回忆，尚有余味。"[②] 钱钟书说："商务印书馆发行的那两小箱《林译小说丛书》是我十一二岁时的大发现，带领我进了一个新天地，一个在《水浒》、《西游记》、《聊斋志异》以外另辟的世界。"[③] 茅盾还曾经把林纾的译本《撒克逊劫后英雄略》重新注释，并由万有文库刊印。林纾可能没有想到，他的"词藻妍练，文笔雅洁"古文译本，仿佛一个潘多拉的盒子，那里面跑出来的"魔鬼"——主导西方近世文学的启蒙理性，却又转过来激起了中国新一代青年人与他多有龃龉的兴奋，把他所坚守的儒家理想尽情打煞，生

---

① 郭沫若：《〈屈原〉》与〈厘雅王〉》，《沫若剧作选》，人民文学出版社1978年，第187页。

② 苏雪林：《我所爱读的书》，《苏雪林文集》（第2卷），安徽文艺出版社1996年。

③ 钱钟书：《林纾的翻译》，《七缀集》，上海古籍出版社1979年。

出了令他痛心疾首的结局。

三、文化发展不能割断历史

从以上两个方面可以看出，如同晚清启蒙新思潮中的梁启超、章太炎等人一样，后期桐城派代表人物严复、林纾等人对“五四”新文化运动和文学革命的影响是重大的，他们传输的进化论和启蒙理性构成了“五四”文学革命的重要认识论和价值理想。但是，进化论和启蒙理性毕竟是带有严重局限的西方资产阶级理论。近代启蒙新思潮中的一些代表人物在深入西方、在接触中国的社会现实之后，深感这些理论不能解决实际存在的问题，怀了深重的怀疑和失落，萌生出回归传统的思想。譬如严复，第一次世界大战和民国后的社会现实，击溃了他对曾经热心介绍的进化论、启蒙理性，特别是启蒙理性的梦想。1917 年 4 月，他在回复熊纯如的书信中谈及近世西方启蒙理性，认为：“世变之当法轮大转之秋，凡古人数百年之经历，至今可以十年尽之，盖时间无异空间，古之程途，待数年而后达者，今人可以数日至也。故一切学说法理，今日视为玉律金科，转眼以为蘧庐刍狗，成不可重陈之物。譬如平等、自由、民权诸主义，百年已往，真如第二福音；乃至于今，其弊日见，不变计者，且有乱亡之祸。试观于年来，英、法诸国政府之所为，可以见矣。乃昧者不知，转师其已弃之法，以为至宝，若土耳其、若中国、若俄罗斯，号皆变法进步。然而土已败矣，且将亡矣；中国则已趋败轨；俄罗斯若果用共和，后祸亦将不免，败弱特早暮耳。吾辈生于此日，所得用心，以期得理者，不过古书。而古人陈义，又往往不堪再用如此。虽然，其中有历古不变者焉，使读书者自具法眼，披沙见金，则新陈递嬗之间，转足为原则公例之铁证，此《易》所谓‘见其会通，行其典礼’者也。鄙人行年将近古稀，窃尝旧观哲理，以为耐久无弊，尚是孔子之书。四书五经故［固］是最富矿藏，惟须改用新式机器以发掘淘炼而已；其次则莫如读史，当留心细察古今社会异同之点。”[①] 1918年7月，严复又道：“西国文明自今番欧战，扫地以尽。……英国看护妇迦维勒 Mavell 当正命之倾，明告左右，谓：‘爱国道德为不足称，何则？以其发源于私，而不以天地之心为心故也。’此等醒世名言必重于后。正如罗兰夫人临刑时对自由神谓：‘几多罪恶假汝而行也。’往闻吾国腐儒议论谓：‘孔子之道必有大行人类之时。’心窃以为妄语，乃今听欧美通人议论，渐复同此，彼中研究中土文化之学者，亦日益加众，学会书楼不一而足，其宝贵中国美术者，蚁聚蜂屯，价值千百往时，即此可知天下潮流之所趋矣。”[②] 同年，他对西方近代启蒙理性所谓科学能够给人类带来福音的观念也表达了疑惧，说：“欧洲二百年科学，尽作驱禽食肉看。……利器极杀人之能事，皆得于科学者也。孟子曰：‘率鸟兽以食人。’非是谓欤？”[③]

严复传输了进化论和启蒙理性，并据此反对儒家传统观念，但最终却又怀疑起进化论和启蒙理性，希望“改用新式机器”陶冶儒家学说以为正路。正是基于这一深层次的理性要求，他起而反对那些吸吮过他传输的西方乳汁而兴起激进革命的新一代。但他始终没有明白，在近现代之交的那个历史转换时期，他“传输欧化”以及他自己依据西方近代资产阶级观念批判中国的社会现实及其传统，在他之后的又一代新人援引他传输的思想兴动更为激进的新文化运动和文学革命，并且

---

① 严复：《与熊纯如书》，《严复集》，第3册，王栻编，中华书局1986年，第666－668页。

② 严复：《与熊纯如书》，《严复集》，第3册，王栻编，中华书局1986年，第690页。

③ 《严复集》，第2册，王栻编，中华书局1986年，第403页。

以包括他在内的桐城派为革命的对象，都同样具有历史的合理性。而且，时当封建末世，晚清的体制已经如《老残游记》中的那条破船，修修补补越来越显得不合时宜，唯有革命才是正道，他以及桐城派的文化改良为“五四”新人的新文化运动和文学革命所唾弃，所替代，实乃时代的运命和历史的必然。

严复等人在生命的晚期丧失了对进化论和启蒙理性，特别是对启蒙理性的信仰，但遗憾的是，他们没有找到破解中国社会和文学发展的钥匙；“五四”新人运用他们所传输的认识论和价值理想进行了新文化运动和文学革命，而且其中一批杰出者也如他们一样先后丧失了对进化论认识论和启蒙理性的热情。但是不同的是，“五四”新人中的这批杰出者在“五四”文学革命取得了重大胜利的同时，又转向了马克思主义，转向了中国新民主主义，把文学革命推向了“革命文学”（左翼文学）的新时代，“五四”后的新文学因为他们而获得了丰富的发展和提升。

譬如鲁迅，他是在接受马克思主义和被革命者的血“吓得目瞪口呆”之后，才抛离了启蒙理性主义和进化论，获取了历史唯物论和唯物辩证法的。他说到和创造社论争的收获时说：“我有一件事要感谢创造社的，是他们‘挤’我看了几种科学的文艺论，明白了先前的文学史家们说了一大堆，还是纠缠不清的疑问。并且译了一本蒲力汗诺夫的艺术论，以救正我——还因我而及于别人——的只信进化论的偏颇。”[①] 这种飞跃，瞿秋白1933年在《鲁迅杂感选集·序言》中作出过科学地判断，他道：经历大革命的失败，鲁迅“才从进化论最终地走到了阶级论，从进取的个性主义进到了战斗的改造世界的

① 鲁迅：《三闲集·序言》，《鲁迅全集》第4卷，人民文学出版社1981年，第6页。

集体主义”。“鲁迅从进化论进到阶级论，从绅士阶级的逆子贰臣进到无产阶级和劳动群众的真正的友人，以至于战士，他是经历了辛亥革命以前直到现在的四分之一世纪的战斗，从痛苦的经验和深刻的观察之中带着宝贵的革命传统到新的阵营里来的。”① 他的这个观点得到了鲁迅的认同，也得到了历史的验证。尽管如此，作为“历史的中间物”，鲁迅以及“五四”新人在“五四”新文化和文学革命中运用进化论认识论和启蒙理性价值理想开辟了中国话语言说的新场域，确是无须回避的历史事实，文化的发展是不能割断历史的。

作者：安徽大学文学院教授

① 瞿秋白：《鲁迅杂感选集·序言》，《瞿秋白选集》，人民文学出版社 1959 年。

方东树在粤的著述及其相关影响[①]

程大立[②]

摘　要　方东树在粤期间的重要著述包括文学理论和志书两类。运用文献分析法，从这些著述的创作背景、思想内容和社会影响等角度，论述其对桐城派读书与治学精神、桐城派文学理论在粤传播起到的作用，论述其对清代粤学术风气的变革、桐城文化与岭南文化交融的促进作用。

关键词　方东树；著述；影响；广东

方东树（1772—1851），安徽桐城人，清代著名文学家，桐城派重要作家。字植之，号歇庵、冷斋，别号副墨子。晚年慕春秋卫国大夫蘧瑗“五十知非”和国君卫武公“耄而好学”之意，以“仪卫”名其轩，自称“仪卫老人”，学者称之为“仪卫先生”。

方东树出生于桐城名门方姓家族之中，祖崇朱熹，尚诗义；父承桐城派大家刘大櫆、姚鼐之学，尚古文词。受家学影响，方东树“十八九岁时，读孟子书，怃然悟吾学之更有其大者、切者，遂屏文章不为。性喜庄、老及程、朱、陆、王诸

① 基金项目：全国教育科学规划2013年度教育部重点课题【DEA130243】。

② 程大立，安徽桐城人，广州工程技术职业学院图书馆研究馆员，研究方向：桐城派、岭南饮食文化。

贤书，读之若其言皆如吾心之所发者”①。姚鼐高徒、“姚门四杰”之一的方东树，科举之路并不顺利，十次乡试均未得中。直至道光八年（1828），五十七岁的方东树始绝仕途，不再应试，从此开始以课业、参幕维持生计。

方东树与广东极为有缘，一生中四次赴粤，客居为幕，或主书院。此间著述丰瞻，不仅撰写了代表他最高学术思想的《汉学商兑》《昭昧詹言》等著作，还参与了《广东通志》《粤海关志》等志书的编纂。前者成为清代学术史上最激烈的“汉宋之争”的重要代表，后者为粤志编纂创新了方法与思想。

笔者拟梳理方东树在粤期间的主要著述，通过其背景、内容与思想的分析，探讨其创作对粤学术文化的相关贡献和影响。

一、方东树四次赴粤经历与著述

嘉庆二十四年（1819）三月，四十八岁的方东树应两广总督阮元之请赴广州参与纂修《广东通志》。他勤奋笔耕，很短时间就完成了任务。将要辞行，阮元留其在志局续纂通志，直至次年始毕。道光元年（1821），方东树应邀主持广州廉州海门书院，任教至次年四月归里。这是方东树首次赴粤，共居三年零二个月。

道光二年（1822）九月，自阮元幕归桐五个月后，五十一岁的方东树应惠州知府罗月川之聘，复往广东。主持韶州韶阳书院。道光四年（1824），再次被阮元召入幕府教授经学，撰成《待定录》《汉学商兑》两部著作。十二月，阮元主持创建的学海堂落成，方东树为之撰《学海堂铭并序》。次年撰成

---

① 方东树．考槃集文录·卷五·答姚石甫书［M］．光绪二十年刻本．

《书林扬觯》。道光六年（1826）五月，阮元调任云贵总督，方东树遂自归里。第二次赴粤，方东树共居三年零八个月。

道光十二年（1832）四月，六十一岁的方东树第三次入粤谋生，“访按察使某公不遇”①，八月归里。共居四个月。

道光十七年（1837）二月，六十六岁的方东树应两广总督邓廷桢之邀第四次赴粤，客邓幕府。次年（1838）九月，应粤海关监督豫堃之请，参与纂修《粤海关志》，拟定凡例篇目，并分别代两广总督邓廷桢、粤海关监督豫堃作序。十月，作成《刊误补义》。道光十九年（1839），方东树客居粤东，八月撰成《昭昧詹言》。道光二十一年（1841）夏，七十岁方东树自粤归里。此次共居约三年零三个月。

二、方东树在粤的著述述要

方东树四次赴粤，共居约十年零五个月。四十八岁至七十岁正是他学识丰富、厚积薄发之黄金时期，此间，诞生了他人生中四部代表性的学术著作，还参与编纂了两部有历史影响的方志。

（一）学术著作述要

1.《待定录》

方东树的读书札记是多年积累而成。方氏第二次赴粤客居阮元幕中，道光四年（1824）八月作《待定录自序》，记载此书名的变迁：初为“定命书”；后因与刘宋顾凯之书名同，遂改为“撄宁子”，意即“撄之而后宁”；此次复改为“待定录”，以庄子所称世有真人而后有真知，取“真知又有待定

① 严云绶，施立业，江小角主编．桐城派名家文集①方东树集［M］．合肥：安徽教育出版社，2014年10月第1版，第612页．

者，非作者敢自定也之意"[①]。这部成于作者五十三岁的著作，已有百余卷规模，且在持续记录中[②]。可惜此书毁于咸丰年间的战火之中，今不存。

《待定录》是方东树于授徒之暇、旅枕之余、舟车之际"忽有所悟，随即札记之"[③]，其"所悟"无非"身心性命之旨，修己接物之方"[④]。具体内容于"天道、治法、物理、人情、修齐之教，格致之方，省察存养之旨，诸儒学术之同异得失，以逮说经考史、诗文小学，无不探赜抉微，析非审是"[⑤]。

2.《汉学商兑》

方东树的文学理论著作，是方氏最著名、也是最有争议的著作。道光四年（1824）于阮元幕中著。其时，有江藩作《宋学渊源考》《汉学师承记》，阮元辑刻《皇清经解》，崇尚汉学，方氏著《汉学商兑》"力陈汉学之失"[⑥]。又虑排汉学或变为空谈性命，不守孔子下学上达之序，乃著《辨道论》《跋南雷文定》，以砭姚江、山阴抵牾朱子之误[⑦]。针对当时汉学考证者，以辟宋儒、攻朱子为本，而其实"不出于训古小学、名物制度"与圣人"躬行求仁、修齐治平之教"一切抹杀，

---

① 严云绶，施立业，江小角主编．桐城派名家文集①·方东树集［M］．合肥：安徽教育出版社，2014年10月第1版，第263页．

② 黄爱平，吴杰编．中国近代思想家文库·方东树　唐鉴传［M］．北京：中国人民大学出版社，2015年5月版，第220页．

③ 黄爱平，吴杰编．中国近代思想家文库·方东树　唐鉴传［M］．北京：中国人民大学出版社，2015年5月版，第220页．

④ 黄爱平，吴杰编．中国近代思想家文库·方东树　唐鉴传［M］．北京：中国人民大学出版社，2015年5月版，第220页．

⑤ 陈晓红．方东树著述考略［J］．古籍整理研究学刊，2010年5月，第3期第22页．

⑥ 陈晓红．方东树著述考略［J］．古籍整理研究学刊，2010年5月，第3期第22页．

⑦ 徐世昌等编著．沈芝盈　梁运华点校．清儒学案·卷八十九·惜抱学案（下）·方东树［M］．北京：中华书局，2008年10月第1版，第3527页．

批之为“名为治经，实足乱经。名为卫道，实则畔道”。作者愿以自己对宋儒的感激之心与所逮知识，与汉学者辩论。作者认为“汉儒、宋儒之功，并为先圣所侦赖，有精粗而无轩轾”，时代使之如此。谓宋儒得圣人之真，“程朱数子廓清之功，实为晚周以来一大治”，“如拨云雾而睹日月”；而清代汉学家“其蔽益甚，其识益陋。其所挟唯取汉儒破碎穿凿谬说，扬其波而汩其流，抵掌攘袂，明目张胆，惟以诋宋儒、攻朱子为急务，要之不知学之有统，道之有归，聊相与逞志快意鹜名而已”。全书体例仿朱熹《杂学辨》，摘录清代汉学家撰述的观点，然后一一辩驳于后。首卷“溯其畔道罔说之源”，中卷“辨其依附经义、小学似是而非者”，下卷总论，“辨其诋诬唐宋儒先，而非实事者”①。

3.《书林扬觯》

本书著于道光五年（1825），方东树仍在阮元幕中。关于此书的写作缘由，正文前有方氏短序：“两粤制府阮大司马既创建学海堂，落成之明年乙酉初春，首以‘学者愿著何书’策堂中学徒。余慨后世著书太易而多，殆于有孔子所谓‘不知而作者’，因诵往哲遗言及臆见所及，为十有六论，以谂同志，知者或有取于鄙言也。”② 说明此部著作是劝诫学者勿轻易著书。书首有桐城派文学家管同的题词：“所论虽专为著书而发，实则穷理格物、行己立身之道悉贯乎其中。”③ 事实上，此著也是方东树批评当时“只重考据，不重现实学风的产

① 阮元．研经室集［M］．北京：中华书局，1993年5月版．

② 方东树著，李花蕾点校．书林扬觯［M］．上海：华东师范大学出版社，2015年1月版．

③ 方东树著，李花蕾点校．书林扬觯［M］．上海：华东师范大学出版社，2015年1月版．

物”①。

4.《刊误补义》

系学术专著的刊误本，包括《汉学商兑刊误补义》一卷、《书林扬觯刊误补义》一卷，为道光十八年（1838）方东树所著。《汉学商兑》《书林扬觯》刊行后，方氏在自我检查中发现还有应该改正之处；后来读书时有所获得和发现，就记录在两书的上下方。经历十余年时间，补记内容已经很多，就取而编辑成为此书。

5.《昭昧詹言》

方东树的诗学著作。原为方东树批在王士禛《古诗选》、姚鼐《今体诗钞》等家塾读本上的评语。道光十九年（1839），方东树客居粤东，将其汇编成书，共十卷，“然未刊。后方氏又有续作增改”②。此书专论五言古诗。首卷为通论，以下汉魏、阮籍、陶渊明、谢灵运、鲍照、谢朓、杜甫、韩愈、黄庭坚各一卷。其后又撰《昭昧詹言续录》二卷，专论七言古诗。前卷为总论，后卷分论从唐代王维、李颀至元代虞集、吴莱等16人。本著重论诗学旨要：学古人诗求之于“义理蕴蓄、本领根源、精神气派不可袭其形貌”，应“陈言务去”，以“文从字顺各识其职为贵”③。

（二）方志述要

1.《广东通志》

（清）阮元修、陈昌齐、刘彬华纂。为《广东通志》第六次修纂。起于嘉庆二十三年（1818），成于道光二年（1822）。

---

① 陈晓红．方东树著述考略［J］．古籍整理研究学刊，2010年5月第3期，第22页．

② 陈晓红．方东树著述考略［J］．古籍整理研究学刊，2010年5月第3期，第23页．

③ 严云绶，施立业，江小角主编．桐城派名家文集①·方东树集［M］．合肥：安徽教育出版社，2014年10月第1版，第263页．

从明嘉靖十四年（1553）至民国时期，《广东通志》历经八次修纂。清嘉庆二十二年（1817），阮元出任两广总督兼抚广东，发现《广东通志》已近九十年未修，前次修志尚在雍正八年（1730），且“疏误之处，未悉订正”。次年底，即奏请重修《广东通志》。此志体例依谢启昆修《广西通志》，“阅书颇博，考古较旧加详。而沿革、选举、人物、前事、艺文、金石各门亦皆详核”[①]。志成334卷，职官表载至道光二年，前事略叙至崇祯十七年。刊版存于学海堂，咸丰七年（1857）毁于英法联军炮火之中；同治三年（1864）史澄等重刊。

《广东通志》人选凡总纂、分纂、采访、校录皆“富于学而肯勤其力”。其中有著名的经学家江藩。方东树应阮元之邀助编《广东通志》，初任分纂，主修“建置”编。完成后留任协助总纂，直至此志修成。

2.《粤海关志》

我国第一部海关专史与通史。清梁廷枏主纂，共三十卷。叙述道光十八年（1838）以前广东海关沿革、通商情况及行政制度，分为前代事实、口岸、设官、税则、禁令、兵卫、贡舶、市舶、行商、夷商等十四类。

从道光十八年（1838）五月开始动笔，至道光十九年九月前写成，历时近一年半。“以潮州府澄海县训导臣梁廷枏统提局务，并任总修。俾与钦州学政臣曾钊、桐城生员臣方东树，区析门类，荟萃典章。阅众手以编成，获克期而告蒇。”[②]方东树不仅参与编纂，且撰写了《粤海关志叙例》，又分别代两广总督邓廷桢、总纂梁廷枏撰写了《粤海关志序》。

---

① （清）阮元修，陈昌齐，刘彬华纂．广东通志序［M］．道光二年（公元1822年）刻本．

② 杨芷华点校．广东通志序［M］．艺文汇编［M］广州：暨南大学出版社，2001年版，第394－395页．

三、方东树在粤著述的社会影响和学术价值

方东树在粤著述包括读书札记、文学理论和志书三类，分别从传统文人阅读知世、文章立世、史学传世等方面表现了桐城派作家的儒家立场和文学观、价值观，对桐城文学理论在粤的传播与发展，对桐城文化与岭南文化的交流与互进，发挥了一定的作用和影响。

（一）光大桐城派治学精神，传播桐城文学理论

方东树终身无功名，在粤期间只是一介寒儒，以居幕和执教谋生。但其读书不辍，且常有所得。在粤的第一本著作《待定录》正是他“于旅枕不寐之余，舟车波尘之际，忽有所悟，随即札记之”[①]。方氏读书目的是“探无人之旨，究性命之归”[②]。读书内容极其广泛，“览经历诸子百家，独契朱子。”他的读书方法是温故知新，“细思故书，欣然有会，则直记其词，以当书绅”[③]。方东树不甘成为蠹书之虫，他要通过博读深思而治学。“志乎古”之“修己之学”，提倡“学处贫贱而已，学处患难而已，学处富贵而已，学处死生而已”[④]。他认为读书首在“立志”：“以开发其志气，交相激励以成其德

---

① 黄爱平，吴杰编．中国近代思想家文库·方东树　唐鉴传［M］．北京：中国人民大学出版社，2015 年 5 月版，第 220 页．

② 刘声木撰，徐天祥点校．桐城文学渊源撰述考（卷八）·方东树［M］．合肥：黄山书社，1989 年 12 月第 1 版，第 265 页．

③ 严云绶，施立业，江小角主编．桐城派名家文集①·方东树集·待定录自序［M］．合肥：安徽教育出版社，2014 年 10 月第 1 版，第 263 页．

④ 严云绶，施立业，江小角主编．桐城派名家文集①·方东树集·待定录自序［M］．合肥：安徽教育出版社，2014 年 10 月第 1 版，第 263 页．

业。”[1] 次为“立身”：“为法于天下后世。”[2] 最高在“立说”：面对天下“违背理本，偏僻破碎，务攻宋儒以张门户之私，方且忧其破道，思立说以救其弊”[3]。桐城派作家好读书，更好著书。在阮元幕中，一时名流辐辏门下，方东树客其中，名不见经传，为补“不耕织而衣食之咎”，他“独发愤著书”[4]。其为文“好构深沉之思，醇茂昌明，言必有物，穷源尽委，沉雄坚实，无不尽之意，无不尽之词”[5]。其著书的目的在于“觉人”[6]。方东树好读、善思和著述引起了阮元、梁廷枏、罗月川诸粤官的重视和信任，方氏得以参与《广东通志》《粤海关志》的编纂，还直接进入廉州社学、粤海学堂等学府讲学和任教，传授了桐城派读书方法，光大了桐城派治学精神，影响一批岭南学子。

方东树是桐城派集大成者姚鼐的嫡传弟子，得桐城派真传。他认为天下学问皆“出于程朱”，“因文见道，穷理尽性”方能“于古今文法知之最深”[7]。他自己则“讲求文理”，“注重考据、辞章，为文要求有物有序，讲求经世致用，师古而不

---

① 严云绶，施立业，江小角主编．桐城派名家文集①·方东树集·新建廉州胡廉社学记［M］．合肥：安徽教育出版社，2014 年 10 月第 1 版，第 374 页．

② 严云绶，施立业，江小角主编．桐城派名家文集①·方东树集·新建廉州胡廉社学记［M］．合肥：安徽教育出版社，2014 年 10 月第 1 版，第 374 页．

③ 严云绶，施立业，江小角主编．桐城派名家文集①·方东树集·与罗月川太守书［M］．合肥：安徽教育出版社，2014 年 10 月第 1 版，第 343 页．

④ （清）马其昶著，毛伯舟点注．桐城耆旧传·方植之先生传弟百十［M］．合肥：黄山书社，1990 年 2 月 1 版，第 397 页．

⑤ 刘声木撰，徐天祥点校．桐城文学渊源撰述考（卷八）·方东树［M］．合肥：黄山书社，1989 年 12 月第 1 版，第 265 页．

⑥ （清）马其昶著，毛伯舟点注．桐城耆旧传·方植之先生传弟百十［M］．合肥：黄山书社，1990 年 2 月 1 版，第 398 页．

⑦ 刘声木撰，徐天祥点校．桐城文学渊源撰述考（卷八）·方东树［M］．合肥：黄山书社，1989 年 12 月第 1 版，第 265 页．

袭古，议论词达意尽，酣畅淋漓。”[①] 他曾经与姚鼐讨论“两汉之为文”，赞其“高古醇朴”“言言有物”[②]。方东树所继承的桐城派传统文学观，于其在粤著述中有具体的表达，这在一定程度上宣传了桐城派的文学理论，促进了桐城文学理论在粤的传播。

方东树长期研修，日臻境界；尊奉理学，坚定不移，其文其理颇得粤人肯定。阮元评其著述“源源本本，殚见洽闻。分风劈流，无坚不破……真解创获，实前人所未及”[③]。然其质疑求新精神也尤为可贵。对阮氏著述之倡，他以“著书当慎”告诫学子；对自己前期著作，不断勘误补正，形成《刊误补义》，他严谨而务实的治学精神，与粤开放包容的学术文化相融合。

（二）推动“汉宋之争”高潮，引发清代学术变革

《汉学商兑》是方东树在粤期间最有争议的一部学术著述。贬之者认为本著体现了方东树极深的门户之见和恶劣文风。中国近代思想家梁启超则赞其为“清代一极有价值之书”，他称方东树等桐城派对抗汉学的行动亦是一种“革命事业”[④]

汉宋之争肇始于清嘉庆年间，“姚鼐独张宋学旗帜，不惧

---

① 汪福来主编．桐城文化志［M］．合肥：安徽人民出版社，1992 年 12 月第 1 版，第 267 页．

② 严云绶，施立业，江小角主编．桐城派名家文集①・方东树集・与罗月川太守书［M］．合肥：安徽教育出版社，2014 年 10 月第 1 版，第 342 页．

③ 严云绶，施立业，江小角主编．桐城派名家文集①・方东树集・《三年之丧二十五月而毕说》文后所附阮元来信摘录［M］．合肥：安徽教育出版社，2014 年 10 月第 1 版，第 251 页．

④ 梁启超．清代学术概论［M］．北京：东方出版社，2012 年 5 月版，第 60 页．

孤弱，倡义理、考据、辞章合一之论。”[1] 江藩《国朝汉学师承记》（八卷）竭力表彰乾嘉学派训诂考据之学，“唯以诋宋儒、攻朱子为急务”[2]。道光年间，江藩又刊《宋学渊源考》阐述清代学者研究宋学的学术思想、渊源关系，列述传记；略而不载史乘有传和“从祀孔庙”的人物，桐城派名家方苞、刘大櫆、姚鼐更是只字未提。江氏等人的发难形成了清代学术界汉学独尊现象，在粤学术界更是汉学一边倒，“轻义理，重考据，推崇汉学，贬抑宋儒，成为学坛主流。”[3] 一方面，江藩在粤生活多年，形成了自己的学术门户及产生了深远影响；另一方面，得到两广总督阮元的鼎力支持。可以说，阮氏《皇清经解》正是响应江氏的汉学著作。其时，江、方同在阮元幕中，“正值正统派（汉学家））炙手可热之时”，方东树“奋然与抗”[4]，力撰《汉学商兑》，极力维护程朱理学，纠驳汉学之失，“其针砭汉学家处，却多切中其病，就中指斥言‘汉易’者之矫诬，及言典章制度之莫衷一是，尤为知言。”[5]《汉学商兑》刊行，将汉宋之争推向了高潮。此著虽引起学界的批评与质疑，但“为并时学者所重，实为清代学术将有变化之征兆”[6]。经过方东树的批判，汉学弊端尽显，从此衰微。

---

① 严云绶，施立业，江小角主编．桐城派名家文集①·方东树集·整理说明［M］．合肥：安徽教育出版社 2014 年 10 月第 1 版，第 153 页．

② 阮元研经室二集卷 7 清道光三年（1823 年）刻本．

③ 严云绶，施立业，江小角主编．桐城派名家文集①·方东树集·整理说明［M］．合肥：安徽教育出版社，2014 年 10 月第 1 版，第 153 页．

④ （清）马其昶著，毛伯舟点注．桐城耆旧传·方植之先生传弟百十［M］．合肥：黄山书社，1990 年 2 月 1 版，第 397 页．

⑤ 梁启超．清代学术概论［M］．北京：东方出版社，2012 年 5 月版，第 60 页．

⑥ 严云绶，施立业，江小角主编．桐城派名家文集①·方东树集·整理说明［M］．合肥：安徽教育出版社，2014 年 10 月第 1 版，第 153 页．

此后阮元等汉学家著作中，竟出现了调和汉宋的观点①。

（三）创新志书编纂方法和思想

桐城派作家大多有参纂地方志的经历，刘大櫆纂《歙县志》，姚鼐纂《江宁府志》，吴汝纶纂《深州风土记》。方东树在粤期间，参与编纂了《广东通志》和《粤海关志》。前者，方东树只是分纂和协总纂的身份，后者是主要编纂者。但两志所形成的体例和内容，都体现了桐城派作家的志学方法与思想。

阮元在《重修广东通志序》中说过“阅《广西通志》，乃嘉庆初谢启昆所修，喜其载录详明，体例雅饬。”。于是，确定新修通志“大略以《广西通志》体例为本，而有所增损”。说明《广西通志》是阮编《广东通志》重要的参照系。此处所说的《广西通志》系广西巡抚谢启昆于嘉庆五年（1800）主修而成，其总纂胡虔，名洛君，号枫原，清代桐城人，著名方志学家。与方东树一样，胡氏教书为生，漂泊广西时被谢中丞所识，入幕主编方志。一年成书279卷。此志典、略、录、表、传齐备。凡一省之地理、政治、经济、军事、社会、文化、人物无所不载，被梁启超誉之为“省志楷模”，为阮元选为范本。后来，《广东通志》与《广西通志》均被梁启超评论“价值久为学界所公认”。其实，方东树与同乡胡虔亦有学术交集。方氏学术进益胡虔早有知晓，嘉庆三年（1798），方东树的老师姚鼐曾致信胡虔：“植之昨有书云，近大用功心性之学，若果尔，则为今日第一等豪杰耳。”胡虔去世后，方东树亲自为之校刊《柿叶轩笔记》，并在卷首收录了自己撰写的《胡虔传》。可以说，方东树是胡虔学术最早的研究者。因此，方氏在参与阮氏通志编写的过程中，会很自然地学习和运用胡

① 汪福来主编．桐城文化志［M］．合肥：安徽人民出版社，1992年12月第1版，第276页．

虔的志学思想和方法。比如，阮编《广东通志》就采纳了胡虔“府县志体例，本于史部之地理，而附益以传记”和“方志宜分图、表、录、传，即奏一方全史，又要义例分明，与一地大势相应”的方法和思想。不仅如此，志纂过程中发生的清代学术史上江（藩）、方（东树）之争，使《广东通志》编写与学术思潮转变相适应。最为明显的是《广东通志》由“专注考据”转向“经世致用”[①]。具体内容上表现在关注国计民生、力戒夸饰攀附、如实辨正存疑和全局思想。

如果说从纂《广东通志》，方东树最多只能遵从主修之意，汲取同乡胡虔志学之长；而作为《粤海关志》主要编纂者，方东树有了更多的自主和创新空间。在纂志缘由上，方氏深刻地认识到“粤海设关，其事与他处特异”[②]。在内容取舍上，方氏本着“不致繁冗，简不致漏”[③] 的原则，力求全面而又简明。为了达到这个目的，《粤海关志》采用了诸如别为前载、特著一门、有表图而无传和杂录等方法，这些都是方氏根据《粤海关志》编纂目的而进行的方法创新。《粤海关志》翔实地记录了粤海关设置由来和发展历史、体制与组织、税则与禁例、商舶与贸易，丰富了我国海防史、税政史、外贸史，也“填补了海关史研究的学术空白”[④]。

（四）促进桐城文化与岭南文化的交融

方东树在粤的著述从内容上体现了桐城文化在岭南的传播

---

① 颜广文，关汉华．论阮元与《广东通志》的编纂［J］．华南师范大学学报（社会科学版），2000 年 6 月第 3 期，第 74 页．

② 严云绶，施立业，江小角主编．桐城派名家文集①·方东树集·粤海关志序代［M］．合肥：安徽教育出版社，2014 年 10 月第 1 版，第 294 页．

③ 严云绶，施立业，江小角主编．桐城派名家文集①·方东树集·粤海关志序代［M］．合肥：安徽教育出版社，2014 年 10 月第 1 版，第 294 页．

④ 陈恩维．梁廷枏《粤海关志》及其海关史研究［J］．史学史研究，2009 年第 3 期总 135 期，第 72 页．

与交融，比如，《昭昧詹言》以文论诗，特别是以桐城“古文笔法”“古文章法”评论苏轼、韩愈这些贬谪岭南、与民兴利、为民信仰的封建官员，引发了岭南人民对桐城文学与文化的兴趣。方东树在粤著述是他与粤人和官粤人的友情交往、学术交流与真理论争之中诞生的，这就从另一个侧面传播了桐城文化中文人知识分子的执着坚定、学术追求和务实淡泊的人生情怀，与岭南人文在近代的勃兴同频共振。

方东树居粤十年多，约有五年时间都在阮元幕中。方氏对阮氏敬重之情不言而喻，毕竟是两次招募以维持生计，且提供了参编省志、到学海堂讲学等施展才华的机会。然而，面对学术上的分歧，明知阮氏立足并偏向“敌论”江藩一方，方东树没有选择屈从，而是勇敢地直陈自己的观点，《汉学商兑》旗帜鲜明、言辞激烈，把阮元看成他卫道程朱理学的论敌。阮氏也并没有因为方氏的“不恭”和“挑战”而改变对方氏的爱惜与爱护，依然支持他刊行《汉学商兑》，且在自己后来的作品中，出现调和汉宋之争的学术转向。事实上，阮元、江藩、方东树都不是粤人，但他们在粤的合作与交往，在粤聚拢了人才，产生了一部不带地域偏见的《广东通志》，这就极大地丰富了岭南文化的内涵，特别是方东树的“抗争”，成为清代学术史上的响亮声音，也为岭南有史以来的“抗逆”精神注入了新鲜的桐城元素。除此之外，两广总督、故友邓廷桢的推荐，方东树才有了与梁廷枏《藤花亭诗集》“相与叹赏不置”①，才有机会成为《粤海关志》的主要编纂者，把桐城派作家的志学思想与方法充分融入我国第一部海关志中。

方东树是一位清贫无衔的桐城诸生，受到三任两广总督、一任海关监督和多位官粤知府的重视和重用，完全在于他的学

---

① 陈恩维．论梁廷枏的诗歌创作与岭南地域文化景观［J］．广州大学学报（社会科学版），第7卷第1期，2008年1月，第50页．

术成就和影响，在于他的治学精神和学术风范。方东树在粤十年，学术大进、著述丰富，说明了清代中后期粤学术的发展和发达；《汉学商兑》引发的汉宋之争高潮，也正是在积极进取、开放包容的粤文化氛围中方得以形成。

作者：广州工程技术职业学院研究员

姚鼐的中和性格和处世的人情美

刘文龙①

摘　要　姚鼐一生，概而言之，可以分为为人、为学、为官三端。细读姚鼐诗文集，从他为人的角度对文旨细加寻绎，特别是从心理背景上进行系统发掘，则可以鲜明地发现他性格的中和特色和处世的人情美。

关键词　姚鼐；中和性格；人情美

姚鼐（1731—1815），是桐城派的主要代表作家。在姚鼐的影响下，桐城派成为清代文坛最大的散文流派，也是古代最大的古文流派。姚鼐的古文理论在桐城派中起着纲领性的作用。除了古文理论的建树外，姚鼐为人的性格和理念也影响了桐城派的后学，从而走出一条“学而优则仕，仕而优则学”的新型道路。梳理姚鼐为人方面的特点，感受他人生祈向的微妙变化，对姚鼐的整体研究不无裨益。

一、姚鼐的中和性格

姚鼐出生于书香门第，从小就受着传统的封建教育，对于儒家的道德准则有很深的体悟。特别是姚鼐对宋儒的推崇，对

① 刘文龙（1990—），男，安徽太湖人，安徽大学硕士研究生，主要研究中国古代文学。

宋明理学的膺服，更使得姚鼐的性格染上了儒学的光彩。朱子一生中最为得意之作就是《四书章句集注》，直到去世前还在对《四书》相关问题进行思考和注释。姚鼐深谙朱子理论，自然对《中庸》之学研究也为透彻。在他不知不觉的研学过程中中和的思想对他的性格起着潜移默化的重要作用，影响着他对人生重大事情的抉择，以至于最后把教育作为人生祈向的唯一之路。在《范蠡论》中，姚鼐指出“故必内行备而后可友天下之士，友天下之士而后为之谋，则忠信而不私，当其事，则利害而不渝。”[1]2此说源于《大学》里“修身齐家治国平天下”的观点。姚鼐通过范蠡的典型例子说明修身的重要性以及在人生的征途中的先导性。“内行备”也就是加强自身的修养，涵养自身的道德情操，从本质上做到“躬自厚”，才能真正完成性格的转型，从而影响后学者，完成建立桐城派的祈向。程朱理学的思想在姚鼐身上得到体现，自然而然中和的思想也能在姚鼐身上得到较好的陶铸。

（一）中和性格在姚鼐身上典型地表现为为人的极度谦和，温文尔雅

“鼐诚不工于诗，然为之数十年矣，至京师，见诸才贤之作不同，夫亦各有所善也。就其常相见者五六人，皆鼐所欲取其善以为师者。虽然，使鼐舍其平生，而惟一人之法，则鼐尚未知其所从。比承先生吐胸臆相教，而鼐所怀而不以陈，是欺也，窃所不敢，故卒布其愚，伏惟谅察！”《答翁学士书》[1]85文中有三层含义：一是姚鼐对自己才学的谦虚，同时也暗示了他对自己的诗作的信心；二是姚鼐奖掖后学，在自谦的同时不忘对时秀进行褒奖，甚至愿意以师相待；三是姚鼐对自己文论思想的坚守，在婉拒翁学士的殷勤劝说时，语气缓和，不枝不蔓，坦诚地陈布自己的思想。姚鼐通过平缓的言辞来表达对翁学士的感谢，其中的情感不难体味。但是，在不紧不慢的语调中透露着语言的张力。姚鼐回复翁学士此书时心理活动则可感

受到，姚鼐文风雅洁的特色也得到鲜明体现。同样，在《复张君书》中也有类似的观点出现。“以仆駮蹇，不明于古，不通于时事，又非素习熟于今之贤公卿与上公进退天下人材者；顾蒙识之于俦人之中，举纖介之微长，掩愚谬之大罪，引而掖焉，欲进诸门墙而等之清显，虽微君惠告，仆固愧而仰德久矣。”[1]85姚鼐极力地贬低自己身份，从古今两个方面来指出自己的缺点，既不明古事又不明时事，几乎可以说一无是处，特别是把自己所擅长的古文辞说成“纖介之微长”，足见对张君的尊崇，内心的感激和欣羡之情不言而喻。其实，姚鼐作为古文大家，声名早标令誉。刘大櫆《送姚姬传南归序》言“今天既赋姬传以不世之才，而姬传又深有志于古人之不朽。其射策甲科为显官不足为姬传道；即其区区以文章名于后世，亦非余之所望于姬传。”[2]137刘大櫆对姚鼐的古文做了相当高的评价，并对他寄予厚望。姚鼐是刘大櫆同乡后学，又与他自己素来交好，姚鼐考试落第，为劝勉姚鼐不放弃仕途，自然会说相当程度的鼓励的话语，难免有阿私之嫌，但是从另一方面又可看出姚鼐的古文成就，姚鼐的确是值得刘大櫆称赞的。从后来姚鼐的古文贡献来看，姚鼐也不负众望，也恰好和刘大櫆所说相符。姚鼐为人处世的姿态和他的盛名不符，谦和而低调，欲彰而不显，足见姚鼐温文尔雅的姿态和他为人的风格。除上面两文外，姚鼐文集中还有不少的地方可以看出姚鼐的这一品格，几乎可以说姚鼐的这一特点鲜活地洋溢在姚鼐的古文的生命里。如“鼐性鲁知闇，不识人情向背之变、时务进退之宜，与物乖忤，坐守穷约，独仰慕古人之谊，而窃好其文辞。”《复汪进士祖辉书》[1]89“辱书引义谦而见推过当，非所敢任。鼐自幼迄衰，获侍贤人长者为师友，剽取见闻，加臆度为说，非真知文能文也，奚辱命之哉?”《复鲁絜非书》[1]93“鼐蠢愚无所识，又以年老多疾，遂至废学，为海内贤士大夫所弃宜矣。”[1]104姚鼐中和性格中谦和的特色既涵养了他的古文创作的水准，同时也影响了他的古文理论，以致在创建过程中不断修正完善，最后形成了桐城派独具特色的创作宗旨和风格，流播广泛，影响深远。

（二）中和性格还体现在姚鼐为学的相济上

姚鼐为人和为学是紧紧联系在一起的。为学的相关理论主张都能显现姚鼐为人的最为潜在的性格特点。“鼐尝论学问之事，有三端焉：曰义理也，考证也，文章也。是三者苟善用之，则皆足以相济；苟不善用之，则或至于相害。”《述菴文钞序》[1]61姚鼐的论文主张不废考证，从义理、考证、文章三者的排列顺序来看，姚鼐把自己钟爱的文章放在了最后，可以看出姚鼐对考证的重视。这一排列顺序可以窥视姚鼐性格里面深层的方面。他总是以一种和合相济的态度对待人生，对待为学，甚至为官。姚鼐坚守辞章的阵营，与之相对则是崇尚考据的汉学派。在整个文坛风气都倾向于汉学的阵营的时候，姚鼐举旗易帜，回归自己喜爱的辞章上面。这一反常做法原因的探析，学者多有论述，兹不论。但是，作为汉学的反方阵营，姚鼐经受住巨大压力，按常理来说，姚鼐应该为了自己的主义而排斥自己的反对者，坚决打击汉学的拥护者。然而，我们试看姚鼐对考据派抑或者说汉学派的论述：“为考证之过者，至琐碎缴绕，而语不可了当，以为文之至美，而反以为病者何哉？其故由于自喜之太过而智昧于所当择也。”《述菴文钞序》[1]61姚鼐只是指出一个为文的标准，即不能“太过”，也就是意味着应该坚持“中和”的思想。因为为文任何一方面过于突出，忽略其他方面的映衬，都将过于太凿，反而缺陷易于显露。因而，姚鼐主张三合一的理论追求，从而避免了单方面的缺憾。这也是姚鼐性格的外化和表现。这一举措，不仅有利于理论为人接受，易于传授，也不易招致更多的反对者，反而会赢得汉学派的尊重和友好接受。《赠钱献之序》一文，姚鼐具体论述了考据之学的渊源，阐释了明末至清考据兴盛的原因。姚鼐最后把它归结于“天地之运，久则必变”[1]111。并且以夏商周三朝风气取向来为考据学的发展作注脚。“是故夏尚忠，商尚质，周尚文。”[1]111姚鼐承认了考据学的合理存在，并对其持肯定的态度。探其究竟，笔者认为，姚鼐是坚持以退为进的思想，以相济的态度来溶解汉学和宋学的矛盾，从而把矛盾的中心转移，不至于以个人的微薄之力来对抗汉学的强大阵营的力量。这是姚鼐对自身的处境深切认识的基础上提出的。结果表明，姚鼐的这一思想的确可以在三合一的理论基础上得到发展，可以说这种迂回的在夹缝生存的战略选择，是姚鼐苦心经营的结果。姚鼐总结的古文风格论为阳刚、阴柔两端。这一理论，也能体现他相济的态度。“鼐闻天地之道，阴阳刚柔而已。”[1]93“且夫阴阳刚柔，其本二端，造物者糅而气有多寡进绌，则品次亿万，以至于不可穷，万物生焉。故曰‘一阴一阳之为道。’夫文之多变，亦若是已，糅而偏盛可也，偏盛之极，一有一绝无，与夫刚不足为刚、柔不足为柔者，皆不可以言文。”《复鲁絜非书》[1]94姚鼐文风偏于阴柔，但也不失阳刚的特色。姚鼐游记体的文章中，秀丽的文笔中也能感受到一股股勃然向上之气。姚鼐善于使其文章兼合二者之长，而去其所短，从而不至于出现后人批评桐城派作家理论尤长，而实践方面则短的弊端。

（三）中和性格还体现在姚鼐对山水的钟爱上

姚鼐钟情山水，山水景物不仅成为他笔下的重要的题材，丰富了他文章的体裁类型，在文体学上具有不可忽视的作用，而且他创作的山水游记文章具有不可名状的美感，如《登泰山记》里描绘的“苍山负雪，明烛天南。望晚日照城郭，汶水、徂徕如画，而半山居雾若带然”[1]222，历来为人所喜爱。另一方面，大自然山水滋养了他平适、坦然的心态。这种心态，对于缓解他辞官归故里、余生从事教育的苦闷来说，不无裨益。“他日从容无事，当裹粮出游，北渡河；东上太行，观乎沧海之外；循塞上而西，历恒山、太行、大岳、嵩、华，而临终南，以弔汉、唐之故址；然后登岷、峨，揽西极，浮江而下，出三峡，济乎洞庭，窥乎庐、霍，循东海而归，吾志毕矣。”《左仲郛浮渡诗序》[1]44姚鼐规划了自己“无事”时的蓝图，从东到西，从南到北，游历的范围之广，所经地方之多，几乎和司马迁的行走路线相同。不过，姚鼐只是实践了精神上的游历，是对精神上的愤懑做的一些宽慰罢了。姚鼐终其一生，游历的愿望只能寄托在与友人相互酬唱的抒情创作中，只能在字里行间充斥着涉猎赏玩弔古的心愿。姚鼐接着写道："客有戏余者曰：‘君居里中，一出辄有难色，尚安尽天下之奇乎?’余笑而不应。”《左仲郛浮渡诗序》[1]44姚鼐此间的“笑”值得玩味。一方面，姚鼐居“里中”是实，靠授业为生。遍历天下之奇需要时间和精力的支持，特别还需要经济上的支撑。从这方面来揣测，自然而然少了实现愿望的现实基础。这种经济上的窘境，可能使得姚鼐发出苦笑。另一方面，从姚鼐的游历抱负来看，他具有博大的胸怀以及追求不止的夙愿。姚鼐中年就辞官，正当仕途处于上升的时期，他却选择了回归田园，沉溺在授徒、古文创作中。到底姚鼐的为官理念怎样？是否真的可以就辞官这单一视角来揣测？则待下文论述。但是，如果从这个角度出发，姚鼐的“笑”的内涵就比较丰富，并不仅仅从猎赏天下之奇的愿望落空的这一单纯的动机而出发。姚鼐笔下的山水，是注有他性格的山水。自然而然，山水恬静淡然的一面也张扬了他性格的某些方面。尽管山水也有扬厉的一面，但是姚鼐性格复杂的一面也随着山水变化而呈现多样性。姚鼐笔下的山水之所以呈现这种状态，他自己也坦诚地在文中叙述过。“余驽怯无状，又方以疾退，浮览山川景物，以消其沉忧。”《晴学楼记》[1]223所以，读姚鼐的山水游记，总会在会心的美的感受中蕴藏着丝丝忧愁。在山水人格化后，姚鼐的情感和山水融为一体。然而，姚鼐的情感又不是那么激昂，只是淡淡的如游丝般让人能够琢磨，有时甚至蕴藏得了无痕迹，只有细心品味，才能读出其中的韵味。这又和姚鼐的性格契合了。中和性格使得山水能够和他自然熨帖，在山水的陶冶下，世俗的弊病能够暂时忘却，远于流俗之情，自适己意，沉浸在与物融为一体的自得处境中。

二、姚鼐处世的人情美

姚鼐的中和性格影响了他处世的行为规范，其中最为突出的就是处世的人情美。“人情”是他性格的外延，但是“人情”本身也有内涵，最能代表姚鼐真实的思想。笔者认为，“人情”也有形而上的意味，对姚鼐的生活具有哲学的导向意义。

姚鼐评论事物的标准，一是“真”，二是“情”。“真”既表现为“情真”，又表现为切理。值得注意的是，这里面有性情的掺入，由于性情的多变性，所以表现在生活中就错综复杂。“情”又和“真”联系紧密。然而，用“真情”一词来概括姚鼐的人情美，似乎又不够贴切。所以，将“真情”二字拆开阐释，分别指出其内涵，更能诠释姚鼐所指的人情美的内涵。另外，“真”和“情”二字似乎也是承晚明至清的思想潮流，有种反叛的、悖于传统礼教的味道在里面。因而，论述姚鼐的人情美的含义则不仅仅是个人性格的旨归，反而带有积极进步的意义。

“人情”一词，通常的义项指人的感情，如《礼记·礼运》：“何谓人情，喜、怒、哀、惧、爱、恶、欲，七者弗学而能。”《史记·太史公自序》：“人情之所感，远俗则怀。”另外，人之常情这一义项也为常见，具体指世间约定俗成的事理标准，如《庄子·逍遥游》：“大有径庭，不近人情焉。”除此之外，“人情”指人心、众人的情绪、愿望的这一义项也不能忽略，如《北齐书·卢文伟传》：“善于抚接，好行小惠，是以所在颇得人情。”姚鼐文集中所体现的人情的含义也见于以上所列的义项之中。姚鼐抓住“人情”这一习见的词语来展示生活的真实美。细读文本中，总能感受到一股生动的人情美感在萦绕回荡，意蕴深远，耐人寻味。

姚鼐文集中直接出现“人情”字眼的文章有六篇左右，间接写到“人情”的更是不胜枚举。其中在《庄子章义序》里，姚鼐引孔子语子游，谓“人为天地之心，五行之端，圣人制礼以达天道，顺人情。”[1]32姚鼐通过“人情”来表达对人生的态度，对《庄子》思想的勘悟。现将涉及人情的材料罗列如下：

至常德生当太平，以政事显，屡典大郡，其所遇宜人情之所喜矣。（《高常德诗集序》）[1]47

世之文士，以文进于有司，使一依古之革度，枯槁孤寂，与世违远，以觊见赏于俗目，此亦人情之事矣。（《陈仰韩时文序》）[1]65

然而揆之于心，度之于时，审之于己之素分，必择其可安于中而后居。则古今人情一而已。（《复张君书》）[1]86

人情好恶殊异，选举则虽至公，未必人皆谓善；若天下乐之，因为国获得人之誉，其于选举之道，不由尽乎？（《赠孔撝约假归序》）[1]109

夫贻德于后美矣，而身以黄耇得躬见之，则尤人之所乐得，如《诗》之颂君子，抑何近乎人情也。（《陈约堂六十寿序》）[1]117

姚鼐“人情”指涉在朝和在野两个方面。在朝的方面涉及时事，关心士子最为关切的时文写作和选举之道以及赞赏主考官的公正无私；在野方面则涉及处世的君子的道德规范。姚鼐以“人情”为准则来评判事务，足见他性格里面随性平适的特点。

上面简单概述了姚鼐“人情”的内涵，那么姚鼐在真实生活中的人情美具体体现在哪些方面？

第一，人情美表现在对女性的深切理解和同情。对女性的关注，一直是桐城派作家关心的问题。姚鼐承继方、刘系统而来，文章中时常见对女性的命运探讨的内容。周中明在《姚鼐的妇女观和他笔下的女性形象》一文中指出：“姚鼐笔下的女子，以母亲形象最多。仅在题目上标明‘孙母’、‘伍母’等即有11篇，加上虽未在题目上标明‘母’的，但实际内容属于写母的，总共达20篇。”同时，周先生概括出这些母亲的共同特征：“首先他们都是丈夫逝世后，坚持守节的节妇；其次，她们作为节妇，在守身、持家、教子的过程中皆历尽艰辛，起到了中流砥柱的作用；再次，她们在持家、教子达到致富以后，不是穷奢极欲，而是乐善好施，济困扶危，表现出中华民族女性特别善良的高尚的品格。”[3]97 周先生的论述详尽，对姚鼐作品中的女性形象的剖析也甚为精当，这些女性形象是中国传统女性的典范。姚鼐在这些作品中表现最为突出的就是“至情”。而表达“至情”的手段之一则是通过自残身体，如“姊割臂求以疗之”[1]122 “刲股和药饮之未愈，乃在刲，陆氏竟起”[1]149 这未免带有封建保守性以及封建礼教荼毒的影响。然而，姚鼐指出：“夫割股，非孝之正也，然至情所至，无择而为之，君子所许也。”[1]150 （《钟孝女传》）姚鼐重真情、至情，赞扬了女性笃厚的品格和纯真的人性美。“无择而为之”暗示了姚鼐内心的无奈和隐痛，同时也能使人对封建社会的合理性产生质疑和困惑。姚鼐对女性的关注以及反映女性的真实生活中闪烁着关切女性的人情美，尽管有时这种人情美体现得未免使人心酸，不得不使人感叹生活的无奈。这种扭曲的人情美是真实现实的反映，从某种程度上看，也是对封建制度的一种控诉吧。姚鼐从公正的立场对女性的德行和才华作了肯定，并竭力赞美她们在社会中起的作用，提高了女子的社会地位，使得女子得到公正的评价。姚鼐把女子的地位提高到与“儒者”等同。“儒者或言文章吟詠，非女子所宜，余以为不然。”“言而为天下之善，于男子宜也，于女子亦宜也。”[1](P121)（《郑太孺人六十寿序》）另外，姚鼐提出了“女君子”的价值观。这是有别于传统的价值取向的。《陈孺人权厝志》铭文中，姚鼐写到“居庳里，志高矢。藏无有而学富。其身可亡名不毁，吾为命之女君子。”[1]208姚鼐为女子正名的举措，是对传统的挑战，也反映出他对女性的理解和同情。其中，女性本身体现的人情美和姚鼐对女性关注的人情美相得益彰，互相助益，形成了别具特色的人情美，韵味悠长，余味曲包。从当时的社会语境来说，这是一种社会进步的体现。

第二，人情美表现在对君子的人格理想的坚守和追求之情。上面提到了姚鼐的“女君子”观。其实，考察姚鼐提出的真实意图，不难发现他是对君子的一种仰慕情怀和追求君子的人格理想。他是有很深的心理动机和强烈的社会洞察力的。可以说，这是社会上“君子风”的缺失从而导致对女性重视的意识的觉醒。在某种程度上，“女君子”正好是对君子缺失的错位现象的补偿。如果从姚鼐的为官理念这一视角来看，“君子风”的特点更加明显。《复张君书》里，姚鼐指出：“仆家先世，常有交裾接迹仕于朝者，今者常参官中，乃无一人。仆虽愚，能不为门户计耶？孟子曰‘孔子有见行可之仕’，於季桓子是也。古之君子，仕非苟焉而已，将度其志可行於时，其道可济於众。诚可矣，虽遑遑以求得之，而不为慕利；虽因人骤进，而不为贪荣。何则？所济者大也。”否则，“则从容进退，庶免耻辱之大咎已尔。”[1]86姚鼐追溯家学渊源，对现实的为官道路有了清醒的认识，因而制定了严格的入仕标准。为官的目的是为了践行“君子之仕”，把君子的人格理想作为自己最高的人格追求。姚鼐步入仕途，备尝艰辛，从乾隆十五年（1750）九月，中江南乡试，一直到乾隆二十八年（1763），

第六次应礼部试才中第，前后长达十三年时间。最后，姚鼐在诗中总结自己为官的成就为“十年省阁内，回首竟何成。”[1]463（《阜城作》）姚鼐在仕途不如意，达不到他自己所设立的标准，“君子之仕”的愿望落空，理想和现实的差距，不得不是一件令人痛苦和遗憾的事情。因而，姚鼐在对自己仕途审视的过程中不得不思考另外的出路。然而，姚鼐对于自己仕途的选择是经过慎重思考的，而不是轻易做出的抉择。试看姚鼐辞官后，在婉拒梁阶平举荐的信中说“是故古之士，于行止进退之间，有跬步不容不慎者，其虑之长而度之数矣，夫岂以为小节哉？若夫当可行且进之时，而卒不获行且进者，盖有之矣，夫亦其命然也。”[1]86（《复张君书》）姚鼐辞官有自己的理想追求，而不是单纯的一时之气的选择。究其原因，笔者认为是姚鼐认识到为官事业很难实现自己的君子理想，在辛苦求索的为官和理想的两难抉择下，姚鼐毅然决然地走上了另外的道路，所以从这方面来考虑，他辞官的动因与此也不无关系。姚鼐的这种追求，从本质上来说，也是符合传统士大夫的人生追求目标的。因为，对于真正的读书者来说，他们一直把成圣成贤当成人生最重要的事。姚鼐也没有偏离传统的道德价值轨道，而是再次使得这种思想的复活，对当时的世风趋向，不能不说是一种修正。姚鼐的这种选择符合古代仁人的价值判断，其中体现了他内在的中和性格，同时也体现了他的美学追求，既能反映古时的人情向背，同时也能见时事的真实图景。尽管姚鼐的这种人情美，针对的是当时特定的人群，但是对于当时的后学者来说，也应该有补救时弊的作用。

总之，姚鼐的中和性格影响了他为官和为学，在人生的征途中，一直对他起着方法论的导向作用，以至于辞官后四十年的授徒生涯中并没有出现艰辛的怨辞，而是乐此不疲；他坚守着古文的阵地，埋头创作着体现自己人情美的作品，再次为古文的繁荣创造了条件。姚鼐的这些人情美的作品，深深地和他性格相契合。研究姚鼐的性格方面的这些特点，对于正确的认识和评价他的为人、为官和为学的特色以及他的价值观念追求来说应该不无裨益。

作者：安徽大学文学院硕士研究生

参考文献

[1] 姚鼐．刘季高标校．惜抱轩诗文集［M］．上海：古籍出版社，1992.

[2] 刘大櫆．吴孟复标校．刘大櫆集［M］．上海：古籍出版社，1990.

[3] 周中明．姚鼐的妇女观和他笔下的女性形象［J］．安徽大学学报，2003，9.

姚鼐立派与其家族弟子群考述

汪孔丰[①]

摘　要　姚鼐不仅是桐城麻溪姚氏家族的标志性人物，也是桐城派的立派宗师。他身边，聚集着一群服膺其法的门徒，这其中有不少姚氏子弟的身影。他们有姚莹、姚宪、姚景衡、姚师古、姚雉、姚柬之、姚元之、姚兴棨、姚通意等人。他们的存在，从家族文学视角来看，有助于强化姚氏家族文学的创作取向与批评观念的趋同性，扩大姚家的文学影响力；从桐城派视角来看，他们是姚鼐开宗立派之时的队伍基础，是流派初创期的重要生力军。姚氏一门群从的风雅景观，是桐城派演进史程中的重要现象，具有特殊的文学史和文化史意义。

关键词　麻溪姚氏；姚鼐；桐城派；弟子群

姚鼐是桐城麻溪姚氏家族的标志性人物。科宦上，他先后中举人、进士，历任礼部主事、乡试副考官、会试同考官、刑部郎中等职，后又担任《四库全书》纂修官，膺受殊荣；文学上，其诗熔铸唐宋，文章宗法韩欧，“惜抱家法”成为广为接受的文学准则；学术上，他以宋学为根底，不废汉学，奠定了桐城派的治学门径；教育上，他主讲书院，广收门徒，成为桐城派的立派宗师。这样的声誉与影响力，在清代姚氏家族史

---

① 基金项目：2013 年度国家社科基金青年项目“文化家族视域下的桐城派研究”（13CZW051）；2016 年安徽省高校优秀青年人才支持计划重点项目（gxyqZD2016202）。

上是空前绝后的。

作为一派宗师，姚鼐身后必然会聚集一群服膺其法的门徒。刘声木《桐城文学渊源考》卷四对此有专门记载。尤为显眼的是，姚莹、姚宪、姚景衡、姚濬昌、姚柬之、姚元之、姚兴棨、姚通意等八位姚姓作家名列其中，而他们竟然都是出自桐城麻溪姚氏家族。实际上，除姚莹之子姚濬昌外，其他七人都曾师事姚鼐，得其指教。这表明姚鼐在家族内部声望甚高，影响甚广，吸引了姚家的一些成员相从问学。在姚鼐身边，隐然存在着一个以他为中心的家族文人群。

由于刘声木所记较为简略，对这些姚家子弟的诸多信息语焉不详或避而未谈，故我们了解这些姚氏子弟时不免会有一些疑惑：如姚鼐在家族中和他们有着什么样的辈分关系？姚鼐在学术、辞章等方面对这些人到底有多大的影响？除了这七人外，姚氏家族还有没有其他成员师从过姚鼐？等等。这些问题倘都能得到解决，将会更加有助于我们深刻体认姚氏家族文化的代际传承以及桐城派传衍的家族性特征等问题。

通过考察，与姚鼐交往的家族文人群依据辈行可分为四类：一是他的族叔，二是他的族内兄弟，三是他的子侄，四是他的孙子及侄孙。后两类人尤占多数。

一、姚鼐族叔

十五世姚兴泶（1740—1788），字渭川，号花龛，又号香岩，乾隆三十九年甲午科（1774）顺天乡试举人，官山西平定直隶州州判。他是姚孔锌第三子，葵轩公姚希廉七世孙。而姚鼐是姚希廉的八世孙，故他说兴泶“于辈行余叔父也”①。

① 姚鼐著、刘季高点校：《惜抱轩诗文集·文集》卷四《香岩诗稿序》，上海古籍出版社1992年版，第51页。

姚兴泶自幼聪颖，读书勤奋。族父姚孔鋠有诗称：“汝方就家塾，诵书如翻水。长者夸神骏，龙文识驹齿。”① 姚兴泶年齿小于姚鼐，自少从鼐学文辞，鼐相亲爱甚。兴泶入京则馆于鼐舍，鼐归亦相从，常常见面②。叔侄二人关系相当密切。姚兴泶有《南陵怀梦谷夫子》：“岁暮复行役，千山马首分。天涯愁客子，高馆遇夫君。雪色迷朝景，风声破宿醺。关河皆冻合，底事滞寒云。”姚鼐诗集中亦有《南陵送渭川》：“楚泽横千里，登高望不分。山城正风雪，江路忽逢君。岁晏梅初坼，长宵酒易醺。只愁明发去，空水与寒云。”综合两诗内容来看，皆是为相遇于安徽南陵而作。时值岁末隆冬，寒梅初绽，风雪交加，他乡遇亲人，叔侄二人欣喜万分，客馆长夜畅饮。然而，醺酒并不能浇灭离别的忧愁。这浓浓的离愁中氤氲着他们之间的深厚亲情。

姚兴泶工诗，有诗集，《桐城续修县志》载录有《晚香堂遗诗》（一卷），而《桐旧集》则录有《香岩诗稿》。其子姚培筠曾说其父“遗诗多散佚，辑所有者为《香岩诗稿》”③。这两本书有可能是同书异名，由于诗稿今已不存，有关真相恐难以彻底知晓。不过，姚鼐文集中有《香岩诗稿序》，《桐旧集》也存录其诗 20 首，它们在一定程度上为我们展现了姚兴泶诗歌的创作内容与艺术特征。姚鼐在诗序说姚兴泶：“词气秀发，又通敏人事，诗多得古人清韵，不为浅俗之言。其才于古今经义骈丽之文，无所不解，亦皆有法度，而尤长者在诗。然亦恨人事扰之，苟极其才力，所至当不止此也。”④ 姚鼐的这

---

① 姚孔鋠著：《小安乐窝诗钞》卷二《十五侄兴泶十龄时随仲兄虔州寄诗勗之》，清乾隆二十三年（1858）刻本。

② 《香岩诗稿序》，第 51 页。

③ 徐璈编：《桐旧集》卷七“姚兴泶”，清咸丰元年（1851）刻本。

④ 《香岩诗稿序》，第 52 页。

番评价较为中肯，并无多少溢量之词，既肯定其诗确有成就，又惋惜其未尽显才力。不过，他对其人地位的评价甚高，说姚兴泶“于近之诗人，足以豪矣”①。

其实，姚兴泶的诗风亦可用“豪”来标榜，如《太白楼观萧尺木画壁》诗云：“万古高楼在，图来白也狂。笔驱山岳走，思接海天长。风雨何年暗，烟云白日骧。丹崖横素壁，碧嶂拱雕梁。泰岱千寻矗，齐烟九点苍。日华金线晕，松影铁虬僵。左顾连衡岳，南驰走楚疆。祝融峰欲动，朱鸟翼将飏。谁见蛾眉秀，为看月影黄。猿声俨巴峡，江水入平羌。五老曾名寺，三君旧姓匡。湖光写彭蠡，山势踞南康。回忆开元日，遨游云水乡。峰头题旅雁，海畔望扶桑。瀑咏银河落，天吟玉垒荒。锦袍时惹墨，乌帽饱经霜。寂寞过牛渚，凄凉返夜郎。一时工写照，千古记行藏。潇洒诗仙迹，淋漓画史场。江蓠申展谒，神采尽飞扬。”朱润木评其“伟杰苍茫，可匹沱水、岷山之作”②。又如《北墅纳凉大雨》一诗，想象奇特，气势纵横，豪放洒脱，颇有太白之风。当然，从现存诗作来看，姚兴泶诗还有清新韵致的一面，如《秋夜》：“才送故人去，闭门秋夜清。竹深微见月，风定缓更传。独步空庭久，徐看银汉倾。相思在何许，千里碧云情。”此类风格诗还有《张辰庵向青山庄》《皖江谣》《舟行》等。

十五世姚建（1758—1815），字石卿，号袖江，乾隆年间监生。有《汲华轩诗集》四卷、《芳草吟》一卷。孙紫垣评其《汲华轩诗集》“薰香摘艳，丽藻彬彬”③ 他是姚孔鋠第二子，与姚兴泶是堂兄弟，姚希廉七世孙。姚建虽然辈分高，但年龄小姚鼐二十六岁。可惜，目前尚未见到他师从姚鼐的文字记

① 《香岩诗稿序》，第52页。

② 《桐旧集》卷七“姚兴泶”。

③ 《桐旧集》卷七“姚建”。

载。不过，有几点值得注意：其一，姚建之父姚孔鋠笃爱与姚鼐关系密切的姚兴泶，双方互有诗歌唱和①；其二，姚孔鋠尝与姚鼐伯父姚范按笛飞歌，诗酒赓和②；其三，姚建同姚鼐之间也有吟咏之作，现仅存有《片野同家姬传比部作》："天外霞如绮，岩前树作屏。惟将狎鸥意，直写换鹅经。云气连城白，山容带雨青。西风吹短发，趺坐种松亭。"③ 综合考虑，姚建在诗文上受姚鼐的泽溉亦有可能，将他归于桐城派阵营亦无不可。

二、姚鼐族兄弟

姚鼐的族内兄弟较多，仅伯父姚范一家就有姚昭宇、姚羲轮、姚登、姚励隆、姚斟元等五位堂兄弟，属于五服之内的兄弟就更多了。不过，并不是所有族兄族弟都与姚鼐有诗文往来。当然，有些与姚鼐有诗文往来的兄弟，或受姚鼐的影响，算作姚鼐弟子并不合适，不过，至少可以列入桐城派阵营。目前，可考知的有以下几位：

姚昭宇（1726—1798），字亭人，附贡生。姚范长子，姚鼐从兄。姚鼐仕宦时，曾致信姚昭宇，说"拟将来一得御史，无论能自给与不，决然回家矣"，"明年须于里中为觅一小馆乃佳，不在俸之多寡，欲羁其身心，俾读书耳"④。这已然透露出他欲辞官归故里的打算。昭宇子姚宪尝陪侍姚鼐于钟山书院。

---

① 《小安乐窝诗钞》卷七《苦雨偶作付渭川侄和》。

② 《小安乐窝诗钞》卷七《春日和南青韵》。

③ 《桐旧集》卷七"姚建"。

④ 姚鼐著：《惜抱轩遗书三种·姚惜抱尺牍补编》卷二《与亭人兄》，清光绪五年（1879）桐城徐宗亮刊本。

姚羲轮（1728—1788），字丹海，治《易》，邑增生。乾隆十八年（1753）举人，山西曲沃县知县，调洪洞县知县，以卓异擢銮仪卫经历，出为广西南宁府同知，署南宁府知府。姚范次子，姚鼐从兄。由于姚鼐的幼子姚雉过继给姚羲轮，故两家之亲非同一般。

姚訏（1739—1776），字君俞，监生。姚鼐二弟，小鼐八岁。兄弟情深，以应顺天乡试入都，与姚鼐游。作真行书甚工，姚鼐甚喜。英年早逝，诗文无传，姚鼐曾作《亡弟君俞权厝铭》[①]，哀痛之情溢于言表。

姚斟元（1739—1794），字仪匡，号春树，邑增生，姚范第五子，姚莹祖父，姚鼐从弟。他曾至江宁，见姚鼐于钟山书院。姚鼐曾偕其与叶有和、陈用光、姚宪拜谒明孝陵，游览灵谷寺[②]。姚斟元记诵淹博，治经务先综括传记、训诂、名物、制度，而疑遽杂博，必折衷于宋贤，达其理道，“为文章率导源于汉，通轨唐宋，论议雅赡，不踰法则”[③]。他曾辛勤搜辑姚范的读书笔记，“又录所作诗文都若干卷”[④]。这为日后姚莹整理刊刻奠定了基础。

姚愷，字愷臣，号洛川，乾嘉间国子监生。姚鼐族弟。他以圣贤自期，随性而安，自称：“既读古人书，惧贻孔颜羞。但从性所安，外此非所求。”（《偶成》）文聚奎说他“富学殖，敦道谊，工诗古文辞”[⑤]，所著有《石笏山房诗集》。从《大宧

---

① 《惜抱轩诗文集·文集》卷十二，第182－183页。

② 《惜抱轩诗文集·诗集》卷四《九月八日偕叶治三陈硕士从弟仪匡侄彦印谒明孝陵游览灵谷寺晤其方丈僧祇园》，第484页。

③ 毛岳生著：《休复居诗文集·文集》卷五《赠奉直大夫福建台湾县知县姚君墓志铭》，民国二十五年（1936）宝山滕氏影印道光刻本。

④ 《休复居诗文集·文集》卷五《赠奉直大夫福建台湾县知县姚君墓志铭》。

⑤ 徐璈编：《桐旧集》卷七“姚愷”，清咸丰元年（1851）刻本。

口用杜陵木皮岭韵》《江畔独步寻花用少陵原韵》（两首）等诗题看[1]，姚恺之诗宗法杜甫。姚鼐对他较为雅重，有书信往来。姚恺有《复得姬传兄金陵病逾之信诗以志喜》两首，称赞姚鼐“文章尊一代，笔墨走群灵。门列三千士，师为百世型”，“江天存硕果，海内景文宗”[2]。

姚仙都（1711—1772），“字洪夫，号芥舟，治《易》，监生，广东候补州同知，署平远县知县。”[3] 姚兴淙第三子，与姚鼐同是姚文然四世孙。他比姚鼐年长，姚鼐有诗说他：“昂藏七尺气纵横，箧内中宵宝剑鸣。屠市故人从偶语，屏风侍史不知名。鬓华揽镜增霜雪，胸智探囊有甲兵。仍作弃繻关内客，西风吹短曼胡缨。”[4] 这首诗写出了姚仙都的个性与境况：意气纵横，胸怀壮志，欲有作为，然世不见用。诗虽戏笔为之，但饱含同情族兄遭际之意，亦可见两人关系之亲密。姚仙都有《七十二峰斋文钞》一卷，其中《张客山先生传》《送倪药人先生旅榇归里文》《五邑风土记》《信天翁说》《书帽峰诗集后》《哭孙渭西文》等文[5]，皆合乎桐城家法。

三、姚鼐子侄

姚鼐有三子。他与继室张曾敏之女生姚景衡、姚师古二子；与侧室梁氏生姚雉，雉后嗣姚鼐堂兄姚羲轮。三子均承惜抱学说，皆应列入桐城派。

长子姚景衡，少时得桐城名儒方绩指教，后又在钟山书院

---

① 徐璈编：《桐旧集》卷七“姚恺”，清咸丰元年（1851）刻本。

② 《桐旧集》卷七“姚恺”。

③ 姚联奎修、姚国祯纂：《麻溪姚氏宗谱》卷十二，民国十年（1921）木活字本。

④ 《惜抱轩诗文集·诗集》卷七《戏赠宏夫兄》，第533页。

⑤ 姚仙都著：《七十二峰斋文钞》，清刻本。

得父教诲，承继惜抱之说。姚鼐尝携其游镇江、苏州、杭州等地，谒见陈奉兹、秦瀛、谢启昆、王文治等名宦名士，助其扩展交际视野。姚景衡在诗文创作上有所成就，现存有《思复堂诗文存》二卷，“其文悉有法度”，“诗亦能自达其意，不蹈袭”[①]。方宗诚称姚景衡“才笔超轶出尘，雄气过于惜抱”[②]。关于其学术及诗文具体情况，笔者已有专文论述[③]，兹不赘言。

次子姚师古（1776—1839），字籀君，号容安。姚师古曾在钟山书院侍奉姚鼐，姚鼐尝携其出游，观赏过南京隐仙庵中“黄金万蕊香浮阁”的双桂[④]。姚鼐尺牍中现存有两封写给师古的书信，其中一封告诫师古：身体不健，不必锐意作时文，但不可不读经书；人不必断要中举人、进士，但圣贤道理不可不明[⑤]。这封家书彰显了姚鼐的读书观与教育观。

姚雉（1785—1838），字彦耿，号耿甫。他在姚鼐晚年之时，侍奉左右，得其聆教。如姚鼐对他说：“诗道非一端，然要贵有才气。”[⑥] 姚鼐《惜抱轩诗集》十卷在嘉庆三年（1798）刻板行世，其后十余年的诗作，得姚雉私录而保存。姚鼐逝世后的第二年，即嘉庆二十一年（1816），姚雉辑刻

---

① 姚柬之著：《伯山文集》卷六《〈楚辞蒙拾〉序》，清道光二十八年（1848）刻本。

② 方宗诚：《柏堂遗书·柏堂集次编》卷一《桐城文录叙》，清光绪桐城方氏志学堂刻本。

③ 参见拙作《家族与流派视域下姚景衡的发现与评价》，《苏州大学学报》，2015 年第 1 期，第 142－149 页。

④ 《惜抱轩诗文集·诗集》卷九《隐仙庵双桂相传元时植秋时花开极盛，携客及幼子师古观之因赋》，第 576 页。

⑤ 《惜抱轩遗书三种·姚惜抱尺牍补编》卷二《与师古儿》（之一）。

⑥ 姚鼐撰、姚永朴训纂、宋效永校点：《惜抱轩诗集训纂》，姚执雉《题〈惜抱轩诗后集〉》，黄山书社 2001 年版，第 546 页。

《惜抱轩诗后集》[①]。《文后集》十卷，《笔记》十卷，亦皆缮写讐校。姚雉对姚鼐诗文集的保存与传播功莫大焉。

与姚鼐有师承关系的族侄可考者有姚宪、姚原绂、姚通意等人。

姚宪（1758—1847），字彦印，号问漪。姚昭宇长子，姚范孙。邑庠生。《桐城文学渊源考》说他“师事从父姚鼐，受古文法，后复师事姚景衡”[②]。撰《问漪诗存》一卷、《问漪文存》一卷，今皆不存。

姚原绂（1773—1831），又名麟绂，字世纶，号兰扆。姚元之族父，姚希廉九世孙。师从姚鼐。嘉庆十一年（1806），姚原绂赴广东掌教粤秀书院，携带一册惜抱轩诗文集，当时“见者纷纷求索，而卒无以应，因集所得，修资重付剞劂”[③]。可以说，姚原绂为姚鼐诗文集在岭南的广泛传播做出了重要贡献。

姚通意（1762—1811），字彦纯。姚支莘子，姚文然五世孙。师事族父姚鼐，长期从居钟山书院，得闻姚鼐论诗要旨，益深于诗，遂裒集姚鼐谈诗粹言及亲旧佳什为《赖古居诗话》[④]。又有《赖古居诗草》，《桐旧集》存其诗3首。

此外，姚元之父姚原绶（1754—1818）、姚莹父姚騤（1764—1822）、姚訏子姚承恩（1773—1823）也值得一提。姚原绶，字霞纡，号藕房。他是姚希廉九世孙，姚鼐从侄。《麻溪姚氏宗谱》卷六云：“治《诗》，廪贡生，历任六安州、

---

① 《惜抱轩诗集训纂》，姚执雉《题〈惜抱轩诗后集〉》。

② 刘声木撰、徐天祥点校：《桐城文学渊源考》卷四，黄山书社1989年版，第164页。

③ 《惜抱轩诗文集》卷首姚原绂《〈惜抱轩诗文集〉序》，清嘉庆十二年（1807）刻本。

④ 蒋寅著：《清诗话考》，中华书局2005年版，第185页。

江苏宝山县训导……居宝山十六年，解组后，复掌教正谊书院。”① 性恬静，喜吟诗，而不轻作诗，作辄毁其稿。姚鼐与他有书信往来，《与霞纾侄》中云“吴中人来，盛称述老侄作监院之德”②。可知他在苏州正谊书院颇有功绩。虽然《桐城文学渊源考》未收录他，但其子姚元之却师从过姚鼐，又是桐城派传人，故而认定原绶是桐城派中人亦可。騤字襄纬，号醒庵，姚斟元长子。他幼时事祖父姚范，诗歌、古文辞颇得其绪言。因承家学，故尤嗜好有用之学，谙熟史事，这对其子姚莹颇有影响③。他是姚鼐之侄，姚鼐与他有往来，曾写字寄给他④。此外，姚鼐弟子方东树曾与姚騤“居宅邻近，朝夕数过从”⑤。《桐城文学渊源考》将他收录，他是桐城派中人应无疑义。姚承恩，字颛思，号谊执，姚鼐二弟姚訏子。姚鼐主讲钟山书院时，从侍左右。姚鼐在《寄畹容阁四姑太太》信中，称姚承恩“常常不在书院过夜”⑥，让姚鼐烦忧不堪。

四、姚鼐孙及侄孙

姚鼐晚年长期主讲江宁钟山书院，他的儿孙也因生计需要伴随于其身边⑦，其孙及侄孙都曾得到过姚鼐的教诲。相关人物罗列如下：

---

① 姚联奎修、姚国祯纂：《麻溪姚氏宗谱》，民国十年（1921）木活字本。

② 《姚惜抱尺牍》，第 76 页。

③ 姚莹著：《东溟文集》卷六《先府君行略》，《续修四库全书》第 1512 册，第 431 页。

④ 《姚惜抱尺牍》，《与石甫侄孙莹九首》之二，第 80 页。

⑤ 方东树著：《考盘集文录》卷十《赠通奉大夫姚君墓志铭》，第 409 页。

⑥ 《姚惜抱尺牍》，第 85 页。

⑦ 据姚鼐尺牍，家族中的“彦容”“复儿”“观儿”“耆儿”等亦在钟山书院，陪侍姚鼐，接受教诲。姚耆（1805—1830），字月樵，系姚承恩子。“彦容”“复儿”“观儿”，三人情况有待考证。

姚櫄（1805—?）字培生，姚雉子。幼时在钟山书院陪伴姚鼐。晚年姚鼐曾致信张聪思，说他在书院“自课櫄孙读书，固不寂寞矣”[①]。

姚朔（1781—1849），字蓂阶，又字伯符，号损轩，监生。姚莹兄。貤封文林郎福建台湾县知县，晋封奉直大夫江苏高邮州知州。他曾长期客居钟山书院，姚鼐帮他谋馆，写信“令投浙江杨臬台处，求荐一小馆”[②]。

著名诗人张际亮在写给姚柬之的诗中说：“君家惜抱翁，好学老益纯。诸孙富文采，蔚然时无伦。大令石甫明府骥子怒，侍郎伯昂阁学龙媒驯，看君倏骖驾，骅骝追前尘。”（《赠姚伯山柬之大令即送之粤东》[③]）这几句诗道出了姚鼐的侄孙姚莹、姚元之、姚柬之三人富有文采，才调无伦。他们三人都是姚氏十八世的杰出俊彦，其成才与姚鼐的谆谆教诲有重要关联。

姚柬之（1785—1847），姚希廉十世孙，姚鼐从侄孙。姚鼐以诗古文词为海内所宗，柬之早闻其绪论，受古文法，且欲以著撰学问文章名世[④]。曾燠有诗说：“东南百年惜抱轩，文章与世迴狂澜。大江日夜趋海门，中流屹立孤峰尊。然犀可穷百怪状，麾羽辄令千军奔。晚有弟子公从孙，公虽往矣仪刑存。马当一夕风送客，滕王阁上来凭阑。浩然高唱落天外，其气千里江全吞。忆昔我与公倾尊，盖于斯道尝细论。公云今人皆学古，入门不得而坏垣。妄作聪明弄狡狯，今惊创获古所删。纤新取媚儿女意，嘈囋或同市井喧。蚍蜉撼树訾李杜，哂

① 《惜抱轩遗书三种·姚惜抱尺牍补编》卷二《与张兼士》之二。

② 《姚惜抱尺牍》，《与石甫侄孙莹九首》之六，第81页。

③ 张际亮著、王飚校点：《思伯子堂诗文集·诗集》卷十七，上海古籍出版社2007年版，第619页。

④ 《考盘集文录》卷十《朝议大夫贵州大定府知府姚君墓志铭》。

笑未遇昌黎韩。今观子作川有源，宗风直溯唐开元。与公同抱乃如此，此卷惜不邀公看。”[①] 诗中不仅指出姚鼐的诗学主张，还点明姚柬之诗歌渊源有自，与姚鼐“同抱”。不仅诗歌如此，古文主张也师传惜抱。姚柬之说：“且夫文之佳者，曰声，曰色，曰气，曰味。”[②] 他所提的“声”“色”“气”“味”四要素，实则脱胎于姚鼐所倡言的作文具备“格”“律”“声”“色”“神”“理”“气”“味”八要素。在诗文创作上，姚柬之也颇有成就，阳湖张惠言之弟张琦说其“五古探源曹刘，乐府兼擅杜白，怀古诸长律，案隶事矜练出之，尤极顿挫沈雄之致，此韵语中史才，非复雕青刻翠之技”[③]，王检心评其“文如长江大河，滔滔不竭，而法度绳墨皆天然凑泊，不假雕琢”[④]。

姚元之（1773—1852），字伯昂，号荐青，又号竹叶亭生。嘉庆十年（1805）进士，授翰林院编修，仕至都察院左都御史。他是姚希廉十世孙，姚鼐从侄孙。他在书法和诗文上都得到过姚鼐的指点。姚元之擅书法，尤工隶书，曾请教于精通书法的姚鼐。姚鼐称元之隶书殊妙，且“惟本善楷书，故进为八分，极有笔力也”[⑤]。他充分肯定了姚元之的隶书造诣，这对元之后来在京师艺坛占据一席之地有激励作用。姚元之在诗歌上也多次得到姚鼐的谆谆教导。姚鼐对他说，学诗文要先从摹拟入手，须专摹拟一家已得，似后再易一家，如此自能熔

① 曾燠著：《赏雨茅屋诗集》卷十五《题桐城姚伯山棪经堂诗钞即送归里》，清嘉庆刻增修本。

② 姚柬之著：《伯山文集》卷六《童云逵文集序》，清道光二十八年（1848）刻本。

③ 《伯山诗集》卷十附录题跋。

④ 《伯山文集》之王检心《姚伯山先生全集序》。

⑤ 姚鼐著、陈用光编：《姚惜抱尺牍》，《与伯昂从侄孙十一首》之一，上海新文化书社1935年版，第76页。

铸古人，自成一体[①]。姚鼐还为姚元之安排了具体的学诗路径：古体要先从王士禛《古诗选》中的韩愈诗入手，然后上溯杜甫，下及苏轼；近体则从姚鼐所编《今体诗抄》入手，据其天资所近，先取一家之诗，熟读精思，然后必有所得[②]。姚鼐的精心教导为姚元之学诗指明了方向，虽然后来姚元之又师从著名诗人张问陶，但姚鼐对姚元之诗学成长的贡献不可抹杀。姚元之《荐青集》中诗体齐备，各具特色，“五言古诗旨远词微，有建安、黄初之风。七言古诗，出入开宝。五言律较七言律尤浑厚茂美。盛唐诸公作亦不过如是。七言绝句清新自得，五言乐府直逼齐梁”[③]。还需指出的是，姚元之久居京华三十余年，交游广泛，与陈用光、梅曾亮等相友善，这在一定程度上协助他们扩大了桐城派在京师的影响。

姚莹（1785—1853），是姚范之曾孙，而姚范又是姚鼐伯父，“诸子中独爱先生（姚鼐），每谈必令侍”[④]。基于这层亲密关系，使得姚鼐对侄孙姚莹青睐有加，教导颇为用心。早在姚鼐主讲敬敷书院时，姚莹因为岁试，寄居书院，姚鼐对他谈及学问文章之事，姚莹始得其要，归而为之益力[⑤]。姚鼐在写给弟子陈用光的书信中，也提及姚莹“尚能有志读书，差可望其振厉耳”[⑥]，期许之情，溢于言表。《惜抱轩尺牍》中存有九封是写给姚莹的，其中谈及姚莹诗文优劣问题，姚鼐说：“汝所自为诗文，但是写得出耳，精实则未。然此不可急求，

---

① 《姚惜抱尺牍》，《与伯昂从侄孙十一首》之二，第77页。

② 《姚惜抱尺牍》，《与伯昂从侄孙十一首》之一、之十，第77页、第79页。

③ 姚元之著：《荐青集》之“梅植之题识”，清道光二十三年（1843）刻本。

④ 姚莹著：《东溟文集》卷六《朝议大夫刑部郎中加四品衔从祖惜抱先生行状》，《续修四库全书》集部1452册，第428页。

⑤ 施立业著：《姚莹年谱》，黄山书社2004年版，第30页。

⑥ 《姚惜抱尺牍》，《与陈硕士书》之五十九，第62页。

深读久为，自有悟入。若只是如此，却只在寻常境界。"[①]"汝诗文流畅能达，是其佳处。而盘郁沈厚之力，澹远高妙之韵，瓌丽奇伟之观，则皆所不能。故长篇尚可，短章则无味矣。更久为之，当有进步耳。"[②] 谈及文章精妙问题，姚鼐说："文章之精妙，不出字句声色之间。舍此便无可窥寻矣。"[③]"大抵文章之妙，在驰骤中有顿挫，顿挫处有驰骤。若但有驰骤，即成剽滑，非真驰骤也。更精心于古人求之，当有悟处耳。"[④] 谈及领悟问题，姚鼐说："凡诗文事，与禅家相似，须由悟入，非语言所能传。然既悟后，则返观昔人所论文章之事，极是明了也。欲悟亦无他法，熟读精思而已。"[⑤] 谈及关于诗文正变问题，姚鼐说："所选吾诗，大抵取正而不取变。然观人之才，须正变兼论之，得其真境乃善。夫文章之事，欲能开新境，专于正者，其境易穷，而佳处易为古人所掩。近人不知诗有正体，但读后人集，体格卑卑。务求新而入纤俗，斯固可憎厌，而守正不知变者，则亦不免于隘也。"[⑥] 这些书信语录，反映出姚鼐在诗文方面对姚莹的指点比较细致、深刻。可以说，姚莹文学思想的形成及其文学创作应与姚鼐的精心培育有着重要关联。

五、一门群从的文学史意义

家族是作家成长成才的重要摇篮，也是营造文学环境与生成文学创造力的重要场域。在一族之内，文才卓异者往往享有

---

① 《姚惜抱尺牍》，《与石甫侄孙莹九首》之一，第78页。
② 《姚惜抱尺牍》，《与石甫侄孙莹九首》之四，第80页。
③ 《姚惜抱尺牍》，《与石甫侄孙莹九首》之一，第78页。
④ 《姚惜抱尺牍》，《与石甫侄孙莹九首》之七，第81页。
⑤ 《姚惜抱尺牍》，《与石甫侄孙莹九首》之八，第82页。
⑥ 《姚惜抱尺牍》，《与石甫侄孙莹九首》之九，第82页。

较高的文学声望，产生巨大的影响力，能对家族内部其他成员的文学创作与批评给予真挚的指引与热情的帮助，从而带动整个家族文学实力的提升与文化影响力的增强。

就桐城姚氏家族而言，姚家没有哪一个文人在文学方面能有姚鼐那样的知名度与影响力。姚鼐早在二十岁高中举人之时，就已“始窃乡曲名”了[①]。他首次进京会试虽失利，却赢得了刘大櫆的安慰与赞誉。在他南归之际，刘大櫆作序相赠，称“读其所为诗、赋、古文，殆欲压予辈而上之，姬传之显名当世，固可前知”[②]。其后，他在京师广泛交游，在京师文坛崭露头角，王文治称赞他“古文辞不让唐宋人”[③]；朱筠揄扬他“才殊千百众”[④]。尤其是他辞官南归后，讲学四十年，竭力传播桐城义法，其古文宗匠之地位逐步得以确立。陈用光说姚鼐退居四十余年，“学日以盛，望日以重，其初，学者尚未知信从，及既老而依慕之者弥众”[⑤]。无锡人秦瀛在嘉庆初年就称赞其“古文卓绝无与俦”[⑥]，而晚年姚鼐也自谓“却顾江南老秃翁，猥称当代一文雄”[⑦]。姚鼐代表着清代姚氏家族文学所能企及的高度。

毋庸讳言，姚鼐无论是在科名上，还是在诗文、经术上，

---

① 《惜抱轩诗文集·诗集》卷三《阜城作》，第462页。

② 刘大櫆著、吴孟复标点：《刘大櫆集·文集》卷四《送姚姬传南归序》，上海古籍出版社1990年版，第136页。

③ 王文治著：《海寓诗钞》，《海愚诗钞序》，乾隆五十九年（1794）刊本。

④ 《惜抱轩诗文集·诗集》卷五《方天民独觉次韵余少在京师与朱竹君王禹卿酬和长句见赠，又示病起五言，用其病起韵答之》，上海古籍出版社1992年版，第514页。

⑤ 陈用光著：《太乙舟文集》卷三《姚先生行状》，《续修四库全书》集部第1493册。

⑥ 秦瀛著：《小岘山人诗集》卷十二《谢苏潭邀同姚姬传游西湖即送姬传还白门》，清嘉庆刻增修本。

⑦ 《惜抱轩诗文集·诗集》卷五《题刘云房少宰涤砚图》，第11页。

对家族成员是有吸引力与依附力的。他创造的“惜抱家法”成为姚氏家学的重要文化资源，也成为家族成员“有法可依”的文学准则，或隐或显地指导和规范着家族成员的诗文写作。受姚鼐影响，他的族叔、兄弟、子侄以及侄孙，都纷纷团聚到他的身边，或接受文法，或诗酒唱和。从家族文化视角来看，这无疑有助于增强姚氏家族文学的创作取向与批评观念的趋同性。从桐城派来看，这些姚家文人无疑是姚鼐开宗立派之时的队伍基础，是流派初创期的重要生力军。尤其是姚莹，在姚鼐去世之后，更是凭借事功与政望，有力助推了桐城派的传衍。姚氏一门群从的风雅景观，是桐城派演进史程中的重要现象，具有特殊的文学史和文化史意义。

作者：安庆师范学院文学院副教授，文学博士，安徽大学文学院博士后。

族产与桐城派的人才培养

张秀玉

摘　要　桐城派文人以官员对宗族财产的贡献最大。桐城方氏、姚氏、马氏各族以及江西陈用光、广西龙启瑞等人对宗族财产都有巨大捐助。他们通过捐置祠堂、家塾、义庄（或称义田）来创办家族公产。各家族都设置了详细严密的规则来管理家族财产，使之运行有效。有的大家族的族产规模是相当惊人的，受惠族人很多。这些运行有效的宗族组织，对宗族的祭祀、慈善、教育方面的组织极有成效，尤其对人才的培养作用极大。主要通过族产实现对族中子弟的广泛培养，实现对族中贫困子弟的扶助以及对能得到功名子弟的重点培养。通过这些人才培养的手段使文脉有厚实的人才基础，也使家族势力长久不衰。正因为家族经济参与到人才培养，才可看到桐城派中往往兄弟父子、族属宗亲相继而学习古文，成为流派成员。桐城派的“人丁兴旺”，也与这种宗族社会相关。桐城派文人出身文学世家的极多，也有家族规定了子弟入仕后要回馈宗族，使此制度能不断地运转下去。

关键词　桐城派；宗族；教育；文学世家

桐城派文人通过治生行为积攒财富，既用于生存之需、自身创作和学术的发展，也用于人才的再生产和流派的著述弘扬。桐城派文人财力对流派的作用通过两方面实现：一是不间断培养人才；二是通过刊刻流派著作扩大影响。

个人的收入除了直接帮助子孙读书、捐纳，也通过捐入宗祠，购买祭田、义田，创建义仓向整个宗族的子弟提供财力支持。这种支持除了给予宗族生活保障，为祭祀提供稳定的经济来源，另外一个重要的功能是为宗族子弟提供教育支持。这样源源不断地为所学提供后备人才的方式也使得文学世家、学术世家成为古代社会中常见的现象。同时培养成功的子弟，在获得官、教等职后，再以余力扶持宗族，不断增置族产，使文风、学风由于宗族的经济实力支持而数百年不坠。桐城派中就有相当多的世家，自清始终，终为旺族。这样看宗族的这项功能，可以知治生效果的实现有了更复杂、更稳定的方式。

一、桐城派文人对家族财产的贡献

宗族财产来自于族人捐赠，但捐入家族作为公产的田地房屋等财产并不能随意取回，宗族财产与家庭财产是有区别的。陈用光（1768—1835）于嘉庆七年（1802）回乡时，其父为用光兄弟分家产。

人各二百石，而公中债负余万金尚未知所处，有为先君谋者曰："公家固不贫也，债可缓谋偿，而所捐义仓三千石可收还以为子孙计，俟歉岁再谋出赢余以为平粜策，则名实两得矣。"先君怒，立斥之曰："汝奈何为此市井语！吾以利乡人而还以自利乎？且其所谓名实两得者，计则巧矣，独不知巧于自谋者适以干天地之怒乎！使吾子孙惑汝言，先业其就堕矣！"既斥其人退，复以戒用光兄弟，俾不忘①。

从此事可见义仓既捐，就不能再为自己谋利。即使自己的

① 徐成志点校：《太乙舟文集》卷6《先大夫八仓记书后》，嘉庆十九所作，《桐城派名家文集3 陈用光集》，安徽教育出版社2014年版，第111页。

家破产亦不能收回。为宗族捐出之后其赢亏皆归族众。

科举成功，且入仕后积有较高财富的士人多半对宗族的财富贡献较大。桐城派文人对宗族族产的捐置，以桐城桂林方氏[①]最为典型，贡献的财产数量极大，惠及族众极多，管理制度也非常成体系。除直隶总督方观承“家无余财，而有书数十笈。于桐城及江宁，皆建家祠，置田以养族之贫者”[②]，捐置友庆堂义田于金陵外，观承兄方观永于乾隆时也有大量捐献，在金陵的义田达到一千多亩。乾隆十九年（1754），方观承在保阳节署，伯兄方观永省方观承，将归时，方观永说：

弟无以家事为忧，自弟官外吏，公私之用不资于家。吾节衣缩食，铢寸而积之者十有三年矣。今将继先人之志，置义田以赒族。”归而屡以书促余定规制，而兄已遘疾不能兴。季弟观本遵遗命购得江宁田一千一百五十九亩为义庄。即旧宅建祠立坊。祠后置食廪，并市邻屋为慈愿庵，分庵室后半以居经理义田者。准范氏规矩，参以近世华亭张文敏条约，凡族属授衣班食、嫁子、娶妇、丧葬之用，在宁在桐变通转输之宜，钱谷出入之要，会使皆可稽，简兄子曾畬复具牒大府为请[③]。

此一千多亩义庄用于金陵及桐城族人的生活资助。此后，又陆续有增置。乾隆三十一年，方观承之弟方观本又“续捐义田三业，共五顷四十一亩四分，并为赡族之用。”[④] 不久后方观承之子方维甸“仰承先志续置水田熟地五百三十八亩零，

---

① 即方苞之族，为桐城方氏中最大一支。方宗诚为鲁䜣方，另有会宫、黄华等其他方氏。

② 姚鼐著，刘季高点校：《惜抱轩诗文集》《方恪敏公家传》，上海古籍出版社1992年版，第311页。

③ 方观承：《方氏义庄碑记》，方传理纂修《桐城桂林方氏族谱》，清光绪六年刻本，卷62第5页。

④ 方传理纂修：《桐城桂林方氏族谱》，清光绪六年刻本，卷62第16－17页。

捐入义田，均为赡族之用。”[①] 仅三人所捐，就达到二千二百多亩，真是一个非常富裕的大家族。且桂林方氏的主要族人在桐城，在金陵为小支，每年需要大量的人力来管理运送粮食衣物和银两。所以，又设立《义田条规》对“某当给某不当给，某家婚嫁，某家丧葬，在桐择贤主之应于桂林老八房内常居县城者，以举四人为四总”来管理分发之事[②]。但金陵义庄运营至道光时渐成虚设，遂有道光三十年奇荒之后方秬森的巨捐。

桂林方氏族产的最大规模捐置也来自方秬森，所捐置称惠远堂义庄，总田租五千石，又捐义塾田租一千石。惠远堂用于“应给者惟四穷，废疾及不能乳哺、不能嫁娶、不能丧葬、不能入学者，此外不遍给焉。”[③] “自是族中赖以举火者三百余家”[④]。但初定规制，咸丰三年遭遇太平兵乱，所购庄屋尽成焦土，田地荒芜，方秬森也不久后去世。桐城克复之后，方秬森长子方传书、次子方传理共商再捐，于“同治二年开垦田租三千五百担有奇捐入惠远堂义庄，又于同治五年开垦田租一千担捐入义塾。均兄方传书造具田亩清册规条呈请详咨，兹复开垦成熟田租一千五百担零，捐入惠远堂义庄。另将开垦成熟田租六百三担零归入锄经堂义庄，分别造册，呈乞并详垦请奏咨立案，载入志乘”[⑤]。兄弟两人的总捐田地额达到六千六百担。

方秬森次子方传理为江苏松江府太仓直隶州知州，同治三年遵父遗命将方秬森所置田一千四担三斗九升、田塘亩一百七十四亩九分九厘八毫捐入惠远堂义塾，作为族中子弟教育之

① 同上书，卷62第17-18页。

② 同上书，卷62第21-22页。

③ 方传理纂修：《桐城桂林方氏族谱》，清光绪六年刻本，卷63第1-2页，《惠远堂义庄立案》。

④ 同上书，卷63第16页。

⑤ 同上书，卷62第6页。

费。同治七年方传书、方传理兄弟共捐田地的情况是："方秬森长子方传书呈明捐归惠远堂义庄恤族，田租三租三千五百一担五斗五合。卑职任内又据续捐义塾田租一千四担三斗九升，再将分授田租三千一十担六斗九升五合捐为诒谋堂义庄，为教养、丧葬、任恤之用。又捐银二万两建造祠仓…方秬林次子方传理复呈捐惠远堂义庄田租一千五百担四斗六升一合，另捐锄经堂义庄田租六百四十三担三斗一升七合六勺。"①

桂林方氏不仅有对宗族的捐置，还有对同邑的捐置。方观承在金陵建义庄后，"又念桐邑寒士措资乡试为艰，曾捐田租地稞一百六担为应试之资。县志载，方氏试资田，乾隆三十二年方壼敏公捐置，为邑中寒士科举之费。嘉庆三年知县沈方大为碑记，共十八亩四分四厘，田种十五担，额租一百零五石，又棉地租一石"②。即捐给桐城县儒学作为试资田，十八亩多。光绪年间，后裔方传理曾要求将试资田分一半专门资助给方氏子弟。此田在桐城县走马镇保姚家河姚庄。

方宗诚致仕后买田捐族，额租三十二担："将己名下所买西眉山旁近戴家河吴姓田种四担额租三十二担庄名戴家河，凭族人捐与西眉山十五里坊大园方庄三处春秋祭祀祖墓之用。每年由管公人看田收租，除完粮外，计租换钱"③ 立契为光绪八年二月清明日，对比民国十八年马其昶所卖额租八十四石之田得价一千五百二十七元④，方宗诚所捐之田需银四百两。

这种做官之后对宗族的帮扶是常态。龙启瑞（1814—1858）广西临桂人，道光二十一年（1841）状元，授翰林院

---

① 同上书，卷62第8－9页。

② 同上书，卷62第90页，《试资》。

③ 方宗诚纂修：《桐城鲁硔方氏族谱》，光绪九年桐城鲁硔方氏立本堂刻本，卷末3第33页。

④ 马其昶纂修：《桐城扶风马氏族谱》，民国十八年桐城马氏木活字本，卷首之7第8页。

修撰。道光二十七年提督湖北学政，三十年丁父忧回籍。咸丰六年（1856）四月擢通政司副使，十一月提督江西学政，七年三月授江西布政使，八年九月卒于任。龙启瑞为官十七年，父祖皆有功名仕宦，家底殷实，对族人的接济可谓较厚，在提督学政任上时亲友往往投奔而来，一一安置难于实现，因此："左右思维，不如某于一年三节，略分廉俸，从重相帮。在出之者既不费力，而得之者亦沾实惠。如有诳言，明神鉴之！"并承诺"待某两年任满，叨庇平适，则廉俸所积，除花用外，亦尚有数千金。某必仿照古人祭田义庄之例，稍置恒产，分润宗族。傥有盈余，以资戚友之贫穷孤苦者"①。

马其昶祖父马树章，伯祖马树华。马树华（约 1785—1852），字公实，号筱湄，嘉庆十二年乡试副榜，入太学肄业。道光元年任直隶州州判，署理江西铜鼓营同知。丁外艰回乡，起复后援例进通判，得河南清化通判，后补汝宁府汝南通判。做官数年即弃官归养。马树华与弟马树章兄弟对家产贡献极大。马树华官俸所得交马树章经营，义田、祠宇、享堂、墓田皆成："俸钱所入，府君辄别置之，数年乃取己力田所赢，合购二百余亩为义庄，复粜其租穀，收贮竹木瓦石诸可用物。又数年，遂营祠宇，取用无缺，工成，无滥，岁于春秋举行祭祀。又建享堂先营侧，凡十所，扩墓田以瞻小宗。初入租穀七十石，止君公经营数倍之，至府君又数倍之，岁入千余石矣。"② 其中墓田竟然经二三代人由七十石扩大至千余石，实在是经营有方。千余石对应的田地是千余亩，是相当不小的产业了。但是在咸丰兵燹时，兄弟二人兴团练抗敌，贷钱输军，

---

① 吕斌编校：《致家中亲友书》，《龙启瑞诗文集校笺》，岳麓书社 2008 年，第 545 页。

② 孙维城点校：《抱润轩文集》卷 11《大父怡轩府君行状》，《桐城派名家文集 8 马其昶集戴钧衡集》，安徽教育出版社 2014 年版，第 149－150 页。

马树华城陷被擒，不屈而死。马树章于战后仍捐出家祠作为邑试院，家道日落。至马其昶时，已经不能算富豪。马树华对家族的贡献主要是“修族谱，建宗祠，捐义庄，贫有养，教有师，婚嫁有资，丧葬有助”①。

与其他士人以官薪捐资不同的是，陈用光家族财力主要得利于祖先中的商贾捐献，是桐城派的世家中不多见的。陈氏家族财力相当雄厚，陈用光高祖陈浣修，赠朝议大夫；曾祖陈世爵，赠资政大夫；祖父陈道，赠光禄大夫，乾隆进士，未出仕。陈道子五人：陈守诚，字恕堂，浙江分巡金衢严道；次陈守诒，字约堂；次陈守中，字履堂，乾隆二十三年举人，赠中宪大夫；次陈守训，字绎堂，分巡济东泰武临道，擢江苏按察使；次陈守誉，字果堂，乾隆三十六年举人，诰封奉直大夫。陈氏家族发家自陈浣修、陈世爵经商开始，“饶于财者近百年”②。陈家先居新城城内，后迁西乡中田镇，浣修在南昌经商，陈守诚、守诒曾随侍于南昌，浣修晚年归家，陈守诚已出仕，由守诒治家。陈道卒后，陈守诒出补兵部武选司，年余以陈守诚卒于家，引疾归，不复出。居南昌时，陈守诚“尝有所资助人，及折阅弃券者不下数万金”③。陈道致力举业，并未经商，本陈世爵之意立祭田以为义田，凡二千石，又立陈氏学田一千石；到陈守诚时将此二千石专为陈世爵祭田，另立二千石为陈道祭田，别立二千石为小宗义祭田。“凡祭田、义田、学田共七千石，先大夫兄弟五人经纪其事者数十年无替。”④

---

① 方宁胜、杨怀志点校：《柏堂集》续编卷11《马公实传》，《桐城派名家文集9方宗诚集》，安徽教育出版社2014年版，第348页。

② 徐成志点校：《太乙舟文集》卷8《五叔父果堂府君墓志铭》，《桐城派名家文集3陈用光集》，安徽教育出版社2014年版，第150页。

③ 同上书，卷3《先考行状》，第17页。

④ 同上书，卷8《五叔父果堂府君墓志铭》，第150页。

其家族的族产之富也是惊人的。乾隆四十年（1775）、四十一年间，陈用光父亲陈守诒捐自家谷物四千二百五十石分建义仓于各乡①。其中十四座义仓由陈用光舅舅鲁九皋经管，后有颓废，实存九仓，春季粜出，秋季籴入，也称春散秋敛，大仓计利为："计石而纳一斗三升以为息"②，即春放一石，秋收入仓为一石一斗三升。这些义仓运行六十年未败。

仅陈用光之父陈守诒一生中为家族捐助的金额都是极为可观的。主要有以下几笔③：其母杨太夫人七十寿辰时，又"奉杨太夫人命出数千金买穀，倡首于各村落建立义仓"；初居京师时，买宅署名"黎川新馆"，作为乡人会馆；出资为株连远戍之家置归装，与补山"各捐万金畀人携之往，盖藉以得归者数百家"；在家祠旁建藏书楼，于楼旁再建义学，置义田，"费皆数千金"；致仕归乡后，卖掉万两白银的田地帮欠交赋税的人家。至"辛酉壬戌之间，家无余资矣"。合计达数万两。

陈用光家族富裕与仕宦不步，陈世爵之后，子孙俱不经商，而是读书做官，家业主要是田地。"曾祖母以纺绩自给，其艰难困苦，初不料后世子孙席丰履盛若是，然遇人有急难，拯以千金不少惜。及后，家益裕，而祖父凝斋先生躬宋儒之学，大人暨诸伯叔父皆曰是积德之门。顷二三十年以来，仕宦日益盛矣。"④ 又有因捐赀做官而毁家业者。"顾凡为官者家皆中落，吾兄弟五人，伯兄与予习儒业，两弟皆幼，仲兄为门户计，乃援川楚例以赀得知宁州，始以仕宦毁其赀，及家既落

---

① 同上书，卷6《九仓敛散籍序跋》，第118－119页。

② 同上书，卷6《九仓敛散籍序跋》，第118页。

③ 以下事皆见陈用光《太乙舟文集》卷3《先考行状》，第17－21页。

④ 徐成志点校：《太乙舟文集》卷7《仲兄朗亭四十序》，《桐城派名家文集3陈用光集》，安徽教育出版社2014年版，第134页。

矣，不得不籍求禄以谋生。仲兄之出非有所得已也。”①

桐城麻溪姚氏历代多有捐置。姚元之在京为官四十年，本人布衣蔬食，“有所余辄以赡，亲友有所求，无不应。”又在京城倡建会馆，“尝倡建桐城试馆于正阳门内，同乡举子遂有所栖止矣”②。姚柬之“笃于伦理，俸余悉周族党”③。姚莹“周族戚之贫乏者几数百家，婚丧不能举者，多资给之。”又“常欲置义田义学以赡族人，恒以不果为歉云”④。

总的来说，桐城派文人中以官员对族产的贡献为最大。他们通过捐置祠堂、家塾、义庄（或称义田）来创办家族的慈善和教育。各家族都设置了详细严密的规则来管理家族财产，使之有效运行。祭祀、慈善和教育运行的费用主要依靠义庄的租息。有的大家族的族产规模是相当惊人的，受惠的族人有很多，也有家族规定了子弟入仕后要回馈宗族，使此制度能不断地运转下去。

二、宗族对人才的培养

宗族完成的族产积累对人才的培养作用极大。清代的仕宦之族多有运行有效的宗族组织，对宗族的祭祀、慈善、教育方面的组织极有成效。桐城派文人出身文学世家的极多，就桐城一域而言，方、姚、吴、马、左、张氏等都是明清时期的大族世家。他们不仅族产雄厚，而且对子弟的培养十分重视，多数世家代代有功名，从中产生了大量影响清代政治和文学的士人。知识精英的产生其实是与良好的基础教育密切相关的，尤

---

① 同上。

② 姚莹：《麻溪姚氏先德传》卷3《姚元之》，清同治六年姚濬昌安福县署刻本，第21页。

③ 同上书，卷3第23页。

④ 同上书，卷3第26页。

其是能产生大量精英，与当地的学风关系极大。桐城本地这些宗族对子弟的教育都是非常重视的。

桐城麻溪吴氏是从徽州迁桐，继承原来重教的传统，历代有科举功名和财力的人屡有捐义田之举，“知竹公有丁田之捐，司马公有义田之捐，栗村公有新义田之捐”①，至乾隆四十四年，为使“人文蔚起，克绍前徽”，族人吴泷蹁倡捐家塾学田，合族响应，修成学祠，建立了完善的对族中子弟教育科举的扶持制度。麻溪吴氏对于教育和科举的规定十分典型，又有其独有的特点。主要有以下几方面内容：

一是对子弟广泛补助，鼓励参加考课。规定以每年塾田收租作为会课之资。会课之卷“课文弥封送外姓秉公严定甲乙。凡居前列者酌加重赏”，乡试之年，“凡应试者于二三四五六月每月两课，地分乡城各办饭食，不给奖赏”②。对于在乡村和城里不同的地方的生童，来会课时都给予伙食补助：“议乡城与课诸童，隔五六十里外者，给中伙大钱一百六十文，百余里以外者，大钱二百四十文。课前一日到祠，晚饭一餐。既课次日，早饭一飧，前后不必过问。至课日，即以祭品办饭二次，点心一次，饭菜六簋，荤素各半。首事不得扣钱菲祭。童生亦不得故意以菜饭争闹。”③ 会课的奖励也有明文规定：“会课酌定一等止取十名，二等十五名，列第一名者奖银二两，第二名至五名俱一两五钱，六名至十名一两，至三等一名止，后列者倘毁谤前列，诟詈阅文之人，不可造就，永不许入会课。”④

---

① 吴元贵、吴乃东等纂修：《重修麻溪吴氏族谱》，民国二年（1913）活字本，卷70第1－2页，《塾田条规》。

② 同上书，卷70第8页，乾隆四十六年冬至后一日所订《续塾田条约》。

③ 同上书，卷70第9页。

④ 同上。

二是对宗族内贫困而有读书资质的子弟尽力帮扶。对会课时文章较好的贫困学生资助学费："于会课所取笔意不凡有志上进而贫无半亩者，重加甄别，择师送俸。"① 还不能参加会试但想要读书的贫困小童，也有机会获得资助读书："其余年幼未与会课者，志欲读书，亦于会课后首事面试，果实有可造亦量给膏火之资，令其择师受业。"资助的金额规定为："议每年贴极贫束修以二两四钱为止，贴膏火以一两二钱为极"。给予资助的条件规定也极为详细："入泮者不贴，得馆者不贴，先贫后有亩者不贴，藉口自课偷安不愿从师，狂妄轻浮游荡不自发愤以及傲物气高、不虚心受教者俱不贴。"即已有微薄收入的不补贴，不好好学习的不补贴，补贴的导向性十分明确。塾规对贫童的科举考试补贴也比较有力度。童生参加院试需到省考试，考中为秀才，成为功名初阶，所以自院试起就尽力有资助，院试成绩优良者另有奖励："贫童院试似应给予资斧，奈族繁人众，居住星散，难以稽查，既惧冒领，且恐遗漏，反起争端。待建祠进主三科后，稍存积，每取府儒士一名，查对廪保结状、履历外，实系无亩在册者，给院试盘缠一两。至取府县案首，则给银二两，十名以前者给银一两五钱，此则不论贫富。"甚至对有诸生功名的贫困者予以补助，对能参加族塾课考，能写文章的孤贫幼童也给予补助："合族贫生年逾六旬以外，不能作馆，又无壮丁膳养，访并孤贫幼童，现与会课能文，俱属可悯，首事宜酌量极贫、次贫，各送稻数担"②，意在"养老慈幼，非常例也"。其实是在外宗族的扶贫之外的另项补助。

三是以科举为目标，严格选拔，对优秀子弟全力培植，一

---

① 同上书，卷 70 第 12 页。

② 吴元贵、吴乃东等纂修：《重修麻溪吴氏族谱》，民国二年活字本，卷 70 第 11 页。

力重奖。规定家塾的会课卷与府试、院试的课卷制度相同："课卷必须同府院卷，后弥封，字号一样，不可填名，卷面衡文人取定前后于卷面挨次填一二三等名次，拆封对簿，填名写案，庶无弊矣。"会课时，监考极严，"必须请族尊祠内监临，使间人祠外周巡，开门后迎先生入祠阅文，择一不识字人在内办理饮食"。麻溪吴氏的这些措施体现了一个很重要的核心，就是科举。宗族教育的目标直指科举，一旦子弟取得举人、进士，可以做官，则合族的前途都有更大的希望。麻溪吴氏对子弟中进入县学、府学、太学，赴乡试、会试者皆有贺仪或赆仪。贺礼和路费的金额有详细规定："户中入泮者，例给贺仪四两，补廪者贺仪四两，岁贡贺仪六两，副贡拔贡贺仪八两，赴乡试者各给赆仪四两，登乡试正榜者贺仪十两，会试赆仪八两，登会榜者贺仪二十两，入词垣都贺仪五十两，鼎甲贺仪一百两。"就是说能入县学读书，可以从宗族得到四两贺礼，而中状元可以拿到一百两，中进士可得二十两，到翰林院可得五十两。还是不错的礼金。为了这个目的，吴氏家塾对读书子弟的年龄有一定的限制："读书宜少不宜老，凡年逾四十，久作馆者不必与课。至未十岁及十岁以外者，另出未冠题嘱阅文者，不必苛论。文气果佳，不妨居前合出一条。"会课的内容基本是为科举考试的要求在做准备："春限四书文一篇，经文一篇，五言六韵诗一首，冬则四书文一篇，五言六韵诗一首，俱不准继烛。"① 比较例外是对"能作诗古文词者，准其继烛以展所长"，这确是带了桐城派古文的发生地特征。乡试者的会课完全是乡试的类型了："每月上旬四书文二篇，下旬经文一篇，策一道，五言八韵诗一首"，四书五经、策论、试律，也涵盖了全部题型。

---

① 吴元贵、吴乃东等纂修：《重修麻溪吴氏族谱》，民国二年活字本，卷70第10页。

除麻溪吴氏外，各宗族的规定见诸宗谱者大同小异，在金额或管理方式上略有差异。如桐城木山潘氏，给予入泮和乡试的补助金为“入泮者，公给钱五千六百文，乡试者公给钱五千六百文，会试另议”[①]。换算成白银也略等于麻溪吴氏。桂林方氏对子孙的教育资助自方苞晚年起开始运行。方苞兄弟所捐置的江宁教忠祠对子孙教育和科举的资助措施[②]也相当细致，对方苞及方舟子孙于己殁后十年，以祭田之资“延师于敦崇堂，以聚教贫者，饮食、膏火公给。其住居远，子幼不能赴堂者，岁给附学之资四金，至年十五以上。不愿来堂就学者亦听，惟止其资给。”三十年后，祭田增多，对科举的资助：“断事公以下七支，乡试于金陵，致卷价一金，会试春官者十之。兄及余子孙归试于皖者，给五金，乡试倍之，会试春官者十之，不问其家之丰歉也。”乾隆后期桂林方氏的金陵义庄对子弟赴金陵参加乡试的“凡应试入闱者，赠卷价银二两，桐城加路费银二两。如来自桐城或因迟期不得科举，或因病未入试者，仍给路费二两”[③]。非常厚道。同治之后桂林方氏桐城惠远堂义塾有田租一千多担，承担“为族中子弟延师膏火，月课奖赏及考试盘川之费”[④]。教忠祠《祭田条目》比较特殊的地方是明确规定了做官以后的子弟要对祠堂反哺：“惟登仕籍者，必量力增置祭田，以仰答祖宗优异属望之意。”[⑤]

---

① 潘承勋等修：《桐城木山潘氏宗谱》，民国十七年德经堂木活字本，卷之首《凡例》第1页。

② 参见刘季高点校《教忠祠祭田条目》，《方苞集》，上海古籍出版社2008年，第676－770页。

③ 方传理纂修：《桐城桂林方氏族谱》，清光绪六年刻本，卷62第38页，《续议规条》。

④ 同上书，卷63第4页。

⑤ 刘季高点校：《教忠祠祭田条目》，《方苞集》，上海古籍出版社2008年，第770页。

宗族在人才培养上对于科举的热望至民国明显转变，这在他们的家规家训中有反映。民国二十五年，桐城高甸吴氏荣华股（即吴汝纶一族）所修家谱新订家训中就反映了这一点。其家训关于宗族子弟教育和人才培养的条款规则相当多，主要有教子孙、端蒙养、择师友三条，这三条所体现的内容按今人的说法，是重视品德教育和素质教育，具有完全不同于科举时代的价值追求。内容如下：

教子孙：祖宗积德深厚，乃有子孙蕃衍。为父祖者，不加教训，犹遗我良玉而不知琢磨也。诚可惜哉。世惟上智不教而善，其余中人总系乎教。秀者教之诗书，朴者教之农工，务使正其趋向，养其良心，督其程课，修善行，近贤人，勿令志气昏惰，日即于非僻也，幸而为名儒卿相，自是光大门闾，不幸而为农圃术艺，亦不致饥寒之累，玷辱宗族。敬一不教，游惰无恒，放恣败度，悔无及矣。

端蒙养：谚曰，教妇初来，教子婴孩。世人不知教子之法，往往溺爱于婴孩之时。余食云为恣其所欲，宜诫反奖，应诃反笑，至知识既开，方欲制之，骄慢渐成，垂楚少畏。逮至长成，终为败德。故古有胎教三月，出居别宫，目不邪视，耳不妄听，凡行立饮食，以礼节之。子生孩提，师保左右，帝王皆然。凡庶纵不尔，亦宜早端蒙养，于子识人颜色，知人喜怒时便施教诲，使为则为，使止则止，及长可省笞罚，是为父母威严而有慈，则子女畏惧而生孝矣。孔子曰：少若成天性，习惯成自然。可不慎乎？为子者亦宜体父母督我之心，如苦口之药，刺肉之针，岂愿以苛虐之乎，嗳之至也。

择师友：谚云，庸匠误器，庸师误子弟。故教子弟者必择经明行修、文理优簪、言动可法者奉以为师，取以为友。厚其供馈，隆其礼貌。古云，如入芝兰之室。又云，蓬生麻中，不扶自直。言薰陶之益与夹持之助也。使一授托匪人，苍黄易染，鲍鱼忘臭，可胜悼哉[①]。

而在此之前的定于清末的家规与其他家族一样，对子弟的科举之奖励才是核心："弟有入泮补廪、明经科第者，议出花红以明奖劝。"及"子姓果有聪颖出群，贫不能读者，公议资以束修。每冬至入祠考课，方准给付。作文者每岁定以三课，其有文理优长者，按次奖赏，以为考试之资，劣者不得滥与。"[②] 与前面所说麻溪吴氏的奖励方法同辙。

综上所述，桐城派文人通过捐献和设置义田来扩大家族公产，并制定规范的财产经营方式，通过宗族族产实现对族中子弟的广泛培养，实现对族中贫困子弟的扶助，以及对能得到功名子弟的重点培养。通过这些人才培养的手段使文脉有厚实的人才基础，也使家族势力长久不堕。正因为家族经济参与到人才培养，才可看到桐城派中往往兄弟父子、族属宗亲相继而学习古文，成为流派成员。桐城派的"人丁兴旺"，也与这种宗族社会相关。

作者：古代文学博士，安徽省图书馆副研究馆员。

---

① 吴复振纂修：《桐城高甸吴氏荣华股八修宗谱》，民国二十五年安庆著存堂铅印本，卷2《家训》第3页。

② 同上书，卷2第8-9页。

应从两个层面正确评价桐城派

汪茂荣

摘　要　桐城派的文学活动本身存在着一个梯层结构，其中，“有所法”为第一个层面，“有所变”为第二个层面。第一个层面要达到的目标为“能”，即“有所法而后能”；第二个层面要达到的目标为“大”，即“有所变而后大”。但历来的批评者在评价桐城派时均有一方法论上的误区，他们总是自觉或不自觉地以第二个层面的标准“有所变而后大”去评价桐城派第一个层面的“有所法”，又拿其他文派的特点作标准去评价桐城派第二个层面的“有所变”。这就混淆了评价的标准，其批评是不对等的，必然得不出正确的结论。本文则与之相反，主张回到桐城派梯层结构本身，以“有所法而后能”的标准来评价桐城派的“有所法”，以“有所变而后大”的标准来批评桐城派的“有所变”。通过这种对等批评，消除不必要的误解，以期得出评价桐城派的正确结论。

关键词　有所法而后能；有所变而后大

引　论

清代是中国古典文学的总结时期。承百代之流，各种文学流派领新标异、层见叠出。就中声誉最为卓著的，当推桐城派。说桐城派执清代二百多年文坛的牛耳，虽不中亦不远。这种崇高的地位，固然给它带来巨大的声誉，但也极易招致激烈的批评。事实上是，从它产生起，这种激烈的批评就一直不绝于耳，直至“五四”时期，被冠以“桐城谬种”的恶谥而彻底加以否定。这里不妨选择几种代表性的意见条列于下，以见这种批评的一斑：

（钱大昕）前晤吾兄，极称近日古文家以桐城方氏为最。……因吾兄言，取方氏文读之，其波澜意度，颇有韩、欧阳、王之规模，视世俗冗蔓獶杂之作，固不可同日语，惜其未喻乎古文之义法尔。夫古文之体，奇正浓淡详略，本无定法，……盖方所谓古文义法者，特世俗选本之古文，未尝博观而求其法也。法且不知，而义于何有？……若方氏乃真不读书之甚者。

吾兄特以其文之波澜意度近于古而喜之，予以为方所得者，古文之糟粕，非古文之神理也[1]。

（章学诚）……时文当知法度，古文变当知有法度，时文法度显而易言，古文法度隐而难喻，能熟于古文，当自得之；执古文而示人以法度，则文章变化，非一成之文所能限也。

……诗之音节，文之法度，君子以谓可不学而能。如啼笑之有收纵，歌哭之有抑扬，必欲揭以示人，人反而拘而不得歌哭啼笑之至情矣。然使一己之见，不使穿凿过求，而偶然浏览，有会于心，笔而志之，以自省识，未尝不可资修辞之助也。乃因一己所见，而谓天下之人皆当范我之心手焉，后人或我从矣；起古人而问之，乃曰：余之所命，不在是矣！毋乃冤欤[2]？

（吴敏树）……今之所称桐城文派者，始自乾隆间姚郎中姬传私淑于其乡先辈望溪方先生之门人刘海峰，又以望溪接续明人归震川，而为《古文辞类篹》一书，直以归、方续八家，刘氏嗣之，其意盖以古今文章之传，系之己也。如老弟所见，乃大不然。姚氏特吕居仁之比尔，刘氏更无所置之；其文之深浅美恶，人自知之，不可以口舌争也。

自来古文之家，必皆得力于古书，盖文体坏而后古文兴，唐之韩、柳，承八代之衰，而力挽之于古，始有此名。柳不师韩，而与之并起。宋以后则皆以韩为大宗，而其为文所以自成就者，亦非直取之韩也。韩尚不可为派，况后人乎？乌有建一先生之言，以为门户途辙，而可自达于古人者哉[3]！

（刘师培）望溪方氏摹仿欧、曾，明于呼应顿挫之法，以空议相演，又叙事贵简，或本末不具，舍事实而就空文，桐城文士多宗之，海内人士亦震其名，至谓天下文章莫大乎桐城[4]。

（李详）……自四君殁后，世之为古文者，茫无所主，仅知姬传为昔之大师，又皆人人所指名，遂依以自固，句摹字剽，于其承接转换，“也”、“耶”、“与”、“矣”、“哉”、“焉”诸助词，若填匡格，不敢稍溢一语，谓之谨守桐城家法，而于姬传所云“义理、考据、辞章，三者不可阙一”，则又舛焉背驰，若适燕之南其辕，博士书驴券，累纸不见“驴”字，又若为人作奏，而葛龚之名未去者。

此则种种骇怪，尾闾之泄，渐且涸焉，无涓滴之润，源既竭矣，派于何有？思之足为寒心。余于今之能治桐城古文者，皆在相知之列，其学又皆有余于古文之外，未尝不爱之重之，余之此言，盖专为救弊而发。且正告之曰：古文无义法，多读古书，则文自寓法，古文无派，于古有承者，皆谓之派，期无负于古人斯已矣，于桐城何尊焉，于桐城又何病焉[5]。

（陈独秀）……归、方、刘、姚之文，或希荣慕誉，或无病而呻，满纸之乎者也矣焉哉，每有长篇大作，摇头摆尾，说来说去，不知道说些甚么。此等文学，作者既非创造才，胸中又无物，其伎俩惟在仿古欺人，直无一字有存在之价值，虽著作等身，与其时之社会文明进化无丝毫关系。

今日吾国文学，悉承前代之弊，所谓“桐城派”者，所谓八家与八股之混合体也[6]。

以上，钱大昕为汉学家，章学诚为史学家，吴敏树为古文家，刘师培、李详为骈文家，陈独秀为新文学家。各家批评立场不尽相同，孤立地看未尝没有道理，细味之却又不然。近代的国学大师章太炎是以学魏晋文著称的，他平生虽眼高于顶，很有点看不起桐城派，但他在《菿汉微言》中所说的一段公允的话却为我们评价桐城派开启了另外一种思路：

问：“桐城义法，何其隘耶？”

答曰：“此在今日，亦为有用。何者？明末猥杂佻侻之文，雾塞一世，方氏起而廓清之。自是以后，异喙已息，可以不言流派矣。乃至今日，而明末之风复作。报章小说，人奉为宗。幸其流派未亡，稍存纲纪，学者守此，不至堕入下流，故可取也。若谛言之，文足达意，远于鄙倍可矣。有物有则，雅驯近古，是亦足矣。派别安足论？然是为中人以上言尔。桐城义法者，佛家之四分律也。虽未与大乘相齿，用以摧伏魔外，绰然有余，非以此为极致也[7]。

这就挠到了问题的痛处。它所启示我们的是，评价桐城派应分成两个层面，即“中人以上，可以语上也”为另一个层面，“中人以下，不可以语上也”为一个层面。层面不同，评价的标准乃至评价的结果就不一样。如果以第二个层面的标准来批评第一个层面的内容，那结果会怎么样呢？必然导致批评理路的夹缠错位，而难以得出正确的结论，从形式逻辑来说，这是犯了违反同一律的逻辑错误。根据同一律的要求，在同一思维过程中，必须在同一意义上使用概念和判断，而不能在不同意义上使用概念和判断。毫无疑问，章氏的话之所以能给我们有益的启示，正在于他自觉或不自觉地运用了符合同一律的批评方式，因而才更接近历史的真实。

那么，历史的真相究竟如何呢？桐城派果真如章氏所启示的那样可以分成两个层面来评价吗？答案应该是肯定的。我们且来看看姚鼐的一段记述：“曩者，鼐在京师，歙程吏部、历城周编修语曰：‘为文章者，有所法而后能，有所变而后大。’”[8] 姚鼐是桐城派的集大成人物，在他的文学生涯中，最信奉的，且被视作为文不二法门的，恐怕就是这句“为文章者，有所法而后能，有所变而后大”了。桐城派的全部文学活动固然为一个整体，但又绝非是毫无层次感的浑沌一片。从梯级上说，“有所法而后能”为第一个层面，“有所变而后大”为第二个层面。第一个层面，属“中人以下，不可以语上也”；第二个层面，属“中人以上，可以语上也”。两个层面，活动的内容不一样，要求不一样，成就不一样，对之评价的标准也必然不一样。而上所列举各家恰恰忽视了这两个层面存在的差异，因之在桐城派的评价上便轻易地犯了乱用标准的逻辑错误。先说第一个层面。从来有能力对桐城派作出评价且观点流传到后来的人，都是成绩卓著的专家学者，有些且是纵横百家的通人。虽然这并不能说明他们就是生而知之者。而当他们成为专家、学者直至通人后，却选择性地遗忘了他们当初也曾经历过学而知之这样一个初步阶段。于是对桐城派为“中人以下”说法的“有所法”缺乏一种设身处地的同情性理解，而总是拿“有所变而后大”的标准来苛评这种“有所法”。对桐城派的批评绝大多数都属于这一类。在这种俯视性的、不对等的、实际上是逻辑混乱的评价中，桐城派被指为“得古文之糟粕”、为“穿凿过求”、为“建一先生之言，以为门户途辙”、为“句摹字剽”、为“时文之陋”，是再正常不过的了。其陈义虽高，却并不能使人心服口服。这正如一位倚马千言的作家已进入到无法之法的境界，而不屑于一个中学语文教师讲文章作法一样，其无谓与无聊是不言而喻的。诚然，接受文章作法的人不可能人人都成为作家，但能成为作家的人在成为作家之前必然都有形或无形地接受过文章作法一类的教育。因为无法之法是从有法之法而来。无法之法是高级形态的，却并不能取消作为低级形态的有法之法的独立价值。否则便是英雄欺人式的矫情，便是自认自己为生而知之者，而生而知之者是不存在的，连孔子都不是。再说第二个层面。桐城派所谓“中人以上，可以语上也”的核心内容就是要变。桐城派是变其所当变而成其大的，其“有所变”本身就有其特点与存在的价值。评价桐城派的“有所变”只能就其本身来论，而不能拿他派的“有所变”作标准来对之作错位性的评价，否则只能是取消桐城派“有所变”的特点与独立存在的价值。很显然，以上所列举各家在对桐城派这个层面的评价上犯的正是这样的错误。如陈独秀以新文化运动之“义”为标准来评价桐城派之“义”，因而得出桐城派“与其时之社会文明进化无丝毫关系”的武断结论，就属于此类。这点后面还须申论，此处不赘述。

然则从方法论意义上应如何来正确评价桐城派呢？答曰应回归到桐城派文学活动的梯层结构本身，按“有所法而后能”的标准来评价桐城派是否由“有所法”而达到了“能”，按“有所变而后大”的标准来评价桐城派是否由“有所变”而达到了“大”。只有在作出这些分而析之的基础性评价后，才能斩断葛藤，厘清理路，廓除历来的各种误解，并最终在总体上对桐城派作出正确的评价。

下面试按这种思路进行具体分析：

分论一：论桐城派的“有所法”而后“能”

方苞是桐城派的开山人物。在《又书货殖传后》一文中，他提出了著名的“义法”说：

《春秋》之制义法，自太史公发之，而后之深于文者亦具焉。义即《易》之所谓“言有物”也，法即《易》之所谓“言有序”也。义以为经而法纬之，然后为成体之文[9]。

简捷地说，义者即是期其文之思想不背于理，法者即期其文之形式不背于度。“义法”说是桐城派最本源的理论，桐城派的大量后续理论都是在这一基础上孳生发展，而形成一完整体系的。虽然如此，桐城派最为世人诟病的，也正是这一“义法”说。关于个中的原因，姚永朴说得很清楚：

顾世之为文章者，固不能必其义之精当，然而未敢倡言排之；独于所谓法者，或逞其才气，或诩为性灵，辄思叛而去之以为快[10]。

也就是说，“世之为文章者”总是嫌“法”扼杀了他们的才气，阻塞了他们的性灵，不思叛去则不足以见其才气，彰其性灵。其情固可悯，但问题不在于要不要叛“法”，因为这是每个学有所成的“为文章者”所容易回答和终生所渴望的；而在于叛“法”之前要不要守“法”，如需守“法”，需守哪些“法”？守“法”究竟有什么效果？一些富有创造力的“为文章者”在叛“法”成功之后，往往大言炎炎，只谈成功之美，不提酝酿之苦，这就轻易取消了此前守“法”阶段存在的合理性，从而极易误导初学者一开始就好高骛远，追求新变，视法蔑如也。而文学史的经验告诉我们，这种超越守“法”阶段的新变只能是野狐禅，绝无成功的希望。桐城派则与之相反，他们不但承认守“法”的必要，而且也正是以守“法”为起点，来展开大量的基础工作，而引导为文者一步一步地登堂入室的。

（一）桐城派强调“有所法”的必要性

桐城派将“有所法”落实到为文的基础层面来进行强调，

并非三家村学究般的陋习所致，而是在主客观原因的作用下所进行的一种自觉的、理性的选择。

首先，主观上来说，这种选择与桐城派中人所从事的职业有关。

那么桐城派中人究竟从事的是一种什么样的职业呢？吴孟复先生在掌握大量文献的基础上，对此曾作过具体的统计分析：

从“桐城派”的作者来说，最突出的一点，还是他们几乎无一不是以教书为职业。方苞二十几岁就开始教书；出狱为官后仍然兼事教书（其在官也以编书为主要工作）。姚范、刘大櫆、姚鼐也都终身以教书为业。清末，吴汝纶、马其昶、姚永朴、姚永概也都长期教书。吴汝纶任冀州知州，于时张裕钊离开莲池书院。吴即主动向李鸿章要求弃官去莲池任教（这是我亲闻于姚永朴师的）。就桐城人说，由科举——仕宦而并不教书的大有人在，如张英、张廷玉、张廷璐、姚文然、姚元之、汪志伊……，但他们都不是“桐城派”作者；就外省人说，如管同、梅曾亮、吴敏树以至近世之张裕钊、高步瀛、林纾，凡为“桐城文”者亦多职为教师，且往往终身乐之不倦[11]。

桐城派作者既以教书为职业，就必然要面对大量的施教对象。而这些施教对象大多又属于为文上的“槛外人”，并无丰富的写作经验，更缺乏必要的写作能力。下学上达，对这些“槛外人”所做的施教工作只能属于“下学”的范畴。而这种施教“下学”的工作是要有“法”的规定性的，不以规矩不能成方圆。只有通过严格规范的训练，才能让他们掌握各种写作技巧，并逐步提高其写作的能力。因之，在文章解析中系统地讲解安章宅句、谋篇布局、起结呼应、提掇过脉、顿挫钩勒，就显得必不可少。如果说这种施教方法为“陋”的话，这也是一种必要的“陋”，因为施教方法的“陋”是由施教对象的程度之“陋”所决定的。“陋”其实只是达到不陋的一种手段，以通人而肯做这种“陋”的工作，能无他的道理？所谓因材施教、循序渐进，桐城派中人是最能懂得其中的精义的。亦惟懂得其中的精义，贯彻起来才行之有效。这正如请两位天才的作家给中学生讲写作一样，一位专讲写作如何新创，另一位专讲写作的具体技巧；前者论虽高而脱离中学生实际，后者论虽卑而切合中学生实际，很显然，真正让学生当下受益的，只能是后者而不是前者。按现代的学术标准来说，桐城派这类有关文章作法的内容，应属于“文章学”的范畴。在目下各类大中学校的写作教学中，“文章学”既可大行其说，那我们又有什么理由来贬低、否定桐城派类似的教学法呢？显而易见，对于尚未上达的下学者来说，桐城派中人采取这样的教学方法既完全必要，又非常合理。这其实只是一个常识，常识能违背吗？

其次，客观上来说，这种选择与明末至清初的文坛现状有关。

桐城派是以擅长写作、传授古文而著称的。什么叫作古文？吕思勉先生曾作过精辟的分析：

至唐韩、柳出，以古人说话之法——即文字未浮靡前之文法——说当时之话。而此运动乃告成功。

然则，所谓古文者性质如何？论古文最要之义，在雅俗之别（亦称雅郑）。必先能雅，然后有好坏可说。如其不雅，则只算范围之外，无以评论好坏。故雅俗为古文与非古文之界限。所谓雅者何也？雅者，正也。即正确之义；同时亦含有现代心理学上所谓文雅之义，即用于实用之外，尚能使人起美感[12]。

所谓古文者，谓以古人文字之善者为法，非谓径作古语也，若径作古语，则意必不能尽达；

即自谓能达，而他人读之，亦必苦其艰涩，与鄙俗者其失维钧矣[13]。

对照吕先生的标准，我们来看中晚明以降各派所作的古文，可说既不雅又无法。前后七子“文必秦汉”，以艰深文浅陋，驯致雕缋满眼，力求拔俗反不免于俗。物极必反，继起的公安派独抒性灵，不拘格套，虽一新天下耳目而弊亦随之，正如《四库全书总目提要》所批评的：“学七子者不过赝古，学三袁者乃至矜其小慧，破律而坏度，名为救七子之弊，而弊又甚焉。”[14]于是竟陵派复起而矫公安派之弊，钟、谭二子撮新标奇，一切以纤巧出之，虽著意字句而殊乏篇章之功，难免孤峭幽僻，流为琐碎。清初钱谦益一代文章，亦以早年寖馈七子者深，而洗伐不尽，盛气缛语，时见驳杂，方苞至诋之为“秽恶”。复社诸子、明末遗老为文有物无序，文理、语法尤乏讲究，这点章太炎看得很清楚：“清初侯方域、魏叔子以明代遗民，心有不平，发为文章，非无感情，但又绝无法度。明末大儒黄梨洲、王船山，学问虽博，虽有兴亡感慨；但黄文既不类白话，又不类语录，又不类讲章，只可说是象批语，王船山非常生硬，又非故意如此，都可说是不上轨道的。”[15]对此，方苞亦曾痛下针砭：“古文不讲义法久矣，……吴越遗老尤放恣。”[16]食古不化、破律坏度、钩章棘句、造语生硬、文体庞杂、不上轨道，面对这样耽幽猎奇的文坛病状，在古文教学中，以“法”对治文坛诸病，通过将受教者束于“法”以内的严格规范的训练，而将其引上一条春容大雅之路，就成为作为教师的桐城派中人的当务之急的任务。因为受教者学养不富，缺乏基本的鉴别能力，一旦目迷五色，沾染时习，是将会九牛莫挽，终生都会抖擞不尽的。如果说，教师的职业及所面对的对象决定的是桐城派中人有必要传授为文之“法”的话，那么文坛的这种病状便进一步决定了桐城派中人有必要传授的应是清真雅正堪当对治重任的桐城派之“法”。

（二）桐城派诸“法”平议

桐城派为文上“有所法”的“法”，就指导承学者来说，既可指教法，亦可指学法、作法。唯长于教，精于学，明于作，方可“能”于文。“法”是成就“能”的基础，既“能”之后固可忘“法”，而未“能”之前切不可悖“法”。正是深明于此，几代桐城派作者才甘冒固陋之机，勤于做这些琐碎近乎启蒙的工作，在文之教法、学法和作法上积累了丰富的经验，形成了一整套的体系，并行之有效，在文坛上产生了广泛而深远的影响。兹举其要者以为平议：

1. 精选古文教材

桐城派极重古文选本。个中原因，正如鲁迅先生所说：“凡是对于文术，自有主张的作家，他所赖以发表和流布自己的主张的手段，倒并不在文心，文则，诗品，诗话，而在出选本”；“选本可以借古人的文章，寓自己的意见。”[17]选本是承载桐城派“义法”的载体，桐城派中人大多以教书为职业，“义法”又不可以空言，以选本作教材，就能避免凿空乱道，而将说“法”、传“法”落到实处。

桐城派的古文选本当然很多。最有影响的，前有方苞的《古文约选》，后有姚鼐的《古文辞类篹》。

《古文约选》是为八旗子弟初学为文者而选的。故尽量根据承学者的程度来确立选文的标准，最显著的有两点：其一，在选文的范围上，三传、《国语》、《国策》、《史记》虽为古文正宗以自成一体，而因难以“辨其门径”不选；周末诸子，虽“精深闳博”，亦以其“著书指事类情，汪洋自恣，不可绳以篇法”而不选。所选者，“惟汉人散文及唐宋八大家专集，俾承学治古文者先得其津梁，然后可溯流穷源，尽诸家之精蕴耳。”这里把“津梁”始学放在了首位。其二，在选文的质量上，注重“雅饬可诵”，通过选文来辨别古文气体至严不杂，以防止始学“求古求典”，而流为“明七子伪体”。这又能端其首趋，“俾学者知所从入也”。可见，方苞并非不清楚他所选的非古文极致，他之所以仍选这些并非极致的唐宋古文，是因为这些文章雅饬严谨，易见法度，便于始学循序渐进地掌握。这是一种极务实的做法。惟务实方有成效，亦惟务实不作门面语方易招致误解。

后起的姚鼐所选的《古文辞类篹》是影响更大的一部古文选本。吴孟复先生总结此书有“采辑之博”“选择之精”“分类之善”“评校之精”四大特点。其“选择之精”一目评骘餍心切理，尤为精当：

> 姚氏本为古文家，其纂此书，先后历时四十余年。“蒐之也博，择之也精，考之也明，论之也确”（吴本序）。何以言其精呢？一曰：词必通雅。通雅者，犹扬雄《方言》所谓“通语”，孔子所谓“雅言”，而今之所谓普通话也。若《尚书》之诘曲聱牙，魏晋以后之方言土语（若“何乃淘”之类），骈文四六文中之浮词滥藻，古文皆将其淘汰尽净，此书所选尤古文之标准者也。二曰：句必合法。契文（甲骨）、《诗》、《书》自有语法；樊宗师、刘几之徒，故作生涩，皆不合汉语语法之常规。明末佻巧之文（章太炎语），亦多不合语法。故言“古汉语”语法者，必以《史》、《汉》、唐宋诸家之文为例，试观“古汉语”书中所举之例，大多见于姚氏此书。盖此书所选，必其文从字顺，语合规范者也。三曰：篇章有序。桐城文家讲究“开合呼应，操纵顿挫”。所谓“义法”实即今日世界语言学家所讲之“篇章语言”规律。此书所选，皆其典范。前人（如章学诚、章太炎）不知有篇章语言之学，反疑其同于八股；然而，章学诚、章太炎亦认为“为初学示范”，必须如此。此书所选文皆有序，尤当为讲“文章学”与“篇章语言学”者所重视。四曰：语言有体。方姚论文，区分文艺文与学术文、应用文，区分散文与小说。以前之论者指此为清规戒律；近日，“语言学”中有“语体”一讲。回顾方姚

所论，又复合于科学。钱基博谓此书“取径太狭，不如曾书之博涉经子；语言太洁，不如李抄之足有才藻”。钱之以为短，实也正是其长处[18]。

正因为集中了这样一些适合初学的优点，故《古文辞类篹》简直成了传授“义法”的一部高等“作文选”。“行世以来，二三百年，在此二三百年之间，读书治学之士，无论其为汉学为宋学，为学者为文人，为旧学为新学，后来成就各不相同，然当其读书之始，学文之日，固无一人不读此书，无一人不受此书之益”[19]。钱基博亦赞此书“分类必溯其原而不为杜撰，选辞务择其雅而不为钩棘；荟斯文于简编，诏来者以途辙”[20]，而自言一生教书，“所恃惟一部《古文辞类篹》”。至钱氏所言姚选不如曾抄、李抄之处，实就提高来说的；就适应初学来说，取径太狭，语言太洁，反使特点更鲜明，更容易摸到为文的门径。不然钱先生一生教书，又何取乎一部《古文辞类篹》呢？优点与缺点原是相对的，就彼而论是缺点者，在此而论未尝不是优点。

2. 重视评点之学

评点之学，宋人已有之。如吕祖谦《古文关键》、谢枋得《文章轨范》于所选各家文，刘辰翁于王右丞、王荆公、陆放翁诸家的诗，以及方回《瀛奎律髓》于所选各家的诗，均加以圈点与评识。自归有光以下，古文家皆重此道，桐城派尤甚。桐城先辈大多是借评点来提示文章“义法”的，方苞、刘大櫆皆然。姚鼐在《答徐季雅书》中亦曾说：“震川阅本《史记》，于学文者最为有益，圈点启发人意，有愈于解说者矣。”[21]姚鼐之后，吴汝纶点勘群书尤多，而姚永概《孟子文法读本》亦言之甚精，成为学习古文者极好的读本。与姚并时的贺涛也曾自言：“其于文事，粗有所知，悉得力自评点。评点之学，创自明归熙甫氏；至方望溪、刘海峰、姚惜抱氏，下逮张、吴两先生，承用其说，为之益多。用以发古人不传之秘，而后之学文者别启一途辙。譬若新学之有仪器标本，于无可指示之端，俾学者一目了然，用至善法至便也。”[22]

桐城派运用评点之学示人途辙、启发人意处，首先表现在通过评点，将作者在整部书中的微言大义、意脉所在，揭示给人看，使读者明了该书行文结构所以不得不然的道理，以期在学习中收到事半功倍的作用。如《归方评点史记》、望溪《左传义法举要》，即属于这一类。其次，在单篇文章的学习中，通过对前人作品的评点，提示起结、呼应、提掇、过脉、顿挫、钩勒等技巧，使承学者在有限的时间里就能掌握篇章语言规律，而不致于像汪琬所批评的：“知字而不知句，知句而不知篇……有开而无合，有呼而无应，有前后而无操纵顿挫，不散则乱。”[23]其三，古人行文句法、字法之妙，一经评点，均能当下呈现，引人深思。而间或摘出古人命辞造句的瑕疵，则又能起到开拓读者心胸的作用。可见，评点之学为用至大，桐城派作者善讲书与承学者善读书，均与此相关。因此，贺涛及其弟子“日有事于评点，丹墨斑驳，圜锐杂糅”，而置有些人的“目笑之”[24]不顾，也就不足为怪了。

有人说桐城派的评点之学是受了明代八股文的影响，这其实是一种没有历史观点的错误说法。因为评点起源于宋代，远早于八股文的产生。说八股文受到古文评点之学的影响则可，说古文评点之学受到八股文的影响则是倒果为因。清人章学诚虽认为评点之学“为不知法度之人言，未尝不可资其领悟”，而又认为“特不足据为传授之秘尔，据为传授之秘，则是郢人宝燕石矣。……乃因一己所见，而谓天下之人皆当范我之心手焉，后人或我从矣；起古人而问之，乃曰：余之所命，不在是矣。毋乃冤欤”[25]，明指归有光，实是影射并时的桐城派。章氏是通人，所论不能说不高，然肆意歪曲，不啻厚诬桐城派。事实上，作为借径和手段，评点只是桐城派用来启发学文者的，均可与天下人相见，何尝“据为传授之秘”，更无借此

“谓天下之人皆当范我之心手焉”的野心。章氏所云只是陷人入罪，桐城派中人头脑不如是冬烘，且见解的圆通亦断不在章氏之下，容或过之。姚鼐就曾说：“文家之事，大似禅悟，观人评论圈点，皆是借径，一旦豁然有得，呵佛骂祖，无不可者。此中自有真实境地，必不疑于狂肆妄言，未证为证也。”[26]他晚年尽删初刻《古文辞类篹》上的圈点，大约就是考虑到讲书可以当下说明，以活用圈点；而书籍流传，缺乏名师的指点，不知变通者反以圈点自缚，流为俗学，因此不如删去之为愈。这是姚先生的一番苦心，可见桐城派代表人物对评点之学的辩证态度。在这种辩证态度面前，任何对评点之学的指责皆是违道矫情，难以自圆其说的。

3. 重视文章的诵读

汉语单音节方块字，联缀成文，往往具有一种内在的音乐节奏。传统的语言家一直认为汉语语音是有涵义的，从古代的《释名》作者刘熙，到《说文解字》的作者许慎，一直到近代的刘师培均是如此。故古文通过虽没有曲调但有节奏、有抑扬顿挫的诵读，是能读出其中的感情、其中的道理、其中的文化的。中国的古典文学学习一直就有重视吟诵的传统，如“朱子谓‘韩昌黎、苏明允作文，敝一生之精力，皆从古人声响处学’”[27]。桐城派亦重视此道。姚鼐在《与陈硕士书》中曾云：“诗文要从声音证入，不知声音，总为门外汉耳。”[28]故桐城派中人不但重视此道，且精于此道，终身力行此道：

往在江宁，闻方存之云：“长老所传，刘海峰绝丰伟，日取古人之文，纵声读之。姚惜抱则患气羸，然亦不废哦诵，但抑其声使之下耳。”[29]

而文章之所以要通过诵读由声音证入，正如姚鼐所说的：“夫道德之精微，而观圣人者不出动容周旋中礼之事，文章之精妙，不出字句声色之间。舍此便无可窥寻矣。”[30]后来的张裕钊也有类似的认识：“声调一事，世俗人以为至浅，不知文之精微要眇，悉寓于其中。”[31] 所谓声者，是就大小、短长、疾徐、刚柔、高下言之。而“文之精微要眇”，当是指通过这种不同形式的诵读，来体会文章的节奏：“文章最要节奏，譬之管弦繁奏中，必之希声窈渺处”[32]；感受文章的气势：“熟读而强探，长吟而反复，使其气若翔翥于虚无之表，其辞跌宕俊迈而不可方物”[33]；咀味文章的神气：“积字成句，积句成章，积章成篇，合而读之，音节见矣，歌而咏之，神气出矣”[34]；把握文章的情感：“情以生文，文亦以生情；文以引声，声亦以引文。循环互发，油然不能自已，庶渐渐可入佳境。”[35] 讽诵久之，节奏出矣，音节响矣，气势旺矣，神气现矣，情感入矣，则文章之美尽在其中，且声调铿锵，兴会盎然，亦极易记忆。

在长期的古文教学中，桐城派中人积累了一整套诵读经验，足以嘉惠后学者。如姚鼐所总结的经验是：“急读以求其体势，缓读以求其神味。”[36] 吴汝纶亦精诵读，后来唐文治求教吴汝纶，吴为他诵读王安石《海陵主簿许君墓志铭》一文，由声气之抑扬抗坠，示文章之顿挫沉郁。故唐文治讲文，亦重在因声求气。他后来主持无锡国专时，将这一方法推广到国专，使“因声求气”成为一时的风气，产生了极好的学习效果。据杨廷福、陈左高回忆：

在读的双基训练方面，每一国专学生至少能背诵长篇古文五六百篇。唐先生为此传授了吴挚甫“古文四象”（太阴、太阳、少阴、少阳）的传统朗读法，特别指出通过朗读可提高沉浸词章的乐趣，收到融会贯通、消化吸收的效果；还循循善诱地引导，反复熟读顺诵像贾谊《过秦论》、晁错《论贵粟疏》、诸葛亮《前出师表》等气势磅礴、纵横捭阖的文章，对今后写论文是有裨益的。因此，同学大都懂得在抑扬顿挫、缓急轻重的声调节奏中，玩味文章的起承转合、措辞构思之妙。不论早晚，国专教室内外，总是一片琅琅书声。其次，除要求能背写各种体裁文章外，还要吟诵历代诗词名篇，辨清四声及阴阳清浊，从而能赋诗填词。这样的“书塾式”的读书无视于“死记硬背”的讥诮，形成国专自己的学风，环顾当时文科大学，确是罕见的[37]。

1949年后，我们的大中学校受某大国的影响，古文教学往往只讲讲字、词、句，分析分析文章的段落大意、中心思想，而将桐城派的“因声求气”朗读法完全抛弃，这是执其粗而遗其精，甚至是取其糟粕而弃其精华。那种教条主义中心的思想分析得再多又有何用？它能提高学生的读写能力吗？回顾这五六十年的中文教育历史，可说鲁莽灭裂地抹黑、批判、废弃桐城派的教学方法，是以学生不会读写和欣赏本民族伟大的古典文学为代价的。这一惨痛的教训难道不发人深省吗？难道至今还不应该觉悟吗？

4. 重摹仿

作文由摹仿而入，不失为一条通途和捷径。朱子谓：“古人作文作诗，多是摹仿前人而作之，盖学之既久，自然纯熟。”[38]韩昌黎为文虽戛戛独造，“惟陈言之去者”，然亦不废摹仿。据《升庵合集》论文云：“唐余知古《与欧阳生论文书》云：‘韩退之作《原道》则崔豹《答牛亨书》，作《讳辩》则张昭《论旧名》，作《毛颖传》则袁淑《太兰王九锡》，作《送穷文》则扬子云《逐贫赋》。’盖文家初祖之家法如此。”[39]

桐城派中人于初学为文皆主摹仿，姚鼐主张尤力：

今人诗文，不能追企古人，亦是天资逊之，亦是途辙误而用功不深也。若途辙既正，用功深久，于古人最上一等文字，谅不可到；其中下之作，非不可到也。昌黎不云“其用功深者其收名远乎”？

近世人习闻钱受之（谦益）偏论，轻讥明人之摹仿。文不经摹仿，亦安能脱化[40]？

一生都服膺姚鼐的曾国藩为文亦主摹仿：

作文亦宜摹仿古人间架。……即韩、欧、曾、苏诸巨子之文，亦皆有所摹拟，以成体段。尔以后作文作诗赋，均宜心有摹仿，而后间架可立，其收效较速，其取径较便[41]。

当然，这种摹仿理论不可避免地招来一些反对意见，胡适的成名大作《文学改良刍议》第二条“不摹仿古人”，隐隐然就是以桐城派作为靶子的：

文学者，随时代变迁者也。一时代有一时代之文学……既明进化之理，然后可言吾所谓“不摹仿古人”之说。今日之中国，当造今日之文学，不必摹仿唐宋，亦不必摹仿周、秦也。……更观今之“文学大家”，文则下规姚、曾，上师韩、欧，更上曾取法魏、晋，以为六朝以下无文学可言，此皆百步与五十步之别而已，而皆为文学下乘。即今神似古人，亦不过为博物院中添几许“逼真赝鼎”[42]。

像这种不分对象学力层级，只从抽象角度所进行的批评，我们实无从判断对与错。故问题的关键是，他所批评的，究竟是什么样的摹仿者。如果是指初学者，则桐城派中人就此而强调的正是指初学者。他们一致认定摹仿是初学不可不经历的阶段，通过摹仿可以确定师承，而有师承才有家法，有家法才不致如游骑无归。且趋向既正，途辙既得，亦有望大成。胡适反对初学的摹仿古人，不啻欲“上达”而取消“下学”。得鱼忘筌则可，在事实上取消“下学”则不可；“下学”若无，“上达”又岂能凭空独有？其批评的无谓正与英雄欺人式的无聊等，错误是不言而喻的。相信胡氏本人少时作文定不如是躐等而进，必也几经摹仿方才入门，只不过悔其少作，装门面不承认而已。而桐城派中人则不会装门面，因为作为教师，他们是要对无数承学者负责的。如果是指学有所成者，则胡适的批评是对的。但桐城派本不以“逼真赝鼎”为极致，类似的话，桐城派中人早已讲过，初无取于胡氏大放厥辞。如姚鼐虽力主摹拟，但并不止于以摹拟为工，认为“摹仿而浑妙者自可法，摹仿钝滞者自可弃”[43]，进而主张“尽变古人之形貌，虽有摹拟不可得而寻其迹”[44]，并最终达到“久而能似之，又久而自得，不复似之”[45]的佳境。如此博观圆照，岂不在明白地主张，摹拟的结果是要自成一家？且桐城派中有此认识者，并不限于姚鼐。胡氏虽强施“赝鼎”之讥，惜抱地下有知，当亦期期以为不可而拒之不受的。

5. 重语言的雅洁

桐城派教授和写作的均是古文。韩、柳以来的古文是自成一体，有着特殊规定的。方苞所说的“辨古文气体，必至严乃不杂也”[46]，就是要通过辨体至严，从文体上将古文与非古文区别开来。在他看来，古文既然不同于其他文体，那就必须具有不同于其他文体的独特的语言：

> 古文不讲义法久矣，吴越间遗老尤放恣，或杂小说，或沿翰林旧体，无雅洁者。古文中不可入语录中语、魏晋六朝藻丽俳语、汉赋中板重字法、诗歌中隽语、南北史佻巧语[47]。

古文气体所侧重的是澄清无滓，而这和语言的纯洁是分不开的。姚永朴曾说，古文家“一异于性理家”，“二异于考据家”，“三异于政治家”，“四异于小说家”[48]，这话可和沈廷芳所引方望溪语同看。因为，性理学家不甚措意于词章，所著语录体芜杂俚近，鄙陋不文，每堕入理障。考据家主于训诂名物，行文繁碎缴绕，而语多不可了当。政治家主于事功，所作公文、尺牍字里行间，每多纱帽气、客气。小说家用意诡谲，着语纤佻，极易堕入恶趣。同时古文家亦不同于骈文家、诗词家、时文家：骈文家所用六朝藻丽俳语伤品，汉赋中板重字法伤气；诗词家下语轻隽伤格；时文家陈词滥调败味。凡此诸家用语，一旦阑入古文，皆有损于古文文体之尊，而古文历来是尊体的。剥尽诸家用语，桐城派赤地立新，所要求的古文语言是雅洁。雅洁的含义，便是谨严质朴刊落浮辞之谓。吕璜整理、吴德旋撰《初月楼古文绪论》中所说“古文之体忌小说、忌语录、忌诗话、忌时文、忌尺牍，此五者不去，非古文也”[49]，也正是这个意思。

古文语言要求雅洁，是由古文的性质决定的；而古文的性质是体尊，惟体尊故要求文雅，惟文雅故语洁。古文虽然以语言雅洁自律，却又有着广泛的适用性，这是为什么呢？吕思勉先生对此有很好的解释：

古文可谓文言中之官话（按：即指普通话），他种文言则犹文言中方言（按：如《尚书》，如甲骨文，如王羲之的书信，如明末的小品）也。率此义（指古文）以为文，则其文字能使后来之人易解也。因其用一时代、一地方之言语少；所用皆通行之语，犹之说官话者听之易懂也。故古文有使前人后人接近之益。……古文者时间上之官话也[50]。

由于古文这样一个“时间上的官话”剔除了“文言中之方言”的杂质，使古今距离得以缩短，古人作文，便可以传后；今人亦可以读通古书，了解文化遗产。胡、钱认为古文是“死语言”、是“谬种”，力图打倒；吕先生亦有针锋相对之论：“谓古文保持死语言者，亦系外行话。”因为“古语之不雅（庸俗、冷僻、艰涩）者已被淘汰成死语”（同上），故“死语言”乃“古文之所淘汰”的，即在古文之外，而不在古文之中，故古文成了一种净化剂，对古代语言起了去“死”存“生”的作用。这种经过净化去“死”存“生”的语言主要表现在：

作古文之人，乃（1）就已往之文字中，择其最宜通行于今者而用之。（并非凡古即可用，过古者，有时按古文义仍不可用。）（2）择其认为美者而用之。前者雅正之义，后者文雅之义也。

能确守此标准者，其文可称古文，否则只可算普通的散文[51]。

对照吕先生所界定的语言标准，桐城派的文章可说是标准的古文而非普通意义上的散文。桐城是文化大县，明清时期出了数以千计的文人。如果就桐城本地来比较，则方苞以前与方苞以后的桐城文风可说是判然有别。以与方苞同是桂林方的方以智为例。方以智是明末清初公认的百科全书式的人物，一生研究方面广、成就大，但就文章一道来说，却并不见得出色。大约是受了“七子”的影响，极好于文中点缀一些先秦古书中业已死去的字句，既生涩突兀，又伤神伤气，整体缺乏一种浑然天成感，如他的名篇《清芬阁集跋》即是。与其不同的是，方苞学问虽有所不及，而为文则文从字顺，澄清无滓，自然发其光精。相比较而言，方以智的文章只能是普通的散文，方苞的文章才算是古文。排除其他的因素，这是语言的雅洁在起作用。

过去有些人对方苞等人在古文语言上的一些主张颇多指责，认为这是清规戒律。吴孟复先生则认为如以现代语言学作参照，这种指责其实并不恰当：

因为从现代语言学来看，“由于人类社会生活的复杂性……由于不同的交际环境……就各自形成一系列运用语言材料的特点，这就是语体。”（《语文教学与研究》1980年一期《论语体》）究竟有哪些语体呢？有人分为谈话语体与书卷语体；书卷语体中又分为科学语体、艺术语体、政论语体、事务语体；艺术语体中又分为散文、诗歌、对白（戏剧、小说）三个分体。（同上）按此说法，转过来看方、姚等人提出的一些禁约，其意正要按照散文语体的要求使散文语言纯洁起来[52]。

回思方、姚所论，恰与科学理论相符。盖言语体之分者，望溪其最先者也。故望溪论文，异于时文，而冥契于科学。其识何其卓也[53]！

从语体的角度来要求语言的雅洁当然是对的，但还有另一个原因。桐城派中人大多是教师，是要教学生学文、作文的。如果说他们在古文语言上一些主张是清规戒律的话，则这种清规戒律也是必要的。不以规矩不能成方圆，在时风恶习的侵扰下，不通过严格规范标准的训练，学生又如何能做到用字遣词准确、清新，而写出语言风格简洁的文章？章太炎当年所感叹的“幸其流派未亡，稍存纲纪，学者守此，不至堕入下流，故可取也”，不是没有道理的。同时，桐城派的语言学主张在目下大中学校的写作训练中仍有方法论上的意义。而对极左时代暴力语言、流氓语言的大量出现，尤其是网络时代市侩语言、痞子语言、猥亵语言、垃圾语言井喷式地出现，裁制以必要的科条，讲一点桐城派的雅洁，未尝不是一种对治，不然学生写不好文章尚在其次，而导致人心的败坏、文化的鄙俗、道德的沦丧、社会的无序无律，则兹事体大，不知教育文化当局有没有从这个深层次来考虑问题。

6. 重因材学文

人的才性和品质是不一样的。文章风格是作者才性品质的集中表现，才性气质不一样，表现于文章的风格也就必然不一样。关于这一点，姚鼐在《复鲁絜非书》中，言之甚为形象：

鼐闻天地之道，阴阳、刚柔而已。文者，天地之精英，而阴阳、刚柔之发也。惟圣人之言，统二气之合而弗偏。然而《易》、《诗》、《书》、《论语》所载，亦间有以刚、柔分矣。值其时其人，告语之体各有宜也。自诸子而降，其为文无弗有偏者。其得于阳与刚之美者，则其文如霆，如电，如长风之出谷，如崇山峻岩，如决大川，如奔骐骥；其光也，如杲日，如火，如金镠铁；其于人也，如冯高视远，如君而朝万众，如鼓万勇士而战之。其得于阴与柔之至美者，则其文如升初日，如清风，如云，如霞，如烟，如幽林曲涧，如沦，如漾，如珠玉之辉，如鸿鹄之鸣而入寥廓；其于人也，漻乎其如叹，邈乎其如有思，暖乎其如喜，愀乎其如悲。观其文，讽其音，则为文者之性情、形状，举以殊焉。且夫阴阳刚柔，其本二端，造物者糅，而气有多寡进绌，则品次亿万，以至于不可穷，万物生焉。故曰："一阴一阳之谓道。"夫文之多变，亦若是已[54]。

人的气质才性秉之于天，难以改变，则为文就阳刚、阴柔二者来说，必各有擅长，很难兼顾。但世人往往重视阳刚，而轻视阴柔。如姚鼐的高足管同就怀有此见："仆闻文之大原出于天，得其备者，浑然如太和之元气。偏焉而入于阳，与偏焉而入于阴，皆不可以为文章之至境。然而自周以来，虽善文者亦不能无偏。仆谓与其偏于阴也，则无宁偏于阳。何也？贵阳而贱阴、伸刚而绌柔者，天地之道，而人之所以为德者也。"[55]重视阳刚则可，轻视阴柔则不可，因为两者是相辅相成的。姚鼐曾说："糅而偏胜可也，偏胜之极，一有一绝无，与夫刚不足为刚，柔不足为柔者，皆不可以言文。"[56]也就是说，纯刚非刚，"必刚柔相错而后为文，故阳刚之文，亦具阴柔之美，特不胜其阳刚之致而已；阴柔亦然。止可偏胜，而不可以绝无"[57]。正如《礼记·乐记》所说的："刚气不怒，柔气不慑。"那么，如何才能使阳刚之文亦具阴柔之美呢？这有两种方法：其一，欲学阳刚之文者当从阴柔入手。对阳刚阴柔颇有研究的曾国藩就曾说："学者之识，当仰窥于瑰玮俊迈、恢诡恣肆之域，以期日进于高明。若施手处，则端从平实惬适始。”[58]又云：“凡为文，用意宜敛多而侈少，行气宜缩而伸少。推之孟子不如孔子处，亦不过辞昌语快，用意稍侈耳。后人为文，但求其气之伸；古人为文，但求其气之缩。气恒缩则词句多涩。然深于文者，固当从这里过。”[59]瑰玮俊迈、恢诡恣肆、辞之昌、语之快、气之伸，阳刚也；平实惬适、气之缩，阴柔也。借径阴柔以学阳刚，庶不致堕于刚之一偏而收刚柔相济之效。其二，进之以学。管同云：“进之以学者，孟子所云遏其鄙吝，使夫为体也常宏，而其为用也常毅，则一旦随其所发，而至大至刚之概，可以塞乎天地之间矣。如此则学问成，而其文亦随之以至矣。”[60]无修养之刚是谓刚狠，与孔子所说“枨也欲，焉得刚”，皆非真刚；有修养之刚则刚中含柔，所谓“常宏”“常毅”，宏、毅相间，即是刚中含柔、刚柔相济之谓。而弥补阴柔之文不足于阳刚之美者亦有二途。即姚鼐所说的：“宋朝欧阳、曾公之文，其才皆偏于阴与柔之美者也。欧公能取异己者之长而时济之，曾公能避所短而不犯。”[61]关于前者，曾国藩指导张裕钊曰：“足下气体近柔，望熟读扬、韩各文，而参以两汉古赋，以救其短，何如？”[62]扬雄、韩愈文属阳刚一类，曾国藩让气体近柔的张裕钊学扬、韩文，实际上就是“取异己者之长而时济之”之意。关于后者，姚鼐《与陈硕士书》曾云：“所寄古文，大抵正有余而奇不足。此不必勉为奇，但益求其醇厚，即自贵耳，古人不云‘善用其短’乎？”[63]这就是说，人之材质各有能有不能，若必难进于阳刚，唯有用“避所短而不犯”之法，通过“进之以学”，使阴柔臻于醇厚，而不致堕于柔靡不振，由个人才智论，采用这种“善用其短”的方法不失为一种明智的选择；强学阳刚，反有举鼎绝膑之忧。

桐城派的阳刚、阴柔理论对为文者极具启发，对初学为文者尤具指导意义。有此指导，初学为文者便能根据自己的材质，选择适合自己的为文途径，确定自己的为文方向，从而免走弯路，而收到事半功倍的效果。

由以上所举六点可以看出，桐城派虽然是一个文学流派，但所讲“有所法”的内容却充分体现了“文章学”上的普遍法则，反映了汉语使用的常规，极便于语文的教学与写作。钱基博说：“方氏提出义法，便于学习也。盖历代文家论文，皆限于文章原理及流别，无有提出具体之修辞方法，学者未知如何效法古人。方氏首先发明具体之修辞方法，使学者有途辙可循，易于成就，是以趋向而学之者众也。”[64]桐城派的影响超过历史上任何一个文学流派，不是因为它成就最高，而是它面对的对象最多，受益面最广。也就是说，它所面对的不仅仅是少数学有所成的精英，更多的还是千千万万急需将文章写通、写好的“学者”。桐城派的“有途辙可循，易于成就”使这些“学者”趋之若鹜，造成巨大的社会声势，说“天下文章其出于桐城乎”，当从这个角度才能理解。而影响这么大，就又牵涉到一个问题，桐城派究竟应不应该称派？在回答此问题前，首先要澄清的是，桐城派三祖最初并未以宗派相标榜，诚如姚永朴所说的：“大抵方姚诸家论文诸语，无非本之前贤，固未尝标帜以自异。”[65]后起的桐城籍作家甚至有反对者，如马其昶、姚永朴兄弟均是。首标“桐城派”之号者为湘乡曾国藩，而“一时揭帜‘桐城’”以号天下者，则为侯官林纾。无独有偶，反对以“桐城派”名号相称最有力的则是与曾、林同时的吴敏树、李详。吴敏树认为“韩（愈）尚不可为派，况后人乎？乌有建一先生之言，以为门户涂辙，而可自达于古人哉”[66]，矛头直指姚鼐，至比之为吕居仁。味吴氏语，问题不在于“建一先生之言，以为门户涂辙”，而在于成为“门户涂辙”的“一先生之言”有没有举世公认的价值。黎庶昌、王先谦皆认为“桐城之言，乃天下之至言”、“正宗”[67]，林纾亦说“服膺惜抱者，正以其取径端而立言正”[68]，由此可见桐城之说惬心贵当，其影响之大在于深入人心，并非起于乡曲者竞名之私式的盲目标榜。从文章学的角度看，桐城派实集中国古代研究文章写作法度之大成，进而成一博大精深的体系，自有其独特的价值。既然在现代学术谱系中允许以各种人名、地名相称的学术流派的存在，则我们为什么就不能用“桐城派”来命名这个既有个性又能充分体现天下公意的文章学体系呢？

我们业已承认了桐城派能成一流派，且已承认了其“有所法”在文章学上成一独特的体系，进一步就要考察一下这种“有所法”是否已达到了“能”的效果。这在桐城派的梯层构中应属于第一个层面的考察。考察的对象是众多的承学者而非限于少数精英，衡量“能”的标准也不是成家而是将文章写通，能进行基本的应用。关于这点，袁枚在《随园诗话》里，曾说过一段颇有意味的话：“本朝古文之有方望溪，犹诗之有阮亭：俱为一代正宗，而才力自薄。近人尊之者，诗文必弱；诋之者，诗文必粗。”[69]所谓“不粗”，就是清通简要，有规矩，有章法，这正合“有所法而能”的标准。桐城派通过“有所法”果真达到了这个“能”的标准吗？达到了的。请看胡适所说的：“学桐城古文的人，大多数还可以做到一个‘通’字；再进一步的，还可以做到应用的文字。……但桐城派的影响，使古文做通顺了，为后来二三十年勉强应用的预备，这一点功劳是不可埋没的。”[70]这虽是一个最基本的评价，但以他批评其他各派的“妄想回到周、秦、汉、魏，越做越不通”这句话作参照，却又是一个很高的评价。

受过桐城派“有所法”训练的人，不独可将古文做通，即对做好白话文也大有裨益。以当代三位桐城籍的著名学者朱光潜、马茂元、舒芜为例。朱光潜早年在桐城中学读书时，曾受教于桐城派名家潘季野，并极为潘所赏识；舒芜、马茂元分别为桐城派大家方宗诚、马其昶的曾孙、文孙，二人早年同为桐城派名家李诚先生的门下士（李诚先生为国务院现任总理李克强之师，他的另一与马、舒并称的弟子为著名学者吴孟复），马茂元后来又入无锡国专成为唐文治先生的高足。因之，三人受过桐城之法的严格训练是没有问题的。他们后来虽不写文言了，而用白话所写学术论文的清新畅达、语言简洁、条理清楚，仍可清晰地见出受过桐城之法训练的好处。再以桐城以外的徐复观先生为例。徐氏为港台新儒学三大家之一。早年入湖北国学馆，在其师著名古文家王葆心先生训练下，虽通桐城之法且颇擅作文，但并不喜欢。而进入中年后，态度却大变，认为文章讲得最好的还是桐城派，说："十多年来，也慢慢地重新了解了所谓桐城派古文，在中国文学史中，必然要占崇高的一席。我之所以要用'重新'两个字，说来真是惶恐；原来我在二十一二岁以前，湖北的几位老先生，也是我的恩师——王季芗、刘凤章……诸位老先生，都认定我会成为此中的能手，谁知垂暮之年，却落得一双白手呢!"[71]"落得一双白手"当然是谦辞，事实上，作为那个时代首屈一指的政论家，徐先生的一枝健笔是能"名动公卿"的；而所作条理的清楚、语言的雅洁、遣词的准确，均有桐城派的影响在。牟宗三、唐君毅学问很大，而文章则写得生涩别扭，瞠乎徐先生之后。唐君毅曾说徐先生能用短文章写出复杂的情事，当是由衷的赞叹，于中正能见出桐城义法的长处。

而近半个世纪以来，在"谬种""封建性""清规戒律"的喧嚣声中，中国大陆的语文教学几乎将桐城派的"有所法"理论一笔勾销，其直接的后果是导致学生写作能力的普遍下降，"误尽苍生的语文教育"，当非无的放矢。既然七十二行均不由规矩不能成方圆，何独为文不由法入？用"有所变而后大"的标准来批评且取消"有所法而后能"，从而使众多的承学者不得为文之门而入，并直接导致写作能力的下降，只能从反面证明了桐城派“有所法而后能”理论的颠扑不破，放之四海而皆准。

分论二：论桐城派的“有所变”而后“大”

桐城派的“有所法而后能”主要是从文章学的角度来立论，面对的主要是处于“中人以下也”水平的众多的学生，所传授的多是文章的作法，最基本的要求是将文章作通以合应用。如果仅止于此，则桐城派只是一批精于文章教学的教师群体，至多只是一群文章家。但事实上，桐城派是一个举世公认的文学流派，它所面对的除了千万普通的学子外，还有一小部分脱颖而出处于中人水平以上、有志深造并以文学创作为志业的精英。既是文学创作，就不单纯是把文章写通以合应用，而是要创作出具有审美价值的优秀文学作品。这就不能墨守成规，而应超越文章学的范畴，在所传授的理论和创作实践中加进变的因素。唯变方能成其大，亦唯变而有特点方足以成为一个流派。

下面试从三个方面来说明桐城派的“有所变”。

(一)“义法”之“义”为可变之“义”

方苞有名的古文理论为“义法”说。关于“义法”的“义”原有多个层面的解释，最浅显直接的是指文章的内容。而文章的内容是可变的。梅曾亮在《答朱丹木书》一文中曾说：

> 文章之事，莫大乎因时。立吾言于此，虽其事之至微，物之甚小，而一时朝野之风俗好尚，皆可因吾言而见之。……夫古今之理势，固有大同者矣；其为运会所移，人事所推演，而变异日新者，不可穷极也。执古今之同而概其异，虽于词无所假者，其言亦已陈矣[72]。

梅氏所说的文章因时是指文学创作当与“运会”同步、变异日新，以体现时代的特征。这里，他是将文章的内容和形式结合在一起来说的。如果分开来说，则其文章的内容即相当于方苞“义法”中的“义”。桐城派“义法”的“义”是可变的，决定“义”变的是“时”。“义”与“时”俱进，“时”与“义”相合，不断地呈阶段性地更新着桐城派文章所包含的时代性内容。以下即以“时”为经，以作家为纬，来阶段性地考察一下桐城派的“义”是如何因“时”而变且不断发挥变的价值的。

以方苞为例：

方苞平生的志行是“学行继程朱之后”[73]。明末清初的思想界，由于王学末流的鲁莽灭裂，“由王返朱”的呼声日益高涨。这是一种“时”，也是一种“变”。由于符合自己的价值取向，方苞对于这种时变，是积极“预流”了的。在《再与刘拙修书》中，即明确表明了自己推崇程朱理学的态度：

仆少所交多楚越遗民，重文藻，喜事功，视宋儒为腐烂；用此年二十，目未尝涉宋儒书。及至京师，……始寓目焉。其浅者皆吾心所欲言，而深者皆吾知力所不逮也，乃深嗜而力探焉。然尚谓汉唐以来，以明道为己任者众矣，岂遂无出宋五子之右者乎？二十年来，于先儒解经之书，自元以前，所见者十七八。然后知生乎五子之前者，其穷理之学未有如五子者；生乎五子之后者，推其绪而广之，乃稍有得焉；其背而驰者，皆妄凿墙垣而殖蓬蒿，乃学之蠹也。夫学之废久矣，而自明之衰，则尤甚焉！……夫儒者之学，所以深摈异端，非贵其说之同也；学不明，则性命之理不顺。汉代儒者，所得于经甚浅，而行身皆有法度，遭变抵节，百折而其志必伸。魏晋以后，工文章垂声于世者众矣；然扣其私行，不若臧获之庸谨者；少遇变故，背君父而弃名节，若唾溺然。由是观之，不出于圣人之经，非学也。乃昔之蠹学者，显出于六经之外；而今之蠹学者，阴托于六经之中，则可忧弥甚矣[74]！

推崇程、朱可谓不遗余力，其“义法”之“义”即以程、朱为祈向，期其文之思想不背于理。但也正是文章之“义”的如此适“时”，使得方苞饱受后人的诟病，这就牵涉到对理学的评价问题。对理学从义理上来进行评价，非本文所能及。这里想作简单说明的是，历来对理学存有根本的误解。如误解最大的当属朱熹所说的“存天理，灭人欲”这句话。其实朱熹的意思是要人克制自己过分的私欲，而他认为饮食男女正常的欲望是符合天理的。且看他自己是怎么说的：“饮食者，天理也；要求美味，人欲也。”[75]意思非常明确，说朱熹要消灭人的欲望，这完全是忍心害理、厚诬古人，朱熹是不会愚蠢到这个地步的。硬性地批判“存天理，灭人欲”，其实是在为纵欲主义寻找理论依据，为之拍手称快的只能是那些三妻四妾、富可敌国的贪官污吏。明清两代，批判理学最有力的是戴震，理学家“以理杀人”是其批判理学最为人传诵的一句名言。姑且不论这句话是否如一些学者所报指出的那样是从根本上曲解了“理”的精义，也不论其是否存在着掎摭片言只语以抹杀全体的问题，即使有少数墨吏或假道学以“理”来“杀人”，就因为这种心怀叵测的利用，我们有必要连同理学本身也一并否定吗？从根本上说，理学是提升人性、引人向善的。如果为此而否定理学，那么当年希特勒是利用合法的民主程序竞选掌权而成为战争魔王的，我们能不能就此将人民主权理论一并否定掉？波尔布特在柬埔寨是利用马克思主义的名号向他的同胞大开杀戒的，我们能不能为此而否定马克思主义？又有一种意见认为，宋代理学盛而宋弱。那么我们也可不可以这样说，宋代理学不盛宋代也许会更弱。事实上，理学在宋代基本上没有成为官学，对实际政治也很少发生影响，因之也就不能对宋代的“积贫积弱”承担责任。理学家在宋代大多不甚得志，朱熹甚至被诬以“伪学”而倍受打击。理学大盛并对实际政治发生影响只是元、明以后的事。如果认为理学兴盛不利于社会进步的话，那“文化大革命”是不讲理学的时期，结果如何呢？由此而导致的全民族道德水准的普遍下降，影响至深且巨，其后遗症至今还在。这难道不从反面证明了否定理学必然要食其报吗？可见，理学作为一种人生观和学术体系，从历史主义的观点说，是应该加以肯定的，尽管它也有这样或那样的弱点。

再回到方苞来说。其实，方苞对理学义理并未作出过什么了不得的发明。但这也无所谓，借用理学家的话，理明明白白地在那里，说了不能增加些子，不说也不会减少些子。理学最关键的不是流为口头禅，而是要践履。通过践履，“还他做个堂堂正正的人”。正是在这一方面，方苞以高度的道德自律，力行不已，无愧于做个堂堂正正的人。他入则孝顺父母：“父尝曰：‘吾体未痛，二子已觉之；吾心未动，二子已知之。’赴诏狱时，母老疾多悸，乃诡言奉召入者，不得顷刻留。逾年事解，迎养京邸，母夫人尚不知也”[76]；友于兄弟：“以弟椒涂亡，病未视敛，终身恨之。且卒，遗命袒右臂自罚。”[77]出则忠于职守，义之所在，面折廷争，虽有国武子之祸不惧[78]。于朋友则规过劝善，无愧直谅：

安溪李公入相，先生问：“自入国朝以科目登兹位者几人？”公屈指：“五十余人。”先生曰：

“甫六十年而五十余人，其不足重明矣，愿公更求其可重者！”时，魏公廷珍在座，退而曰：“斯人吾未前见，无怪人不乐闻其言也！”[79]

性刚直，好面折人过，交游中宦既遂，必以吏疵民瘼政教得失相责难……与诸大臣言，常以天下之公义、古贤之大节相砥淬，而未尝一及于私[80]。

他虽因“《南山集》案”入狱，但从不迁怒戴名世，他称说同受牵连下狱的戴名世的弟子余石民“观君之颠危而不怼其师，是能重人纪而不以功利为离合也”[81]，不啻夫子自道，可见其笃于风义。而对后辈则尤为关心：“后进之士挟卷求见者，必问曰：‘治何经？所得何说？学谁氏之文？’有不能对者，辄愀然不乐，戒其勿徒事驰骛。”[82]章太炎称方苞“虽未识程朱深旨，其孝友严整躬行足多矣”[83]，意在赞扬，却将话说反。理学家岂能徒事究玄口说？惟躬行方识得程朱深旨。准以此义，方苞真可称得上以身证道、躬行不苟的真理学了。

方苞的志行一方面是“学行继程朱之后”，另一方面是“文章在韩欧之间”。赵执信《谈龙录》云：“诗之中，宜有人在。”[84]如其所论，在方苞身上，文与人即是统一的。作为精通理学的作家，他不独以身证道，且以道入文，“非扶道教裨风化者不苟作”。理学在其文中体现的是一种价值取向，一种道德评判，一种真性情，真风骨，真面目，如所作大量奏札的为民请命，《左忠毅公传》《孙征君传》等篇的表彰名节，《狱中杂记》对舞法墨吏的揭露抨击，均可见出这个特点。马其昶说：“读其文，知其深于经，有中心恻怛之诚。”[85]可谓的评。在力挽王学末流向程朱理学转变的过程中，说方苞古文之“义”饱含一种刚健笃实的人格力量，具有明显的时代特征，识者当不以为迂远而不切实际的吧！

以刘大櫆、姚鼐为例：

刘大櫆、姚鼐是师生关系，两人大致生活在乾、嘉时期。但两人活动的人文空间并不完全一样。刘大櫆没什么功名，一生接触的多是底层小知识分子和田父野老。姚鼐则中过进士，作过官，后辞职一意任教各大书院，接触的多是中上层知识分子。不同的经历，使他们的文章之“义”也显示了个性化特征。而最具此特征的，是他们虽都看到了乾嘉盛世的病状，并适“时”地加以批评；但因眼光不同，批评所及亦各有侧重，并不完全一样。

刘大櫆侧重批评的是乾嘉病态的社会现实，刘大櫆所处的时代虽为盛世，但因为生活在底层，仍能看到种种社会不公，并为文加以揭露，使其文章之“义”含有一种批判意味。如《天道》三篇就是借天道讲人事，抨击了盛世光环下种种不合理的现象：

御人于国门之外，使人抵罪；而贪惏以逞者，世守其官乎？大武之下，蚁或亡矣，而人不顾也；大祲之下，人多毙矣，而天不怜也。

其上之于民，名为治之，而其实乱之；其天之于人，名为生之，而其实杀之也。

天下无道，则富贵显荣与道德仁义常分。是故衰乱之世，其达而在上，则必出于放僻邪侈；其修身植行，则必至于贫贱忧戚。

今夫杰滑之民，乘时窃位，怙宠立威，黩货无厌，其有稍异于已则黜之，甚则夷灭其宗族，惨覈亦至矣；而康宁寿考令终者，不可胜数。彼其心见以为当然，与鸟兽之聚麀者无以异也。彼以鸟兽自为，则天亦以鸟兽畜之而已[86]。

这些内容诚如吴孟复先生所评论的：“抨击的对象，从地主豪绅，到贪官污吏，世族世官，直到有权‘夷灭’别人‘宗族’的封建统治者（只有皇帝才有这样的权力）。不仅讲明‘天之无知’，而且指斥‘天之无道’，这是古文中罕有的。他自言‘卓荦曾教老宿惊’，这样的议论，当然会使张廷玉等惊怖。他在应‘博学宏词’试时，被其同乡的宰相张廷玉所黜，自非偶然。”[87]刘师培说桐城古文家“惟海峰稍有思想”[88]，此点当为根据之一。

姚鼐则侧重批评的是乾嘉社会病态的学风。姚鼐处于乾嘉“汉学”方盛之际，且与并时的汉学家多有瓜葛，风气所被，殆亦预“汉学”之流者。故倡导古文与汉学沟通，意欲合考据、义理、辞章为一：

鼐尝谓天下学问之事，有义理、文章、考证三者之分，异趋而同为不可废[89]。

可见，姚鼐的本位立场虽是宋学，但在学术风气的变迁过程中，他并不违“时”排斥汉学，而是大度包容了汉学。虽然如此，他与汉学家的态度又有着很大的不同。因之断断致辩于汉宋的异同，并进而批评汉学的矫枉过正，构成了姚鼐文章之“义”最富于时代特色的一个内容。在他看来，考据与义理是有层次之分的：“夫以考据证断者，利以应敌，使护之者不能出一辞。然使学者意会神得，觉犁然当乎人心者，反更在义理、文章之事也。”[90]这就指出了汉学、宋学原有精粗之别，因此要摆正两者的位置，不能喧宾夺主：“博闻强识，以助宋君子之所遗则可也，以将跨越宋君子则不可也。”[91]对汉学家的繁琐之风，他尤为不满：“真汉儒之学，非不佳也。而今之为汉学乃不佳，偏徇而不论理之是非，琐碎而不识事之大小，哓哓聒聒，道听途说，正使人厌恶耳。且读书者，欲有益于吾身心也。程子以记史书为玩物丧志。若今之为汉学者，以搜残举碎，人所少见者为功，其为玩物，不弥甚耶！”[92]那么这些说法对不对呢？姚鼐是文学家，从文学的角度来说，他是对的。义理、辞章、考据，义理是归宿，辞章是形式，考据是手段，“必义理为质，而后文词有所附，考据有所归”。可见，三者的作用并不一样，为文时如何运用，就得掌握好一个度，“三者苟善用之，则皆足以相济，苟不善用之，或至于相害”[93]。如运用不当，“为考证之过者，至繁碎缴绕而语不可了当，以为文之至美，而反以为病者，何哉？其故由于自喜之太过，而智昧于所当择也”[94]。姚鼐于此所见甚明，自为文殊无此种毛病。所作虽以文艺性散文居多，但间或亦涉考据。而遇考证处他只是点到为止，决不繁征博引“至繁碎缴绕而语不可了当”。所以，考据在姚文中不但未伤文气，反而开拓了文境，增加了文章的意境之美。集中若《庄子章义序》《左传补注序》《辨逸周书》《读司马法六韬》《读孙子》《书货殖传后》《登泰山记》，皆是这方面的代表作。就此点而论，姚鼐应是因应学术风气的变迁，将桐城派的“义”“法”与“时”结合得最好的代表人物之一。

以姚莹和吴汝纶为例：

姚莹和吴汝纶都生活在近代。虽然年辈不同，但都经历了近代中国亘古未有的巨变，同属于那种比较敏感的、热切关心国运、能放眼看世界的开明知识分子。他们都主张了解外洋的情况，通过学习西方以强国御侮。但姚莹是政治家，他主要是从实际政治的层面来考虑的；吴汝纶是教育家，他主要是从教育的层面来考虑的。在鸦片战争前后的“师夷长技以制夷”的思潮中，姚莹同林则徐、魏源一起，均成为其中的代表人物。他说自己著书的特点是：“颇述海外岩疆所以安危之要，……与夫控制外夷屏藩数省之利……事皆纪实，言归切要。”[95]所著《寸阴丛录》《识小录》《康輶纪行》《东槎纪略》及大量文章，探究边疆地理，介绍外洋情况，揭露英、俄等国侵略中国的野心，提出了各种御侮方案。诚如他在《康輶纪行》中所说的：“热血者，视天下国家事皆如己事。”这在当时的政治界、知识界起了相当的警醒作用。吴汝纶关注教育也与当时的时势有关。甲午战争后，民族危机加深，随着戊戌变法运动的兴起，教育救国亦逐渐成为一种思潮。吴汝纶适当其会，自然不肯落后。如果说长莲池书院时期，他较多关注的是中学的话；那么迫于时势，他在光绪二十七年出任京师大学堂总教习，已然将重点转向西学。随后赴日本考察教育，并将所得写成《东游丛录》及按新模式创办桐城学堂，均说明他绝不固陋，具有非凡的世界眼光。而作为作家，姚、吴二人这样的经历表现在创作上，则给桐城派的“义法”之“义”

注入了大量的近代内容，这是桐城派中人因应时代的又一个显著变化，值得后人重视。

以严复、林纾为例：

二人合称严、林，均是近代翻译界的巨子，亦同受吴汝纶的影响，同为后期桐城派的著名作家。严、林之前，洋务运动中设立的同文馆、制造局，虽然也译了不少自然科学、医、史、地、政、法、宗教等方面的著作，但文、哲思想方面的著作尚无人问津。而严、林二人首填了这个空白。曾国藩说："古文之道，无施不可，但不宜说理耳。"[96]但严复用典雅的古文翻译了西方近十种义理深奥的思想理论著作，信、达、雅兼备，"骎骎与晚周诸子相上下"[97]，证明桐城派古文是可以说理的。章太炎说："姚姬传学问之博胜于方望溪，而文之气魄则更小，谋篇过六七百字者甚罕。"[98]意谓桐城派不能作大文章。而林纾则用古文翻译了一百多种中长篇小说，简直是无施不可，彻底打破了古文不能作"大文章"的成见。严、林的翻译，将古文的应用推广，替古文开辟了一个全新的世界，为古文再次赢得了声誉。但这尚在其次。洋务运动以来，"西学之事，问途日多。然亦有一二巨子訑然谓彼之所精不外象数形下之末，彼之所务不越功利之间；逞臆为谈，不咨其实"[99]。其实，西洋诸国精神文明领域的成就又何尝在中国之下，只是士大夫弇陋不知而已。而严、林大量翻译西方思想理论著作和文学作品，不但让国人见识了西洋思想文化的深度和文化优美的程度，大开了人们的眼界；更重要的是具有一种"瀹民智"，"日为叫旦之鸡，冀我同胞警醒"[100]的作用。这就又将近代启蒙意识引进了桐城派"义法"之"义"中，使桐城派古文在相当程度上充当了近代启蒙的工具。桐城派的"义"与"时"合，至此可说是曲终奏雅了。

由以上七位代表性作家，可见桐城派"义法"之"义"的内涵是因时而变的。但这种变只是一种渐变而不是一突变。

持突变者对旧的态度是彻底抛弃，以破旧来立新；持渐变者对旧的态度是扬弃，新中仍不忘存其必要的旧。这种对变的不同把握本质上是由对“时”的不同把握决定的。持突变者一味地趋时，故狂飙突进，以追求所谓的进步；持渐变者则是因时，变中仍有不变者在，以维系文化的稳定持续发展。如姚鼐处汉学大盛之世，虽兼容汉学而仍以宋学为本位。吴汝纶当西学大盛之际，虽推崇西学，而为保存中国文化，仍力主不废《古文辞类篹》；友朋间通信，于此尤言之谆谆：

中国斯文未丧，必自此书；以自汉至今，名人杰作尽在其中，不惟好文者宝蓄是书，虽始学之士亦当治此业。后日西学盛行，《六经》不必尽读，此书决不能废[101]。

独姚选古文，即西学堂中亦不能弃去不习，不习则中学绝矣！世人乃欲编造俚书以便初学，此废弃中学之渐，某私忧而大恐者也[102]！

这才是老成谋国之言，可见桐城派中人是深得大《易》变而不变奥义的，其掌握的“时”是“时而中”，其变是变而不失其常。这与那些在东西文化碰撞时期，动不动就要将中国古书丢进茅厕，高呼“汉字不灭，中国必亡”的文化激进主义者，是有着天壤之别的。从这个意义上说，桐城派“义法”之“义”更接近后起的学衡派，实开了近代文化保守主义的先河。近百年来的历史证明，这种在变中仍知择善固执的文化保守主义相比较一味求变的文化激进主义，似乎更有利于民族文化的健康发展。明乎此，则长期以来，持桐城派“与其时之社会文明进化无丝毫关系”的诬枉之辞亦可从此休矣！

（二）“义法”之“法”为可变之“法”

桐城派中人为“下学”说法，严立法度以方便入门，固有其不得不如此的苦衷；但他们“非以此为极致也”，却是可以肯定的。实则在他们的心目中，法从来就是可变的活法，并不存在以不变的成法去束缚人的问题。这方面的言论可以说比比皆是，不妨以桐城三祖为例：

兹所录仅五十余篇，盖以辨古文气体，必至严乃不杂也。既得门径，必纵横百家而后能成一家之言[103]。

文贵变。……一集之中篇篇变，一篇之中段段变，一段之中句句变，神变、气变、境变、音节变、字句变，惟昌黎能之[104]。

古人文有一定之法，有无定之法。有定者，所以为严整也；无定者，所以为纵横变化也。二者相济而不相妨[105]。

这里，不妨拿方苞著名的“义法”说来进行具体讨论，以见其所说之法为可变之法。之所以拿“义法”说来讨论，是因为“义法”说是桐城派最重要的理论。刘、姚等人虽在古文理论上多有卓见，但只是贡献了一些细则，使古文理论更趋于精密而已，并没有轶出“义法”的框架之外。邵懿辰在《答方君书》中曾说：“夫方氏以义法言文，……其理岂不甚卓？凡韩欧以下论文之旨统焉。而刘氏乃以音节，姚氏乃以神韵为宗，斥义法为言文之粗，此非后学所能知而能信也。音节神韵，独不在法之内乎？”[106]可见“义法”包罗甚广，原是一个开放的体系。以“义法”说为例来论桐城派之法为可变之法，应最富有代表性，不存在以偏概全的问题。

方苞对“义法”说所作的最集中权威的解释是在《又书货殖传后》一文里：

《春秋》之制义法，自太史公发之，而后之深于文者亦具焉。义，即《易》之所谓“言有物”也；法，即《易》之所谓“言有序”也。义以为经而法纬之，然后为成体之文[107]。

“义”指文之内容，“法”指文之形式不越于度。两者一经一纬，相辅相成，然后可成为合乎体制之文。论文言法，学者才有规矩可寻；但只有本于义言法，法才不至成为死法，而导致生搬硬套、模拟剽窃的流弊。故方苞在《左传义法举要》里，又替“义法”二字作了进一步的解释：“古文叙事，或顺或逆，或前或后，皆义之所不得不然。”[108]意在说明法由义生，义由法显，不存在一个孤生于天壤间的法。后起的姚永朴更具体到以记载之文来说明此点：“记载之文，全以义法为主。所谓义者，有归宿之谓；所谓法者，有起、有结、有呼、有应、有提掇、有过脉、有顿挫、有钩勒之谓。”[109]义有归宿须待法来实现，不同的义有不同的归宿，则不同义的不同归宿得由不同的法来实现。义之归宿构成法的规定性，义变则法变，这样的法只能是活法。方苞是写作记载文的高手，不妨就结合他的记载文为例来看看他是如何现身说法的。

在《与孙以宁书》中，方苞就如何写好记载文提出了一个颇有见地的观点：“古之晰于文律者，所载之事，必与其人规模相称。”[110]所谓其人的规模，当指其人的身份，其人的业绩，这里就隐含着一个义的问题；如何与其人的规模相称，这里又隐含着一个法的问题。法如何运用，皆由义之不得不然来决定，而不能预定一个法的程式来生搬硬套。方苞认为司马迁是精于义法的，在《与孙以宁书》和《书五代史安重诲传后》二文中，他拈出司马迁所写的三类人物，借以说明自己对义法的见解。这三类人物中，萧何、曹参、张良为第一类，陆贾为第二类，伯夷、孟子、屈原为第三类。第一、二类人物均为政治家，但“其人规模”不一样。萧何、曹参、张良是能够影响政局的“社稷之臣”，陆贾只是一般事务性的政治家。故虽都采用详略剪裁的方法来写，但侧重点并不一样。对萧、曹、张三位，只重点写其有关于“天下所以兴亡”的一面，其他的末节则“详者略，实者虚”，以与其一身系天下兴亡的“规模”相称。陆贾只是个普通的政治家，生平并无什么了不得的功绩，更谈不上左右大局，故“其分奴婢、装资，琐琐皆载焉”，非如此不足成传，这也是与其平凡的“规模”相称的。第三类的伯夷、孟、荀、屈原等，其身份或为高人，或为思想家，或为文学家，总的来说，只以“道德节义”见长，本身并无多少事功，若“据事直书，则不能排纂成篇，其精神心术所运，足以兴乎百世者，转隐而不著”。故采取夹叙夹议法，议论与叙事相间，“于伯夷传叹天道之难知，于孟、荀传见仁义之充塞，于屈原传感忠贤之蔽壅，而阴以寓己之悲愤”，这样才与其人的“道德节义”“规模”相称。除这三类人物以外，归有光所写的小人物可算作第四类。方苞指出“归震川尝自恨足迹不出里闬，所见闻无奇节伟行可记”[111]，是以所写不离亲戚朋友之厚，而写这类人物，因“事关天属”，以情感为主，采用不加修饰的白描法，画龙点睛地突出一二生活细节，反能以少许胜多许，起到出人意料的感人效果，所谓“其尤善者，不俟修饰，而情辞并得，使览者恻然有隐”[112]，方苞评说归氏的正是此意。这也可见归氏采用白描法正是义之不得不然，非如此不足以同这些小人物庸言庸行的“规模”相称。像他的《项脊轩志》《先妣事略》《寒花葬志》均是这方面的代表作。具体到方苞自己所作，如《孙征君传》为了表现孙奇逢不畏权奸势焰的刚直正义的品格，便采用详略法，突出杨、左之事，其他均虚言大略，这样事愈简义愈丰，“而征君所蕴蓄转似得之意言之外”。《左忠毅公逸事》则将详略法与白描法结合在一起，运用详略法以突出其志节品行，运用白描法以见其精神风采。二义各有归宿，均与其人规模相称，可见方苞运用义法之妙。

与“义法”说相联系的是“雅洁”说。方苞所说的“雅洁”当有两个层次。低层次是就语言说的，具有一定的规定性，此点前面已论，此不赘述；高层次是就文章的行文效果说的，具有相当的弹性。为什么具有一定的弹性呢？因为法是随义而变的，法与义契合，则理当辞切，无剩义肤词，行文的效果就臻于雅洁，正如方苞自己所形容的“夫文未有繁而能工者，如煎金锡，粗矿黑浊之气竭而光润生”[113]；又如徐宗亮所告诉姚永朴的“文之不洁，非但在字句也。陈义太尽，无含蓄之致，造句虽新，多习见之意，皆不洁也”[114]。可见，文之简练、含蓄皆为义法相契所致。从这个意义上说，义与法契合的程度决定了文章雅洁的程度。这本身就是一个动态的过程，岂是死法所能办到的？

义法之法既为活法，究其实，活法实是一种无法之法，而无法之法是从有法之法来的。从有法之法到无法之法，并不能一蹴而就。这期间须得有功力的磨炼，学养的积累。姚鼐说："文章之事，能运其法者才也，而极其才者法也。古人文有一定之法，有无定之法。有定者，所以为严整也；无定者，所以为纵横变化也。二者相济而不相妨。故善用法者，非以窘吾才，乃所以达吾才也。非思之深，功之至者，必不能见古人纵横变化中所以为严整之理。思深功至而见之矣，而操笔而使吾手与吾所见之相副，尚非一日事也。"[115]又曰："文之出奇怪，惟功深以待其自至……"[116]立论殊为圆通，可见下学者既不可轻言破法，上达者亦不可安于成法。功深力到，自然见其纵横变化。循桐城派路径，庶几平正无弊，而可尽文家之能事。

（三）桐城派散文创作有新变

桐城派从“义”到“法”的“有所变”，也必然会给桐城派的散文创作带来若干新变。吴孟复先生在他的《桐城派述论》中，将这种新变总结为四点："1. 就语体看：……分清语体，使散文保持语言形象的特色"；"2. 就文体说：……以白描反对藻饰，以写实反对摹仿，这就是胡适讲的‘甘心做通顺清淡的文章，不妄想做假古董’。桐城派在散文发展史上的另一贡献，当即在此"；"3. 从内容来看，……方苞把经世致用与古文结合起来，把论学、论政融入抒情、叙事之中，扩大了散文题材，充实了它的内容，在当时毕竟是有意义的"；

“4. 就文理、语法来说，桐城派在使用语言上特别在篇章结构上，比明末诸家有较大的进步。”[117]四点之外，还可以补充一点。胡适说：“桐城派的影响，使古文做通顺了，为后来二三十年勉强应用的预备”，这话是什么意思呢？这话其实是在说桐城派创作的古文清真雅洁，从语言至行文，本身就包含有若干白话文的成分，既容易看得懂、学得通、又容易拿来应用，这就为后起的白话文运动作了相应的准备和必要的清理铺垫工作。虽然如此，桐城派古文却并未直接实现向白话文过渡。在这中间起桥梁作用的是梁启超和他的“新文体”。陈子展说梁启超：“他是近代文言散文——新文体的开山祖师。他是文学革命的先驱者。他幼年为文，曾学汉、魏、晋，颇尚矜炼；又曾学桐城派古文，喜读姚氏《古文辞类篹》；同时还曾学八股文，以应科举考试。……所为文章，既不似汉、魏、晋文，又不似桐城文，也不似八股文，乃是这些文体的变种，另成他的所谓‘新文体’。……章炳麟所讥的‘报章小说，人奉为宗’（《菿汉微言》），正是这种风行一时的文体。章氏以为这种文体正是从桐城派文和八股文及其他文体演变而来，比桐城派古文要更为有用，更为适合时代的需要。而且这种文体上的演变——古文体的解放，新文体的发生，正是文学革命的第一步，是近代文学发展上的必经途径。”[118]章太炎所说的“桐城派是高等白话文”[119]，亦可与此同看，大致说的都是桐城派散文与白话文有血缘关系而开了近代白话文的先河，就此而论，胡适说桐城派“这一点功劳是不可埋没的”，倒不失为一个实事求是的评价。

总括以上三点，可见桐城派在义、法、创作等方面都是“有所变”的。而“有所变”则“大”，“大”则在文学上自能成就一派。这个文学流派此后独领文坛风骚近二百年，有成就的作家就有六百余人，其卓越的代表当推桐城派三祖：

盖自方望溪侍郎、刘海峰学博、姚惜抱郎中三先生相继挺出，论者以为侍郎以学胜，学博以识胜，郎中以才胜，如太华三峰，矗立云表，虽造就面目各自不同，而皆足继唐宋八家文章之正轨，与明归熙甫相伯仲。呜呼，盛哉[120]！

所谓面目各自不同，钱基博有具体分析：

（方苞）其为文章，恪有义法，而短于气韵；不敢为韩愈之雄丽恣奇，亦不如欧阳修之纡徐委备，而特谨严朴质，高浑凝固，足以戢学者之客气而湔其浮言。

大抵方苞取义理于程朱，取体段于史公。而大櫆取恢诡于《庄子》，取音节于韩愈。大櫆之气矜肆，而方苞之文醇茂。然大櫆虽好为诙诡，而学庄学韩，模拟之迹太似，转不如方苞之放笔灏落，脱尽畦径。

桐城文学，姚鼐继方苞，刘大櫆而自用我法，遣言措意，切近的当；不如方之质厚，而胜以澹远；不为刘之雄奥，而力求洁适；奇辞奥句，湔洗净尽，已不敢为韩昌黎之怪怪奇奇，而迂迴荡漾，余味曲包，深得欧阳永叔纡徐委备，容与闲易之致[121]。

臧否有度，允称确当。然自来评价桐城派文，难得如此平心静气者。揄扬不论，贬抑过情处，尤在于说桐城派空疏、乏雄强之气与夫藻采不足。这实际上不是以“有所变而大”的标准来批评桐城派文的“有所变”，而是脱离了桐城派本身的特点，以其他各家文的特点为标准来批评桐城派的“有所变”。如批评桐城派“空疏”，用的即是汉学家文的标准；批评桐城派“乏雄强之气”，用的即是易堂诸子、商丘侯氏文的标准；批评桐城派藻采不足，用的即是骈文的标准。事实上，对于这几派文，桐城派非不能，是不屑为也。其文章的繁富博雅、纵横之气、骈骊之习，正是桐城派力所摒弃的。桐城派文凡沾染有这种习气的，如刘大櫆、方东树、刘开等所作，均不被许为得文章至境；许为得文章至境的，是方苞、姚鼐那种严谨雅洁、清淡简朴的小文章。同能不如独诣。对于桐城派这种

“有所变”而又不具“兼美”的文章，我们只当问其自身有没有独立存在的审美价值，而不当问其有没有尽百家之美。对于任何文学流派来说，优点与缺点均是共生的，风格往往是有所为有所不为的产物。天道忌盈，《易·序卦传》即说“物不可穷也，故受之以未济终焉”。正是摒弃了其他各派的特点，才铅华洗尽，真纯尽出，成就桐城派为一个独具特色的著名文学流派。盲目地“兼美”，与其说是弥补了桐城派的不足，倒不如说是在实际上取消了桐城派的个性化存在。在文学艺术领域里，环肥燕瘦，各有千秋，既如此，我们为什么就不能欣赏桐城派这种个性化的艺术创作呢？

结　论

由以上分析可知，桐城派本身存在着一个梯层结构，即“有所法”为第一个层面，“有所变”为第二个层面；第一个层面要达到的目标为“能”，第二个层面要达到的目标为“大”。但历来的批评者在评价桐城派时均有一方法论上的误区，他们总是自觉或不自觉地以第二个层面的标准“有所变而后大”去评价桐城派的“有所法”，又拿其他文派的特点作标准去评价桐城派的“有所变”。这就混淆了评价的标准，其批评是不对等的，必然得不出正确的结论。故在评价的方法上，我们不与之同科。而是主张回到桐城派梯层结构本身，以“有所法而后能”的标准来评价桐城派的“有所法”，以“有所变而后大”的标准来评价桐城派的“有所变”。第一个层面，相关论者给桐城派扣上诸如“学究蛊毒”（李慈铭语）之类的帽子，而大致加以否定；我们则与之相反，从文章学及便于教学传授的角度，大致加以肯定。第二个层面，论者从“兼美”的角度对桐城派的文学创作颇多求全责备式的指摘；与之不同，我们则是从个性化的角度，认定桐城派的文学创作已变而臻于大。合两个层面的分析，无论是从文章家的角度还是从文学创作的角度，我们都得承认桐城派为清代第一大散文流派。继秦汉散文、唐宋八大家散文两大高峰之后，桐城派代表了中国古典散文创作的第三座高峰。与之相比，它虽不及秦汉散文富有原创性，但比秦汉散文更符合文学的“时”义；它也没有唐宋八大家的格局大，却比唐宋八大家文更为修谨，章太炎就曾说桐城文“视吴蜀六士为谨”[122]。惟合于“时”，故贴近当代，易为人接受、欣赏，引起共鸣；惟“修谨”，更便于学习、应用，赢得众多的作者。由此而造成的巨大影响，不啻在文言文和白话之间架起了一道桥梁——既替文言文作一光荣的结束，又替白话文开了先河。此后，桐城派散文虽在形式上已逐渐进入历史，但其“清规戒律”即使在白话文的教学和写作中仍有生命力，并在相当程度上使白话文葆有必要的文化品质，而不至下比于引车卖浆者之语。从这个意义上说，徐复观先生所谓“桐城派古文，在中国文学史中，必然要占崇高的一席”，既代表了他的看法，又可算作是我们写作此文所得出的最后结论。（原刊于《社会科学论坛》2016 年第七期）

作者：天城中学高级教师。

注释：

[1] 钱大昕：《潜研堂文集》第 606 页、607 页、608 页，上海古籍出版社 2009 年版。

[2] 叶瑛：《文史通义校注》第 288 页、289 页，中华书局 2000 年版（下同）。

[3]《吴敏树集》第 394 页、395 页，岳麓书社 2012 年版。

[4] 转引自章太炎、刘师培：《中国近三百年学术史论》

第171页，上海古籍出版社2006年版（下同）。

[5] 转引自舒芜等编选：《近代文论选》第733页，人民文学出版社1999年版（下同）。

[6] 陈独秀：《独秀文存》第97页，安徽人民出版社1987年版。

[7] 章太炎：《葑汉微言》第56页，辽宁教育出版社2000年版。

[8] 姚鼐：《惜抱轩诗文集》第114页，上海古籍出版社1992年版（下同）。

[9] 方苞：《方苞集》第58页，上海古籍出版社1983年版（下同）。

[10] 姚永朴：《文学研究法、史学研究法》第18页，时代文艺出版社2009年版（下同）。

[11] 吴孟复：《桐城派述论》第18页、19页，安徽教育出版社1992年版（下同）。

[12] 吕思勉：《吕思勉诗文丛稿》第448页，上海古籍出版社2011年版。

[13] 吕思勉《文学与文选四种》第10页，上海古籍出版社2010年版。

[14] 永瑢等撰《四库全书总目》第1618页，中华书局1995年版。

[15] 章太炎《国学概论》第70页，上海古籍出版社1998年版。

[16] 沈廷芳：《书方望溪先生传后》，转引自吴孟复《桐城派述论》第43页。

[17]《鲁迅全集》卷七第129页，人民文学出版社1958年版。

[18] 吴孟复：《桐城文派述论》第114页。

[19] 吴孟复：《桐城文派述论》第113页。

[20] 钱基博:《国学要籍解题及其读法》第159页，上海古籍出版社2012年版。

[21] 姚鼐:《惜抱轩尺牍》第35页，北师大出版集团、安大出版社2014年版（下同）。

[22] 赵衡:《贺先生行状》，转引自《贺涛文集》第274页，华东师范大学出版社2011年版（下同）。

[23] 李圣华:《汪琬全集笺校》第484页，人民文学出版社2010年版。

[24] 赵衡:《贺先生行状》，转引自《贺涛文集》第274页。

[25] 叶瑛:《文史通义校注》第289页。

[26] 姚鼐:《惜抱轩尺牍》第76页。

[27] 姚范:《援鹑堂笔记》，转引自姚永朴《文学研究法、史学研究法》第94页。

[28] 转引自姚永朴:《文学研究法、史学研究法》第94页。

[29] 张裕钊:《张裕钊诗文集》第85页，上海古籍出版社2007年版。

[30] 姚鼐:《惜抱轩尺牍》第134页。

[31] 张裕钊:《复朱莱香书》，转引自姚永朴《文学研究法、史学研究法》第95页。

[32] 刘大櫆:《论文偶记》第5页，人民文学出版社1998年版（下同）。

[33]《曾国藩全集·书信（十）·复陈宝箴书》第7425至7426页，岳麓书社1987—1994年版。

[34] 刘大櫆:《论文偶记》第6页。

[35] 曾国藩语，转引自姚永朴《文学研究法、史学研究法》第94页。

[36] 姚鼐:《惜抱轩尺牍》第96页。

［37］杨廷福、陈左高：《无锡国专杂忆》，见钟叔河编《过去的大学》，长江文艺出版社 2005 年版。

［38］［39］转引自王葆心：《古文辞通义》第 5 页，武汉大学出版社 2008 年版。

［40］姚鼐：《惜抱轩尺牍》第 69 页。

［41］《曾国藩全集·家书（一）》第 468 页，岳麓书社 1991 年版。

［42］《胡适文集》卷三第 18 页、19 页，人民文学出版社 1998 年版。

［43］姚鼐：《惜抱轩尺牍》第 69 页。

［44］姚鼐《古文辞类篹·序目》第 26 页，中国书店 1986 年版。

［45］姚鼐：《惜抱轩尺牍》第 183 页。

［46］方苞：《古文约选序例》，转引自贾文昭编著《桐城派文论选》第 50 页，中华书局 2008 年版（下同）。

［47］沈廷芳：《书方望溪先生传后》，转引自吴孟复著《桐城派述论》第 43 页。

［48］姚永朴：《文学研究法、史学研究法》第 13 页、14 页、15 页、16 页。

［49］吴德旋：《初月楼古文绪论》第 19 页，人民文学出版社 1998 年版。

［50］［51］吕思勉：《吕思勉诗文丛稿》第 449 页，上海古籍出版社 2010 年版。

［52］［53］吴孟复：《桐城派述论》第 44 页、45 页、216 页。

［54］姚鼐：《惜抱轩诗文集》第 93 页、94 页，上海古籍出版社 1992 年版（下同）。

［55］管同：《与友人论文书》，转引自贾文昭编著《桐城派文论选》第 229 页，中华书局 2008 年版。

[56] 姚鼐：《惜抱轩诗文集》第 94 页。

[57] 姚永朴：《文学研究法、史学研究法》第 106 页。

[58][59]《曾文正公日记》，转引自姚永朴《文学研究法、史学研究法》第 108 页。

[60] 管同：《与友人论文书》，转引自贾文昭编著《桐城派文论选》第 230 页。

[61] 姚鼐：《惜抱轩诗文集》第 94 页。

[62] 曾国藩：《与张廉卿书》，转引自姚永朴《文学研究法、史学研究法》第 108 页。

[63] 姚鼐：《与陈硕士书》，转引自姚永朴《文学研究法、史学研究法》第 108 页、109 页。

[64] 马厚文回忆文中引——见《华中师范大学学报》1986 年专辑。

[65] 姚永朴：《文学研究法、史学研究法》第 46 页。

[66]《吴敏树集》第 395 页，岳麓书社 2012 年版。

[67] 分别见两家《续古文辞类篹·序》，转引自舒芜等编选《近代文论选》第 315 页、317 页。

[68] 林纾：《与姚叔节书》，转引自舒芜等编《近代文论选》第 726 页。

[69] 袁枚：《随园诗话》第 48 页，人民文学出版社 1982 年版。

[70]《胡适文集》卷四第 333 页，人民文学出版社 1998 年版。

[71] 徐复观：《中国文学论集·自序》，九州出版社 2014 年版。

[72] 梅曾亮《答朱丹木书》，转引自贾文昭编著《桐城派文论选》第 286 页、287 页。

[73]《方苞集·王兆符序》第 906 页、907 页。

[74]《方苞集》第 174 页、175 页。

[75] 朱熹：《朱子全书》第十四册第389页，上海古籍出版社、安徽教育出版社2002年版。

[76] 易宗夔：《新世说》第24页，东方出版中心1996年版。

[77][78][79] 马其昶：《桐城耆旧传》第307页，黄山书社1990年版。

[80]《方苞集》第889页。

[81]《方苞集》第778页。

[82] 李春光：《清代名人轶事辑录》第1839页，中国社会科学出版社2005年版。

[83] 章太炎、刘师培：《中国近三百年学术史论》第7页，上海古籍出版社2006年版。

[84] 赵执信、翁方纲：《谈龙录、石洲诗话》第7页，人民文学出版社1998年版。

[85] 马其昶《桐城耆旧传》第307页，黄山书社1990年版。

[86]《刘大櫆集》第2页至第6页，上海古籍出版社1990年版。

[87] 吴孟复：《桐城派述论》第73页。

[88] 刘师培：《中国中古文学史、论文杂记》第122页，人民文学出版社1998年版。

[89][90] 姚鼐：《惜抱轩诗文集》第104页、251页。

[91] 姚鼐：《惜抱轩诗文集》第96页。

[92] 姚鼐：《惜抱轩尺牍》第101页。

[93][94]《姚抱轩诗文集》第61页。

[95] 姚莹：《答张亨甫书》，转引自施立业《姚莹年谱》第97页，黄山书社2004年版。

[96] 曾国藩：《复吴南屏书》，转引自《朱自清全集》卷六第121页，江苏教育出版社1996年版。

[97]《吴汝纶全集》第149页，黄山书社2002年版。

[98] 章太炎：《国学讲演录》第249页，华东师范大学出版社1995年版。

[99] 严复：《天演论》第8页，科学出版社1971年版。

[100] 林纾：《不如归·序》，转引自陈子展《中国近代文学之变迁、最近三十年中国文学史》第87页，上海古籍出版社2000年版（下同）。

[101]《吴汝纶尺牍》第126页，黄山书社1990年版。

[102] 吴汝纶：《答严几道书》，转引自陈子展《中国近代文学之变迁、最近三十年中国文学史》第183页。

[103] 方苞：《古文约选序例》，转引自贾文昭编著《桐城派文论选》第50页。

[104] 刘大櫆：《论文偶记》第8页。

[105] 姚鼐：《惜抱轩尺牍》第49页。

[106] 转引自方孝岳《中国文学批评》第214页，三联书店1986年版（下同）。

[107]《方苞集》第58页。

[108] 转引自方孝岳《中国文学批评》第209页。

[109] 姚永朴：《文学研究法、史学研究法》第59页。

[110][111]《方苞集》第136页。

[112]《方苞集》第117页。

[113][114] 转引自姚永朴《文学研究法、史学研究法》第121页、第116页。

[115][116] 姚鼐：《惜抱轩尺牍》第49页、第50页、第106页。

[117] 吴孟复：《桐城派述论》第53页、54页、55页。

[118] 陈子展：《中国近代文学之变迁、最近三十年中国文学史》第205页、206页。

[119] 转引自徐复观：《偶思与随笔》第411页，九州出

版社 2014 年版。

［120］文宗诚：《桐城文录序》，转引自贾文昭编著《桐城文论选》第 350、351 页。

［121］钱基博：《中国文学史》第 949 页、978 页、986 页，中华书局 1993 年版本。

［122］章太炎：《太炎文录初编》卷二第 17 页，上海书店 1992 年版。

诗家研究

试论明清桐城女性诗人诗歌艺术风格及成因

开　健[①]　　黄　莉

摘　要　明清时期，桐城女性文学创作成就斐然，尤以诗歌为盛。现今存世的明清桐城女性诗人专集尚有20余种。桐城女性诗人多出身名门望族、诗书之家，诗歌题材丰富，展现了其诗歌丰富多彩的世界，形成了多种多样的艺术风格。桐城女性文学的繁荣得益于四个方面：社会环境的接纳是契机，地域文化的依托是土壤，家庭教育的滋养是基础，个体意识的觉醒是关键。

关键词　桐城女性诗人；诗歌；艺术风格

明清时期，桐城女性文学创作成就斐然，尤以诗歌为盛。辑录桐城女性诗人的选集故而层出不穷，如《龙眠风雅》《桐旧集》《桐山名媛诗钞》《小檀栾室汇刻闺秀词》并《闺秀词钞》《晚晴簃诗汇》《安徽名媛诗词征略》等；桐城女性诗人

---

① 【基金项目】2016年安徽省高等学校人文社会科学研究重点项目“明清桐城闺阁诗人研究”（课题编号SK2016A0916）。开健（1968—），安徽桐城人，桐城师范高等专科学校副教授，桐城派学术研究中心研究员，安徽大学桐城派研究中心兼职研究员。

多有专集刊刻，前后不下百余种，惜多亡佚散失，现今存世的尚有20余种[1]118-310，桐城女性创作之盛况由此可窥一斑。

桐城女性诗人多出身名门望族、诗书之家，酬唱应和、擅文工赋，因诗短小便于描写生活、抒发情感，所以拟作颇多，题材丰富：有伤春悲秋的闺怨诗，有天人永隔的悼亡诗，有留连山水的写景诗，有托物言志的咏物诗，有闺中怀人的交游诗，有借古讽今的咏史诗，还有展现高清逸思的题画诗，不一而足，展现了桐城女性诗人诗歌丰富多彩的世界，形成了多种多样的艺术风格。

一、桐城女性诗歌文学艺术风格多样

（一）清丽风雅，情性自然

古往今来女子因不涉名利，心境恬淡、闲适自得，能得清味，诗评家在论女性诗词集时，多以清雅自然为主要标准。如钟惺《名媛诗归》、苕溪生编选《闺秀诗话序》、范端昂《奁泐续补》等，古今名媛，发乎情性，语出自然，只求性情，不尚格调，清新之笔如素面丽人不失风雅之美。

以方维仪《训女童》为例，诗中近似口语的以简单语言“燕子在高粱”“仲夏风日长”“园中桑麻成”，再现了仲夏时节的风物画面，后两句诗“纺绩盈倾筐”“积寸累丈匹”，真实亲切之余，借此夏日之长教导女孩们切不可荒废光阴。平实的言语，至简的道理，让人怀想一个其乐融融的大家庭慈爱长者细语叮咛的教诲。

女性诗人的情感绵密，表达思乡怀亲之情的诗作显得真挚动人。如方以智、潘翟之女方御《春日思归》中写乡愁：“春来开遍满园花，燕语莺啼日又斜。怅望龙眠在何处，重重山里是吾家。”[2]142借景抒情，情景交融。若收到家书，更是潸然泪下，《得慈大人信敬步原韵》云：“乡书一纸报新秋，未到开函已泪流。自叹白头还偃蹇，一生常累老亲忧。”[2]143 怀想白发双亲，家书未展已然泪下的情景跃然纸上。见到月影与雁阵，又言道：“梦回落月江万里，秋老长天雁几行。”触景生情又念及同胞兄弟。

桐城女性诗人创作的骨肉情深的思亲之作，擅用纯朴的诗风记叙生活，不事雕琢却自成精品。此外，桐城女性诗人在闺怨诗、悼亡诗、咏物诗等作品中所流露出的情感，都是本乎真情，不加雕饰，语出自然，读来口齿噙香。

（二）温柔敦厚，内敛沉静

几千年来，受到儒家正统思想的影响，诗歌创作讲求温柔敦厚，即主张诗人在情感宣泄和情感表达时应做到“发乎情，止乎礼”，颜色温润，情性和柔，具体到创作中，女性在诗的内容题材的选择上，首先得符合传统闺范，用诗歌的形式来表达贤德女子的言行，成为后世的准则，具道德教化色彩。桐城女性诗人有很多赞扬贞女节妇之作，如《赠新安吴节妇》《赠定远徐贞女》，与明清时期朝廷所表彰的女性“贞节”观相符，在这里温柔敦厚的诗学观念与传统妇德教化相结合，体现了诗歌的教化功能。

在审美上，温柔敦厚即所谓“哀而不伤，怨而不怒”，桐城女性诗人诗歌整体而言，在真实生活琐事的书写和秀丽缠绵情感的诉说中，显得隐忍内敛，譬如诗《北窗》“绿萝结石壁，垂暎清分堂。孤心在遥夜，当窗皎月光。悲风何处来，吹我薄衣裳。”[2]148 河汉渐转，夜露暗生，时光点点滴滴悄然流逝，透过北窗，诗人瞥见绿萝攀附石壁的阴影，静观如水夜色的一院星光，透过薄衣的悲风回荡在耳畔，这样的声响，只显得诗境愈加冷寂，寄身于狭小局促与幽闭的世间小小院落，除了“孤心、悲风”渗出丝丝深闺寂寞之外，她并没有诉说内心真正的情思，就如同将自己默默深情掩于重门之后那样，或许会借迷离的梦境与泪水来隐约透露丝丝忧伤的感喟。从这首诗中，我们可以清晰地体会到桐城女性诗作内敛沉静的抒情特色。

（三）柔婉凄艳，苍凉有致

封建社会里，深居简出的女性生活范围局促，文学创作空间狭仄，多呈现出强烈的自我性与私密性，缺乏纵横捭阖、跌宕起伏、贯穿今古的厚重题材，柔弱哀婉，整体呈现出柔婉凄艳的风格特征。借助哀怨忧戚、缠绵缱绻的意象，化作一曲曲柔美、凄婉、细腻的悲歌，形成迥异于男性诗歌的艺术特质。

就诗歌题目来看，与“别”有关的：潘翟《别二儿》《别四侄》，吴锦苏《送外》等；与“忆”有关的：方维仪《忆姊弟》，潘翟《忆长子入粤》《忆少子病》等；与“病”有关的：方御《病中与诸弟侄言别》，方维仪《病中作》《病起》，方竹友《暮春病起》，潘翟《病中别歌》等；与“悼亡”有关的：方敷《挽陈怀玉》，方青《哭陈怀玉》，方若徽《吊三女墓》，方御《哭大儿彻》，方维仪《哭瑷章妹》《死别离》，方竹友《哭主人》，龙循《哭夫》，潘翟《哭夫子》（六首），孙思姬《哭夫子十首》，孙松荫《哭季子森》，吴中云《哭子》等。所抒之情丰富而哀怨，或是离别后的空闺寂寞，或是夫死无儿的无所依托，或是遇人不淑的抑郁，或是一生贫苦、病痛的不幸，令人不忍卒读。

就诗歌意象来看，在物质与精神上无法独立的女性，缺乏安全感且敏感，易被凄惶的情绪困扰，这导致其作品大量出现寒凉空冷等凉薄之语：“悲风”“寒露”“孤窗”“孤灯”“荒烟”“枯草”“落叶”等字眼在她们笔下反复出现，如“明发皖城渚，山川隔烟雾”；“北雁过高楼，南湖起夕愁”；“雁鸿迢递他乡远，儿女分离故国情”；“夜半子规枝上月，阑干斜照碧池东”，等等，俯拾即是的悲苦之叹，借此表达人生的悲凉、心绪的忧愁、思亲的孤寂。寒凉寂寞与脆弱无助的情思转化为凄艳的意象，流淌于女性诗人的笔端。

（四）沉郁顿挫，伤时忧乱

“沉郁顿挫”这一创作风格，文学史上惯用来评价杜甫的诗歌，言其情感抒写深沉蕴藉，语势有停顿转折。在少量桐城女性诗人的诗歌中亦可窥见。因历经国破家亡的鼎革之变，或遭受匪乱天灾而陷入贫困，加之精神世界时时受到压抑，故语多沉郁幽咽，凄恻悲戚。这类沉郁顿挫风格的诗作主要表现在咏史伤时、自悼身世的作品中。

生活在明、清之际的方维仪，即是具有沉郁顿挫诗风的典型代表。沈德潜评价方维仪诗歌：“如读杜老伤时之作。闺阁中乃有此人！”[3]176，其时，清兵入关烧杀抢夺，山河破碎，生灵涂炭。胞姐方孟式追随亡夫在城池失守时，纵身一跃，香魂永逝，成为古往今来可歌可泣的忠烈女子之一。在惨痛的社会现实面前，方维仪的诗中时时激荡着对乱世的怨恨和对故国的怀念。其《旅夜闻寇》写道：“蟋蟀吟秋户，凉风起暮山。衰年逢世乱，故国几时还？盗贼侵南甸，军书下北关。生民涂炭尽，积血染刀环。”一波三折、反复低回地道出了兵事的紧迫与民生的艰难。“辞家万里戍，关路隔风烟”（《出塞》）[2]160；“昼夜沙场那解甲，报君直欲破楼兰”（《从军行》）[2]160；“绝漠烽烟起戍楼，暮笳吹彻海风秋”（《老将行》）[2]160。相比吟风弄月的平常闺帷之作，这些作品关注着国家的命运和前途，深切同情民生的疾苦，因此谢无量《中国妇女文学史》赞其诗“风格甚高，笔力遒劲，有大雅之贵遗，非如寻常妇人之作，但以虫鸟月露为吟赏者”[4]333，确非虚誉。其他女性诗人也创作了一些咏古伤时的诗歌。如方维则《关山月》等。

再如其自伤身世之作《病中作》云：“河水分流入广川，赳赳葛屦履霜天。单身未逝随荒草，一女无留托老年。日暮雌鸟号秃树，松寒孤岫积清烟。人生倚仗何须叹，千古英雄多不全。”[2]155诗中感叹身世、悲念遭际，托情于景、情景交融、语出自然，句句发自肺腑、如泣如诉，深沉感人。

二、桐城女性文学繁荣的原因

（一）社会环境的接纳是桐城女性文学繁荣的契机

1. 统治者政策对女性的宽容。明朝重视宫廷教育，采选女官，重才不重貌，委以重任，易渊碧、龙玉英、陈瑞贞、沈琼莲等人都曾获得过“女秀才”的称号，均有诗歌传世。有清一代，顺治帝重视女性教育，康熙、雍正、乾隆、嘉庆等皇帝爱好诗歌，下令编选诸多诗歌总集。乾隆年间，朝廷开始编修《四库全书》，这使得女性文学开始从遥远的文学经典中走出来，活跃于文人士大夫的视野，让人重新审视与反思。清廷还颁布了很多关于女性的诏令。如禁止女艺伎，对妓女文学向闺秀文学转化有很大的影响；禁止女子缠足，但因汉族官吏与家庭的排斥，收效甚微；反对寡妇殉节的过激行为。尽管明清统治者关于女性的政策举措背后，隐含着政治功用，与女性的诗歌创作没有非常直接的关系，但是这些政策开始体现出对闺阁女子诗才的宽容与重视，也凭借着至高无上的权威性扭转着世人对女子、对家庭的价值观。

2. 进步之士对传统妇女观的抨击。明清两代一些进步的文人开始反思传统，呼唤男女平等，同情女性命运遭际。如李贽《初谭集》曾抨击世俗的“女子祸水论”，认为历代亡国之君沉湎女色而致亡国，是“不察其本，此俗儒所以不可议于治也欤！”[5]86袁枚也认为女患之说失之偏颇，有失公允。更有甚者，明代大儒归有光反对室女守贞，认为未婚守节、殉夫不合古代仪法。通俗文学家冯梦龙，在《三言》中彰显了为女子不必为了虚名而牺牲一生幸福。李贽对于卓文君私奔司马相如表示赞许，佩服她追求新生活的勇气。清初毛奇龄发表《禁室女守志殉死文》。俞正燮极力反对男子纳妾、寡妇守节的双重标准，认为寡妇再嫁，应听凭意志自由，批判“女子无才便是德”的偏见。

桐城的进步之士也提倡人性解放，甚至表现出对女性的重视。马源在给舅母张令仪的《蠹窗诗集》作序时就说：“盖吾乡自明中叶以来，闺阁之称诗者，不下数十辈，至于繁富工整如斯集者，殆未易指数屈也。”[6]在马源看来，天之生才，男女无别，宫闱之中才性卓绝之人前仆后继，不仅如此，女子性情静淑，易比男子专心笃志，是一种比较进步的女性观。桐城派三祖之一姚鼐，也认为女子宜为诗文，在《郑太孺人六十寿序》中云：“儒者或言文章吟咏非女子所宜，余以为不然。使言为天下善，于男子宜也，于女子亦宜也。”[7]12在这种倡导妇女解放的时代氛围下，明清时期桐城女性诗人创作风潮的继起已经具备了深厚的思想基础。

男性文人对女性创作的扶持，在实践上也为女子创作提供帮助。一些进步的文人士大夫，开始承认女性的诗才，在思想上为女子启蒙，关注才媛文学创作，纷纷为女子写诗正名。男性文人为女性诗集写序作跋，替之整编扬名，如姚文熊为其妻左如芬作《纕芷阁遗稿序》、钱澄之为潘江母吴坤元《松声阁集》作序等。文学大师方以智为其姑母方维仪《清芬阁集》作跋，曰“姑少好诗书，善白缋古先生，不事诸娣颦笑，有丈夫志，尝自恨不为男子，得树事业于世……女子能著书若吾姑母者，岂非大丈夫哉！”[2]145表现出了对方维仪诗才的肯定与赞赏，同时也扩大了《清芬阁集》的影响。有的招收女弟子，授以诗技。桐城方式济女方氏向袁枚投稿，《随园诗话》中录其诗1首。不仅如此，桐城方筠仪还是随园女弟子之一。或直接为女性诗词集写序、跋、题辞，以表示对才女的赞赏，并提高其知名度。或常在诗歌总集或诗文评中选录、品评女性诗歌。

清代坊刻为女性著作的出版提供了条件。由于女性的才能得到了很大的施展与发挥，使得从事文学创作一时蔚为风气，刊刻女性诗集也成为一时的风尚。再加之，由于清朝经济的快速发展，印刷行业也繁荣起来，木活字十分盛行，清代出版业无论官刻、私刻（主要为家刻），还是坊刻都十分兴旺。这大大方便了女性文人著作的刊刻出版。并且，许多家族也刊刻家族中男性或女性的诗文集，作为家庭财富和文化成就的象征。这些书籍大都被赠出，用以巩固各类社会关系，偶尔也会在书铺里出售，由此将家庭文化资本转化为声望或商业利益。这些都加速了女性文学的传播和繁荣，而女性文学的兴盛也迎来了女性闺秀诗话的新时代。

（二）地域文化的依托是桐城女性文学繁荣的土壤

桐城以一县之地，产生出如此纷繁的女性文学，当然离不开桐城地域文化的土壤。

1. 文风昌炽。历史悠久的桐城，春秋即称桐国；千余年来人文勃兴，代有英才。唐宋两代的曹松、李公麟，一以诗名，一以画显。明清时期，桐城中进士者就达 240 余人。其中，明末大思想家、科学家方以智堪称“十七世纪罕无伦比的百科全书式”的大学者；特别是以戴名世、方苞、刘大櫆、姚鼐为代表的“桐城派”，雄霸文坛 200 余年，拥有作家 1200 余人，创作传世作品 2000 余种，是中国文学史上迄今为止时间最长、作家最多、影响最大的散文流派。

2. 尊师重教。桐城民间极重课读，俗谚称“穷不丢书，富不丢猪”。桐城县内书院林立，先后有毓秀、培文、天城、白鹤峰、丰乐和桐乡书院，名闻遐迩。讲学之风大盛，士人子弟勤学苦读。在这种尊师重教的风气之下，明清桐城女子自小就博览群书，甚重女教，七八岁时以女四书、毛诗授之读，稍长，教以针黹尤必习于井臼，虽巨室不娇惯。如吴令则，博通经史，小从父学诗，声调婉丽；吴令仪，自幼勤学不倦；章有湘，幼时入塾，常背诵《捣衣篇》《长恨歌》，一字无讹，与姊瑞麟、妹玉璜、回澜、掌珠，并善才名；吴坤元，幼奇慧，从从祖应宾受书，辄成诵，十岁知属文，等等。

（三）家庭教育的滋养是桐城女性文学繁荣的基础

桐城女性诗人多出身于文化世家，所受教育多为家庭教育。家庭教育的滋养是桐城女性文学繁荣的基础。桐城的名门望族、文化世家除了注重男子文化教育、科举取士之外，还把提高女子文学修养作为发展家族文化事业的一个重要组成部分，他们培养女子品德、传授诗文，以期配得名士才子，从而在更大程度上扩大家族的影响力。家族提供的有利条件为女性诗人群的诗歌创作提供了源源不断的动力，在具有丰厚传统的家族文化氛围的影响下，桐城女性文学出现了前所未有的盛况，随之出现了桐城闺阁名媛诗人，亦多出身方、姚、张、左、马等书香门第、科举世家。由此可见，家庭教育的滋养是桐城女性文学繁荣的基础。

（四）个体意识的觉醒是桐城女性文学繁荣的关键

明清社会文化环境的大改变，使桐城女性诗人拥有了相对广阔、自由的创作空间。她们开始用女性自我的目光和意识表达人生体验，将诗歌打造成自我追求、自我生存的心灵记录。随着女性性别意识的增强，创作意识也开始萌动。

1. 交游结社，酬唱题集。桐城的“名媛诗社”主要成员有方氏三姐妹方维仪、方孟式、方维则及吴氏姐妹吴令仪、吴令则，其中方维仪是“社长”。这五人及其周围的方氏女性还常聚于方维仪的清芬阁中相互唱和，“每就订正，争妍竞胜，不异举子态，悬甲乙于试官也”[2]119。还经常联吟唱和，虽无组织之名，但行结社之实。她们的诗歌创作，不再局限于个人行为，而是涌动着朦胧的群体意识。这些女性常有雅集，相约一处，或登山泛舟，或赏花论古，常有诗词唱和。如姚凤翙有诗《集江嫂虚阁赏盆梅限梅字》，词《满江红·春日偕诸姊妹雅集西园并饯五妹张夫人北上》；张姒谊有诗《冬日偶招长姊吴夫人表姊钱夫人及同盟诸姊妹饮保艾阁，即席偶成，时雪》等记载了家族女子聚会交游的场景。

从师也是桐城才媛交游的方式之一。如桐城程令媛幼年从师于许香韭；吴令则少从宗一公学习作诗；潘翟受业于张孩如；钟文贞受业于宁楷；方筠仪受业于袁枚；姚若蘅“从上元张雪鸿受六法，笔墨超逸，不类闺阁中人。”[1]418吴令仪、方子耀、姚凤翙、陈舜英等皆师从方维仪。

酬唱、题画、题集均是桐城闺秀交游的方式。桐城闺阁往往是一门风雅，出现了一批母女诗人、婆媳诗人、姑侄诗人、姐妹诗人、姑嫂诗人等，她们之间常相互唱和，也与男性亲属切磋诗艺。不仅如此，她们还和家族以外的男性、才媛有书信往来、诗词唱和。这从桐城女性诗人存世的诗词作品中可以找到证据。与亲属男性外交游的有：桐城张令仪与男性文人吴伟业交游，写有词《如梦令·步梅村先生韵》。桐城张凝与男性文人吴岳青、马庆旋交游，写有和诗《和吴岳青先生闺情原韵》《和马庆旋先生咏柳原韵》。桐城吴坤元常邀钱澄之为其诗歌进行修改。桐城方维仪与新安、金陵、山东等地才媛皆有来往，写下《赠新安吴节妇》《别金陵诸夫人》《忆金陵诸姊》《寄山东何方伯夫人之广西》等篇。桐城方竹友与吴锦雯交游，有《留别吴锦雯闺友》等诗。桐城吴芝瑛与绍兴秋瑾交游，资助秋瑾出国留学与筹办《女报》，秋瑾死后，为之收殓，写下《哀山阴》《挽秋瑾女侠》等悼亡诗。桐城姚德耀与长白完颜董兰芬因缔盟好，以姊妹称，常以诗歌赠答。桐城姚凤翙与梁溪女子交游，写有《次梁溪女子原韵》之诗。桐城姚凤仪与江苏华亭章有湘交游，有诗《读望云集赠孙夫人并步见赠原韵》。钟文贞与镇江毛畹香交游，写有《寄怀镇江毛畹香闺秀》，等等。桐城才媛还善于品评他人诗歌，为他人诗作写题辞。这类诗歌主要有倪婉的《题嫂朱氏谱传诗》、史氏的《题惜花轩诗集》、董清映的《题方固庵舅氏浙游草》、方淑仪的《题莲漪姊遗稿》等。

2. 追求平等，刊刻留名。明清时期，桐城才媛性别意识增强，向往独立人格，或感慨不是男人身，或在作品中流露出男性气概。如方维仪，“有丈夫志，常自恨不为男子，得树事业于世”（方以智《清芬阁集跋》）[2]145。张令仪有感于黄崇嘏女扮男装从政，后又回归家庭，“重执巾栉”之事，编剧为《乾坤圈》。她为在寂寞凄凉中埋没掉后半生的黄崇嘏扼腕长叹，也为世俗对女子的偏见愤愤不平，着力塑造了一处极臻理想境界的桃花源，让女子尽情施展才华。左如芬“或得佳什，间亦自喜，窃叹曰：‘余恨不能为女学士耳！’”（姚士在《纕芷阁遗稿评例》）[2]307

桐城女性诗人大胆追求男女在才名上的平等，不仅主动去钻研、写作、阅读，还努力寻求途径保存、刊刻自己的作品，以在青史留名。她们刊刻自己作品的途径，往往是通过家族实力，争取家族男性文人的支持。其常见的方式便是其父兄、丈夫为其作序，或刻于家人诗文集之后，或为之单独刊行。如方维仪每有诗作，便放于箧内，积录存之，后自选篇什，嘱咐其侄方以智刊刻付梓；潘翟《宜阁诗文集》，前有从兄之子潘江作的序；方孟式《纫兰阁诗集》前有其弟方孔炤的序；方云卿《屏山堂诗集》，其夫吴询作序。

也有部分女性自己为诗歌写序，或编选诗歌付梓。如桐城张令仪写有《蠹窗诗集》自序；方云卿，“自录其生平诗为五卷，并存其杂文数篇，颜之曰《屏山堂集》”（吴询《屏山堂诗集序》）[2]141；方维仪精心考究文史，“论古今女士之作，编为《宫闺诗史》，分正、邪二集。主于昭明彤管，刊落淫哇”[8]725。女性也为女性写序作跋。如方御为陈舜英《文阁诗选》作序；方孟式为方维仪《清芬阁集》写序；方维仪编选方孟式诗歌为《纫兰阁集》，并为之写序；张令仪为江瑶《墨庄遗稿》作序。

桐城文人重著述，差不多人有其书。桐城文人注重文史资料的保存与整理，大量整理与刻印邑中前辈的重要著作，形成各种总集。这一传统使清代桐城女性的文学成果虽经年代久远，又屡遭兵燹，多数散毁，但我们仍可从《桐旧集》《桐山名媛诗钞》《桐城方氏诗集》《桐城姚氏诗集》《桐城方氏七代遗书》《明史·艺文志》《桐城县志》《桐城耆旧传》《历代妇女著作考》《江南通志》等所录各家女诗人诗集书目，窥见当时女性创作之盛况。这些良好的风气在桐城境内形成了浓厚的文化气息，积聚了肥沃的文化土壤，桐城女性文化这朵奇葩正是在这种文化环境的滋润与哺育下成长起来的。

（作者单位：桐城师范高等专科学校）

参考文献

[1] 胡文楷编著，张宏生增订．历代妇女著作考［M］．上海：上海古籍出版社，2008.

[2] 傅瑛等．明清安徽妇女文学著述辑考［M］．合肥：黄山书社，2010.

[3]［清］沈德潜．《清诗别裁集》卷三十一［M］．北京：中华书局，1975.

[4] 谢无量．谢无量文集（第五卷）［M］．北京：中国人民大学出版社，2011.

[5]［明］李贽：《初谭集》卷三《夫妇三·四俗夫》，明万历刻本//鲍丙琴．桐城安庆府才媛诗人研究．安徽师范大学硕士论文，2013：86.

[6]［清］张令仪．蠹窗诗集［M］．清雍正年间刻本．

[7]［清］姚鼐．惜抱轩诗文集［M］．上海：上海古籍出版社，1992.

[8]［清］朱彝尊著，姚祖恩编，黄君坦校点．静志居诗话·卷二十三［M］．北京：人民文学出版社，1990.

曾国藩与湖南书院述略

方宁胜

一、曾国藩与书院的渊源

（一）曾国藩的书院求学经历

曾国藩（1811—1872），湖南湘乡人。世代业农，他的父亲曾麟书虽然学习勤奋，但苦于才短，十六次院试都名落孙山，直到四十三岁那年才考取秀才，仅比曾国藩早一年入县学。曾麟书自知仕进无望，便把光大门第的希望寄托在曾国藩兄弟身上，发愤教督诸子，想尽一切办法。曾国藩后来回忆说："国藩愚陋，自八岁侍府君于家塾，晨夕讲授，指划耳提，不达则再诏之，已而三覆之。或携诸途，呼诸枕，重叩其所宿惑者，必通彻乃已。"① 曾国藩六岁启蒙，八岁在父亲执教的家塾中学习，时间长达十余年。道光十年（1830）开始外出求学，先是就读于衡阳唐氏家塾，次年进入湘乡涟滨书院，遂与书院结下不解之缘。在涟滨书院读书期间，山长刘象

① 王澧华点校：《曾国藩诗文集·文集》卷四《台洲墓表》，上海古籍出版社 2005 年版，第 408 页。

履（字元堂）“见公诗文，叹赏不置，以为大器。”① 一年的书院学习立见成效，道光十三年曾国藩考取秀才，进入县学。尝到甜头的曾国藩在父亲的支持下，又进入湖南最高学府长沙岳麓书院学习。该书院在北宋初年由潭州太守朱洞创办，在宋真宗的大力支持下稳步发展，影响逐渐扩大，遂成当时全国最著名的四大书院之一，经常有著名学者在此讲学。南宋时，理学家朱熹、张栻都曾在此讲学，弟子多达千人。在此后的岁月中，无论学风如何变迁，程朱理学在这里的统治地位从未动摇。清朝乾嘉盛世以来，汉学风行海内，“而湖湘尤依先正传述，以义理、经济为精闳，见有言字体、音义者，恒戒以逐末遗本。传教生徒，辄屏去汉唐诸儒书，务以程朱为宗。”② 这种讲述宋学、注重经世致用的风气，在道光年间达到鼎盛，对曾国藩这一代士人的影响极大。其他主掌岳麓书院的是著名学者欧阳厚均。他字福田，号坦斋，嘉庆四年（1799）进士，曾任郎中、御史等官，年逾四十以母老告归，主讲岳麓书院前后长达二十七年，弟子多达三千人。正是在这里，曾国藩开始较为系统地接受封建思想教育和湖南学风的熏陶，奠定了他一生学术思想形成的基础。在欧阳厚均的扶持、教育下，曾国藩学业大进，“以能诗文，名噪甚，试辄第一”。此时的曾国藩，已显示出宏大的器量与不凡的胸襟。后人记载：“曾涤生未达时，读书岳麓书院，与某生同居。某性褊躁，其书案距窗可数尺。公因置案窗前以取光。某怒曰：‘案头之光，全为汝遮矣。’公曰：‘然则令我置之何处？’某指床侧曰：‘可置此’。公如其言。中夜读书，某又怒曰：‘平日不读书，此时乃扰人清睡。’公为之低声默诵。”③ 不久，曾国藩乡试中举，“传报

① 黎庶昌：《曾国藩年谱》，岳麓书社 1986 年版，第 3 页。

② 罗汝怀：《绿漪草堂文集》，光绪九年版，首卷，第 5 页。

③ 易宗夔：《新世说 · 雅量第六》，山西古籍出版社 1997 年版，第 147 页。

到时，那人更大怒说：‘这屋子的风水本来是我的，反叫你夺去了！’”在旁的同学听着不服气，就问他：‘书案的位置，不是你叫人家安放的吗？怎么能怪曾某呢？’那人说：‘正因如此，才夺了我的风水。’同学都觉得那人无理取闹，替国藩抱不平，但国藩毫不在意，可见得气度的一斑了。”[①]

（二）曾国藩师友亲人的书院之缘

道光十八年，曾国藩高中进士，朝考一等二名，改庶吉士，入翰林院庶常馆深造。散馆后授翰林院检讨。道光二十一年七月，新购《朱子全书》，悉心研读，并向京师著名理学家、太常寺卿唐鉴请教读书之法、检身之要。“先生言当以《朱子全书》为宗。”“因道此书最宜熟读，即以为课程，身体力行，不宜视为浏览之书。又言治经宜专一经，一经果能通，则诸经可旁及。若遽求兼精，则万不能通一经。”“诗、文、词、曲，皆可不必用功，诚能用力于义理之学，彼小技、亦非所难。”曾国藩“听之，昭然若发蒙也”[②]。唐鉴不仅是曾国藩治理学的引路人，其丰富的教育思想和实践，也对曾国藩产生了积极影响。唐鉴非常重视书院教育，离职之后，多次应邀讲学山东泰安、南京尊经、钟山和江西的白鹿洞等各大书院，于主讲之时，“每逢课期，无不亲为讲解、教悔，而尤勉以躬行为先。”[③]“矜式后学，亦为世所重也。”[④]此外，唐鉴还为广西平乐府道乡书院立过学规，从立志、勤学、敬师、择友四方面对书院生徒提出具体规定[⑤]。他在任广西平乐知府时，“设立五原学舍，延师教读，群傜大悦。”又“延纳人士入署，亲

① 萧一山：《曾国藩传》，湘潭大学出版社 2011 年版，第 2－3 页。

② 曾国藩：《曾国藩全集·日记》（一），道光二十一年七月十四日，岳麓书社 1994 年版，第 92 页。

③ 唐鉴：《唐确慎公集》附唐尔藻《行述》，中华书局《四部备要本》。

④ 盛朗西：《中国书院制度》，中华书局 1934 年版，第 196 页。

⑤ 唐鉴：《唐确慎公集》卷五《道乡书院学规四则》，中华书局《四部备要本》。

与讲授。设立义塾，诲诱寒畯。官贵州时，亦如之，官江宁，亦如之。及入为九卿，又著《易牖》《学案小识》等书，扶掖贤俊，倡导正学。”已而致仕南归，主讲金陵书院[①]。

让曾国藩对书院产生好感的人中，还有一位就是他的岳父欧阳凝祉（号沧溟）。相传十四岁那年，欧阳凝祉到曾麟书家塾访友，看到曾国藩的诗文，大加赞赏，便出题相试，曾国藩即席赋诗一首，欧阳凝祉见之大喜，认为他前途无量，遂将自己的女儿许配给他为妻。道光二十九年（1849），已升授礼部右侍郎的曾国藩通过自己会试房考官季芝昌，替岳父谋取衡阳莲湖书院山长这职位，而他的岳父也不负所托，高质量地完成了书院教学任务，这让曾国藩深感自豪，称赞他“适馆课徒，凡四十年，主讲莲湖书院者又十年，门下生著籍数百人。其高第者，与之稽经讲艺，兼及敕躬之道，成物之方。其不帅教，则呵求觿责，屏斥门墙之外。初虽怨望，后常悔憾，自愧不为良师所齿。从之游者，恒守绳矩，虽垂老而惮之如初”[②]。曾国藩与岳父感情诚笃，他曾为岳父主讲的莲湖书院撰写一联：“莲香入座清，笔底当描成这般花样；湖水连天静，眼前可悟到斯道源头。”[③] 以嵌名联形式劝学传道，委婉含蓄，典雅可诵。当岳父去世的噩耗传来，时任直隶总督的曾国藩十分悲痛，特撰联哀悼：“梁案尚齐晖，庆洽孙曾，世泽长垂湘水；莲湖曾侍坐，宦游南北，遥天痛说岳云。”[④]

曾国藩的弟弟们也受过书院教育的惠泽。道光二十三年（1843），正在京城做官的曾国藩，得知弟弟国华、国荃准备

---

① 曾国藩：“曾国藩诗文集·文集”卷四《唐确慎公墓志铭》，上海古籍出版社 2005 年版，第 388－389 页。

② 曾国藩：《曾国藩诗文集·文集》卷四《欧阳府君墓志铭》，上海古籍出版社 2005 年版，第 391 页。

③ 曾国藩：《曾国藩全集·诗文》，岳麓书社 1994 年版，第 107 页。

④ 曾国藩：《曾国藩全集·诗文》，岳麓书社 1994 年版，第 123 页。

外出读书，且有多个选择时，他力劝他们去城南书院读书，认为这是一座堪与岳麓书院相比肩的书院，同样讲习宋学，注重实用。他说："惟城南肄业之说，则甚为得计"，而"省城中兄相好的如郭云仙、凌笛舟、孙芝房，皆在别处坐书院"，更为重要的是省城中有秀才丁叙忠（号秩臣）"学问切实，践履笃诚，兄虽未曾见而稔知其可师"①。两个弟弟听从他的劝导，入城南书院肄业，同时从罗泽南改文，他闻之甚喜。"六弟九弟今年仍读书省城罗罗山上处附课甚好，既在此附课，则不必送诗文与他处看，以明有所专主也。凡事皆贵专，求师不专，则受益也不入；求友不专，则博爱而不亲。心有所专宗，而博观他途，以扩其识，亦无不可；无所专宗，而见异思迁，此眩彼夺，则大不可。"② 过了一段时间，曾国藩又写信叮嘱："六弟、九弟在城南读书，得罗罗山为之师甚妙。然城南课似亦宜应，不应恐山长不以为然也。"③ 但曾国藩的弟弟们实在顽劣，连信都懒得写，惹得他很不痛快，写信申斥："诸弟写信总云仓忙，六弟去年曾言城南寄信之难，每次至扶院赍奏厅打听云云，是何其蠢也！静坐书院，三百六十日日日皆可写信，何必打听摺差行期而后动笔哉?""家塾读书，余明知非诸弟所甚愿，然近处实无名师可从。省城如陈尧农、罗罗山皆可谓明师，而六弟九弟又不善求益。且住省二年，诗文与字皆无大长进，如今我虽欲再言，堂上大人亦必不肯听。不如安分耐烦，寂处里闾，无师无友，挺然特立，作第一等人物，此则我之所

---

① 曾国藩：《曾国藩家书·与弟书》，道光二十三年正月十七日，湖南大学出版社 1989 年版，第 117 页。

② 钟叔河整理点校《曾国藩家书·与弟书》，道光二十四年正月廿六日，湖南大学出版社 1999 年版，第 123 页。

③ 钟叔河整理点校：《曾国藩家书·与弟书》，道光二十四年二月十四日，湖南大学出版社 1989 年版，第 124－125 页。

期于诸弟者也。”[1] 为了鼓励弟弟们在安静幽雅的书院中专心学习，他特地作了《温甫读书城南寄示二首》，回顾自己当年的书院求学经历，为他们加油鼓励。诗曰：“十年长隐南山雾，今日始为出岫云。事业真如移马磨，羽毛何得避鸡群？求珠采玉从吾好，秋菊春兰各自芬。嗟我蹉跎无一用，尘埃车马日纷纷。”“岳麓东环湘水迴，长沙风物信佳哉。妙高峰上携谁步，爱晚亭边醉几回？夏后功名余片石，汉王钟鼓拨寒灰。知君此日沉吟地，是我当年眺览来。”[2]

二、曾国藩兴复书院

（一）曾国藩与东皋书院

对于湖南书院的兴修，曾国藩也给予了积极的支持。位于湘乡县城的东皋书院，前身为湘乡义学，濒临涟水。清康熙二十二年（1683），知县王国梁所创，其后办学不断，培养了不少人才。道光、咸丰年间，东皋书院三度被大水浸没，洗蚀倾圮，荡然无存。咸丰十年（1860），曾国藩奏建昭忠祠，同时迁建东皋书院于昭忠祠旁，祠、院并建，同时施工。同治二年（1863），东皋书院建成，仍因旧名。当时有讲堂、东西斋舍、尊经阁等建筑和学田 629.6 亩。改建后，东皋书院和昭忠祠合置公产。在昭忠祠和东皋书院兴建过程中，曾国藩给予了直接指导，并通过直接参与其事的九弟国荃予以落实。咸丰十年二月廿二日记载：“夜接九弟信，言及修昭忠祠并东皋书院

---

① 钟叔河整理点校：《曾国藩家书·与弟书》，道光二十五年二月初一日，湖南大学出版社 1989 年版，第 146 页。

② 王澧华校点：《曾国藩诗文集·诗集》卷二《温甫读书城南寄示二首》，上海古籍出版社 2005 年版，第 31 页。

事。”[①] 他亲自审看祠、院图纸，由于军务繁忙，数月后才修改完毕，日记有载：“改东皋书院、昭忠祠图，久而未毕。写张小浦信，清理文件。中午饭后将书院图改毕，写信与沅弟，并寄银四百两，为修昭忠祠之费。”[②] 书院落成后，曾国藩亲笔为之题写院名，并“夜作东皋书院对联一副云：‘涟水湘山俱有灵，其秀气必钟英哲；圣贤豪杰都无种，在儒生自识指归。’”[③] 联文紧扣书院，意奖掖后学。上联由山水而及人物，强调地灵人杰。下联据《史记·陈涉世家》“王侯将相宁有种乎”立意，旨在勉励儒生奋发读书，建功立业。

（二）曾国藩助建箴言书院

对于老友胡林翼倡建的箴言书院，曾国藩更是倾注了极大的心血。胡林翼是湖南益阳人，是仅次于曾国藩的湘军大帅。其父胡达源为嘉庆二十四年（1819）一甲三名进士，官至詹事府詹事，服膺程朱理学，曾主讲城南书院。胡林翼承继父学，明于经伦，由进士而至兵部侍郎、湖北巡抚，卒谥文忠。“公之考少詹事公，以学行闻天下，著有《弟子箴言》。公承先志，建箴言书院，悉所藏书纳其中，因言：‘天下事非能通知古今，有学术，岂足胜此！庶几后来英秀，有读吾书而兴起者。’”[④] 曾国藩对胡林翼于其父茔地旁建立祠堂，外间架选为书院体势的设想甚表赞同，称：“以祠堂为书院，极好！极好！此等事亦须及时为之。”[⑤] 又说：“以祠堂作书院，极善之

---

① 曾国藩：《曾国藩全集·日记》（一），咸丰十年二月廿二日，岳麓书社1994年版，第468页。

② 曾国藩：《曾国藩全集·日记》（一），咸丰十年八月十六日，岳麓书社1994年版，第530页。

③ 曾国藩：《曾国藩全集·日记》（二），同治二年十月十八日，岳麓书院1994年版，第942页。

④ 杨坚点校：《郭松焘文集·文集》卷十九《胡文忠公神道碑铭》，岳麓书社1984年版，第410页。

⑤ 《曾国藩全集·书信》（二）《复胡林翼》，岳麓书社1994年版，第1250页。

举。老伯之德，我公之功，其理皆可不朽，不仅百年矣。……条约及书籍，容彼此熟商定之。"① 至于书院名称，他认为："办理书院，取'箴言'二字，不忘先训，甚妥甚妥。用书院字则大方，用学塾字则谦恭，二字皆可用。学舍字则不必矣。老伯盛德，钦式有年，当尊命作《记》一首，以志景仰之忱。"② 当胡林翼将所编《箴言书院志》寄给他征求意见时，他仔细阅读，称："《箴言书院志》大致妥善，小处有三、四条宜酌。即日当以鄙意签改。"③ 次日，他对《箴言书院志》中的"条约"签改数则，连同所作《箴言书院记》，预备以行书缮写寄政。在写给李续宜的信中，他谦称自己"本欲将胡氏父子育材肫肫之意写出，奈久疏文字，机轴太生，不足以副润帅之望。"关于书院所需经费，他与李续宜商量："渠兴造书院需六千金，现尚无款可指，仆思与阁下垫办二、三千金，即日兴工，以慰其意。待渠支养廉，再行归款如何？"④，此后他又去信催促："兴造书院之费，先寄二千金至益阳，准于八、九月开工。请尊处即日垫发，敝处当寄千金奉还。"⑤ 然而，书院未成，胡林翼即于咸丰十一年八月病死于武昌。生前"尝笑曰：'吾不幸死，诸君赙吾者，惟助修箴言书院，无赡吾家'。"⑥ 为了完成老友遗愿，曾国藩与李续宜一起多方募集

① 曾国藩全集·书信（二）《复胡林翼》，咸丰十年二月初六日，第1255页。

② 《曾国藩全集·书信》（二）《复胡林翼信》，咸丰十年闰三月初六日，第1323页。

③ 《曾国藩全集·书信》（三）《复胡林翼》，咸丰十一年六月二十六日，第2171页。

④ 《曾国藩全集·书信》（三）《复李续宜》，咸丰十一年六月二十九日，第2171－2173页。

⑤ 《曾国藩全集·书信》（三）《复李续宜》，咸丰十一年七月十九日巳刻，第2188页。

⑥ 杨坚点校：《郭嵩焘诗文集·文集》卷十七《赠总督湖北巡抚胡文忠公行状》，岳麓书社1984年版，第361页。

资金，终成其事。他曾对人言："润帅议定书院之初，仓卒不得经费，且恐病势不支。弟时驻军东流，曾许与希庵共成其事。厥后九月间寿珊、任吾送柩同至益阳，曾函告两年，外间奠金概存为书院之用，倘有余资，则惠及胡氏宗族，以佐书院所不逮。嗣鲍春霆续致二千，弟函商希庵，此项及续有致奠者，均可为书院之用。迨正月间，寿珊寄到收支清单，又函告书院工程。如嫌其少，不妨于存项四千余金之内，再行提用二三千金。默计建造之费，无待外求，即胡宅日用之需，亦可不必过虑。"① 在写给李续宜的信中，他再三强调，要遵从胡林翼的遗愿，专款专用。如咸丰十一年九月二十五日函"润帅之柩，二十六日果起行还湘否？外间奠仪，请阁下经理，先尽箴言书院之用。敝处薄赙二千，亦专备书院用费，如果不敷，再行筹商。"② 其后又详加擘划："箴言书院究尚欠银若干？求查示。鄙意奠仪先尽书院用之，斋房宜宏壮，膏火宜优裕，以慰润公九泉之灵；其次则分惠胡氏家族，以补书院之所不逮；又其次乃归陶夫人及哲嗣私家之用。润帅本有恒产，私用当不至空乏。设有不赡，国藩与阁下暨左、彭诸君，从容济助，尚不为迟。揆之润帅先公后私之素志，似以书院为重。"③

胡林翼生前虽未及见箴言书院，但他对书院教学、管理诸方面都有较为成熟的规划，并于咸丰十年（1860）撰成《益阳箴言书院志》，其中包含《箴言书院规制》《箴言书院选士章程》《箴言书院育材章程》等。《箴言书院规制》中规定："每年经管院事之人，不得以胡氏子孙承充；书院田亩、胡氏

---

① 《曾国藩全集·书信》（五）《复夏古彝》，同治元年十月初五，岳麓书院1994年版，第3213页。

② 《曾国藩全集·书信》（三）《复李续宜》，岳麓书社1994年版，第2256页。

③ 《曾国藩全集·书信》（三）《加李续宜片》，咸丰十一年十月初七日午刻，岳麓书社1994年版，第2261－2262页。

子孙姻戚不得承佃，以别嫌也。”[1] 曾国藩认为既须照此办理，亦应对胡氏家族有所表示，他考虑：“奠金概作书院之需，计所缺必不甚多。此外，胡氏宗族另有点缀否？似须于奠金之内筹画此层。盖缘书院条约中有不许胡氏经管一节，不可不别谋慰抚之也。”[2] 为此，他利用自己的影响力，广为募资，以助书院办学及其他日赠遗赐福之用。曾国藩在《复李续宜》一信中是这样计划的：“其奠分二万金，以五千为胡氏义塾，则宗族咸悦，正所以维持箴言书院久而不敝也。此五千金，不知已交现银否？尚祈留心。斯事妥，则无一不妥矣。鲍春霆续致之二千金，舍弟亦将致三四百金，似均可为箴言书院之用。湖南如毛中丞诸公，计亦必有奠仪，均可增助书院膏火。尊处拟再解书院之千金，似可不必，留待他日赠遗赐福可也。”[3] 他一再叮嘱：“买本家义塾田五千金，此举必不可少。得此与箴言书院相辅而行，由家及邑，亲贤等杀，秩然有序，庶可永久不敝。其余用出各款，亦皆斟酌妥善，丰俭得中。”“务祈工坚料实，为十世百世之计。”[4] 在写给大夏古彝的信中，他又再三声明：“箴言书院经费，胡文忠在日不妄取一钱，此项无出，故鄙人原与希庵薄助费资。至文忠没后，则奠金所入，当以修书院为第一义，不宜以奠金专作私储，而书院又筹别款也。目下奠金尚存若干，请即全数提出修建书院，及早完工。如有不足，敝处当续送千金，再不足，乃求助于希庵及官公、唐公等处，苟可敷衍完工，则不复函求诸公矣。以胡府之世

---

① 陈谷嘉、邓洪波主编：《中国书院史资料》（中册）《胡林翼：箴言书院规制》，浙江教育出版社 1998 年版，第 1612 页。

② 《曾国藩全集·书信》（三）《复李续宜》，咸丰十一年十一月初三日，岳麓书社 1994 年版，第 2282－2283 页。

③ 《曾国藩全集·书信》（三）《复李续宜》，咸丰十一年十一月二十七日，岳麓书社 1994 年版，第 2333 页。

④ 《曾国藩全集·书信》（四），同治元年正月初七日，《复文希范周开锡》，第 2478 页。

德，文忠之忠勋，其德配哲嗣逝无衣食不裕虑，请放手行之。至以田租为弥补修建之资，则万万不可。未经成事先已欠债，斯岂可久之道？癸亥年一切修理完竣，甲子年延师课读，不可缓也。敝处千金，或今冬或明春可由长沙寄往，联额俟工竣再行寄往。”①

至此，箴言书院建设管理中的诸多问题迎刃而解，于同治二年（1863）建成，有大门、先圣祠、宫詹公祠、大堂、书楼和半学、志道、据德、依仁诸斋，共四进96间，另辟射圃、化字塔，可居生徒120人，藏书1355部，存谷2225石。书院竣工之前，曾国藩曾于“秋间至胡文忠第，存问其家，怏睹祠院之成，可胜人琴之痛，俯仰今昔，敬想同之”。并称：“书院须以乙丑开馆，虽与初议未符，实为经费起见，办理极为妥善。所储书籍尚缺《通志》一种，俟函询舍沅弟前以何处购得，如果系江西刻本，不难奉寄。”② 关于箴言书院山长人选，曾国藩主张就近延访，他在《复丁取忠》一书中说：“箴言书院山长一席，据张姚诸君函称，已订请令兄秩臣先生主讲。兹承示及秩兄来岁仍在求忠书院，不欲远出，而梅村兄亦亟欲东归。顷复敞处一信，与姚君桂轩面晤之言相符，未便绳之西游。台端属敞人另行酌荐，此间人士，不乏通材，而或已有馆地，或惮于远行。国藩离家多年，于湘中学者均不深知，且终岁以课士为事，此语即不易办。一时实无以应命，仍希阁下就近延访，以应张、姚诸君之求，至以为恳。”③ 箴言书院开缩后，按胡林翼生前所定规章进行管理，学分汉、宋、

① 《曾国藩全集·书信》（五）《加夏古彝片》，同治元年十月初七日，岳麓书社1994年版，第3217－3218页。

② 《曾国藩全集·书信》（六）《复丁取忠》，同治二年十一月二十八日，岳麓书社1994年版，第4195页。

③ 《曾国藩全集·书信》（七）《复丁取忠》，同治三年九月二十八日，第4765页。

经济、词章“四端”，诸生可择其所好而习之，但必归于实践躬行，以期考不涉繁芜，义理不嫌空腐，经世皆有所用，立言不至无根。这样的办学宗旨，固然由创建者胡林翼确定，但也可窥见曾国藩的影响。因为胡林翼去世前一年，曾国藩就应胡氏请求，为书院搜集各种书籍数十种，并开列书院的《藏书目录》，又将胡氏所写书院条约“酌核一过”，并答应以能上石碑的字体为书院作记。在胡林翼、李续宜的一再催促下，他才提笔为文，时为咸丰十一年六月廿六日，“午刻，作《箴言书院记》，久疏文字，机轴太生，至二更，文尚未成”①。次日早饭后续写完毕。七月初五日，以行书抄写，“是日天气亢热，甚不耐烦。写《箴言书院记》甚不称意，本拟于下半日另写一通，因亢热烦躁，汗流不止，遂不复写”②。

曾国藩的《箴言书院记》，高度赞扬胡林翼“自开府湖北以来，即以移风易俗为己任”。同时，为了弘扬其父《箴言》中育才之法，“于是建箴言书院，将萃益阳之士而大淑之。置良田以廪生徒，储典籍以馈孤陋，宽其涂辙，而严其教条，崇实而黜华，贱通而尚介”。预言“循是不废，岂惟一邑之幸，即汉之十三家法，宋之洛闽渊源，于是乎在。后有名世者出，观于胡氏父子仍世育才肫肫之意，与余小子慎其所习之说，可以兴矣”③。曾国藩之所以对胡林翼修建箴言书院竭尽全力，固然出于对胡氏的深厚感情，更表现了他对传承湖湘文化、培养济世之才的热忱与期望。正如他所展望的，箴言书院自落成之次年正式招生，在庄受祺、黄自湖、王龙文等历任山长的努

① 《曾国藩全集·日记》（一），咸丰十一年六月廿六日，岳麓书社 1994 年版，第 635 页。

② 《曾国藩全集·日记》（一），咸丰十一年七月初五日，岳麓书社 1994 年版，第 638 页。

③ 王澧华校点《曾国藩诗文集·文集》卷三《箴言书院记》，上海古籍出版社 2005 年版，第 318－319 页。

力下，树蕙滋兰，因材施教，人才辈出，声誉日隆。150 多年来，箴言书院与时俱进，存续至今，现为益阳市箴言中学，跻身省级重点中学之列。

曾国藩早年的书院求学生涯，以及为湖南书院教育做出的贡献，成为他以后振兴文教尤其是书院教育的先声。观澜索源，振叶寻根，对书院教育情有独钟的曾国藩，一旦走上更广阔的舞台，必定会对晚清书院建设做出更大的贡献。

作者：桐城市人大常委会委员、桐城市地志办副编审

从文化自信到文化自觉

——几个故事读懂桐城派的文化品格

方云龙

关键词 桐城派；文化品格；文化自信；文化自觉

学术界通常根据区域文化特征把安徽划分为三大文化圈，即：淮河文化圈、徽州文化圈（也有称为新安文化圈）和桐城文化圈（也有称为皖江文化圈）。从学术内涵上来说，淮河文化传统意味浓厚，时间跨度长；徽州文化内容繁富，涉及面广；桐城文化主流意识强，对人性关怀和制度创设具有积极作用。今天当我们谈到桐城文化时，主要还是指清代具有独特性、典型性及极高学术价值的占据当时文坛正宗地位的桐城文派。它的基本特点是以儒家学说为精神支柱，以人伦关系为核心关注，以学官—官场—民间为运行路径，表现出鲜明的“崇文重教、务实创新”的文化品格。

自信：桐城派文化成就的辉煌

桐城派又称桐城古文派，因其主要代表人物方苞、刘大櫆、姚鼐均系桐城人，历城人周永年语之曰：“天下之文章，其在桐城乎”。学界因此将他们连同追随他们的作家群统称为桐城派。桐城派绵延文坛200余年，几与清朝相始终，成为中国文学史上历时最长、参加人数最多、影响最大的文派。近代国学大家马厚文有诗为赞：“黄舒山水古今奇，释氏衰微儒士追。何意高文归一县，遂令天下号宗师。”

一、桐城派在文学创作、理论创新、艺术成就、社会实践等诸多方面成效卓著

桐城派前后麇集作家1200多人，留下传世之作2000余种。在其鼎盛时期，出现了“家家桐城，人人方姚”的壮观局面。

下面这个故事可见桐城派在当今影响之一斑。

故事之一：李克强总理的桐城派情结

2015年2月9日，春节来临之前的中南海内，李克强总理在紫光阁向新聘任的国务院参事、中央文史馆馆员亲手颁发聘书。随后他与130余位参事、馆员及参事室特约研究员举行了座谈。座谈中的文史“论道”一直持续到会后，总理主动来到文史馆馆员中间，大家意犹未尽地继续讨论起来。“大家知道，我是安徽人，受了点桐城派的影响。”李克强的这句话，引来与会专家学者会心的微笑。

总理提议道：一个字、一句话，有时难免会断章取义，能不能搞一个传统文化的“百篇”？“当然，这不是什么新鲜想法。清代的时候，姚姬传也就是姚鼐就有一个《古文辞类纂》，讲求义理、考据、辞章，把经、史、子、集，很多东西都选进去了，大概700篇的样子。后来，曾国藩搞了个《经史百家杂钞》，内容又多一些，有几大函。后来他还有一个简版，也就四十多篇。”李克强说：“我们能不能集众智搞一个‘百篇’？把中国古典文化精选出来，传诸后世。”

……

“我中午刚好翻了这本传统美德术语的书，刚才又听到陈

来同志举了亚当·斯密的例子。”总理解释说：“亚当·斯密的思想毕竟才两三百年，中华文明呢？有典籍记载的就有两三千年了！我们一定要把其中的精华传承下去，在这个基础上博采众长、互学互鉴。”其实早在2011年7月4日至5日，时任中共中央政治局常委、国务院副总理李克强率国家有关部委负责人来桐，深入田间地头、农家院落，走进农贸市场、文博单位，了解农村发展，关心民生问题，与干部群众交流探讨发展之计。在与安徽、桐城市的有关领导的座谈中，他多次谈到桐城文化、桐城六尺巷。总理的桐城派情结追溯到他青少年读书时期，1965年，李克强开始跟随邻居李诚读书。李诚被称为“桐城派最后的人物”。他早年在皖南教私塾，著名学者舒芜、马茂元、吴孟复都是他的学生。

方苞最早在《读史记八书》《书史记十表后》中提出了“义、法”主张，及至从《南山集》案中解脱后，雍正十一年（1733）任翰林院侍讲学士，替和硕果亲王编成《古文约选》，乾隆之初又“诏颁各学官”，成为官方的古文教材。方苞所写倡导“义法”的“序例”，也就具备了“钦颁”的权威性。全祖望称桐城派的创始人方苞“拳拳于斯世斯民之心”未能尽为时人所认识。方苞有时上疏直陈于皇帝，如《请备荒兼修地治札子》《请定经制札子》《请矫正积习兴起人才札子》《请禁烧酒种烟第三札子》等；有时撰为文章，或书告朝中重臣，如《塞外屯田议》《黄淮议》等，皆事关兵农，有学有识，“揆之事理，合于人心”。他的《左忠毅公逸事》《狱中杂记》等文章，不限于“阐道翼教”，而是深刻反映了历史和现实，所以美学和艺术成就较高。姚鼐在中举人之后，又进京考进士，却先后五次名落孙山，直到第六次才中进士，历经挫折却一直坚持信念，为什么呢？因为他考进士、读书做官的目的不是为了追求个人的功名利禄，刘大櫆在《送姚姬传南归序》中所说：“今天既赋姬传以不世之才，而姬传又深有志于古人之不朽，其射策甲科为显官不足为姬传道；即其区区以文章名于后世，亦非余这所望于姬传……”，刘大櫆这篇文章希望姚鼐做尧舜圣贤那样的正人君子。姚鼐从孙姚莹，不仅发展了桐城派理论，取得了较高的文学成就，而且在台湾任知县和兵备道等职期间，积极发展当地经济，整顿治安，查禁鸦片，带领台湾人民英勇抗倭，还著有《康輶纪行》一书，成为研究西藏地理、历史、政治等方面的珍贵文献。

桐城派的领军人物还在全国各地创办了书院，兴教育、育人才。如张寅创办了洪都书院、姚莹先后重修或新建九和书院、玉环书院，方宗诚创办强兴书院……至于在各地书院主讲的桐城派文人更是不计其数。

二、桐城派文化影响有清一代的学术、科举进而政治

桐城派是在全国范围内受到文人士子推崇并奉为正宗的文学流派。清朝入关后，为巩固其封建统治地位，采取尊崇儒家理学的策略，以软硬两手迫使知识分子就范，宣扬“万世道统之传，即万世治统之所系也”。桐城派创始人方苞及其古文流派就是在这种历史条件下应运而生的。由于统治阶级的倡导，也由于代表人物方苞、刘大櫆、姚鼐的大力推进，以及父子宰相张英、张廷玉的政治影响等，桐城派门徒甚众，并代转相传，至姚鼐，文章风气遍及全国，其势已从当初的批判转为中和，进而成为科场利器，一时士子以作为桐城派的门生为荣。据马其昶的《桐城耆旧传》，自清顺治四年（公元 1647 年）至光绪二十九年（1903）即大体上终有清一朝，桐城共中进士 153 人。再如桐城派在南方的中心——江西新城县，由于出了两位桐城派宗师鲁九皋、陈用光，全县科举面貌焕然一新。据统计，清代该县共有进士 85 名，而这个数字在明代只有 22 名。

三、桐城派是中国文学史上第一个包容众多分派支流、求同存异的文学流派

桐城派是中国文学史上流布地域最广、绵延时间最长的文学流派。桐城派在学术思想上兼容并包，治学不废考据，无门户陋见，因而作家如林，作品浩繁。桐城派支流主要有阳湖派、湘乡派、侯官派等，这些流派总的都推崇唐宋韩柳欧苏的古文，赞同“文以载道”，但具体的文学主张和侧重点又有不同。如阳湖派张惠言、李兆洛提出文章要合骈、散两体之长；恽敬主张兼学诸子百家，以此来补救桐城派行文单薄和思想上专注孔、孟、程、朱的弊病；桐城派是第一个有外国学者参与的文学流派。桐城派有日本学者多人，如中岛伯成、野口多内子、早川新次。

桐城派后期代表人物吴汝纶创办了桐城中学，并亲自为之撰联：合东西国学问精粹陶冶而成，后百十年人才奋兴胚胎于此。这副对联中包含了吴汝纶兼容并包的学术思想和面向世界、面向未来的教育理念。

一个文学流派有这样的胸襟和气度，正是她对自身实力的自信。这正如盛唐时期是中国封建社会最开放的时期的道理一样，源于强大国力的自信，与之相反，清朝在贫弱的后期则采取了闭关锁国的政策。

自觉：桐城派镕铸了自己的文化品格

我们试图拨开桐城派文化纷繁的表象，从历史、政治、文化世家、作家作品、民俗等方面切入桐城派文化的精神内核，

来探讨她的特质和品格。

一、“桐城派”明确宣布了自己的文化路线、打出“助流政教”的文化旗帜

桐城派妥善处理了和统治者的关系，也就是文统和治统的关系、学术文化和国家政治的关系。那么桐城派是如何处理文化与政治的关系的呢？对此，桐城派明确宣布了自己的文化路线，说自己文章的宗旨是“助流政教”，方苞说他编写《古文约选》的目的：“是则余为是编以助流政教之本志也夫。”这就把文章和政治挂上了钩，建立起良好的资政助教的关系。但挂钩不是入阁，资政也不是执政，学术文化毕竟不是直接的政治，挂钩和资助的目的怎样达到呢？方苞提出了用上绍文统的办法先挂钩道统，也就是先继承文统以继承道统。于是自明代的归有光上溯唐宋八大家，再上溯《左传》《论语》《孟子》《史记》，这就把两千年的文统传承于己，桐城派文章继承的是古文，是载道的文，不是空疏无用之文，而是经世致用之文。由此可见，文统与道统是一脉相通的，文统即是道统。而道统和治统呢？这个关系也是通的，康熙说：“万世道统之传，即万世治统之所系也。”亦即宣布以儒家文化为正统文化、以儒家思想为治国理政的准则。这样，文统、道统、治统就是一个统一的战线，学术文化与朝廷统治便有了良好而又密切的关系。

方苞鲜明地提出桐城派的文化路线，也是采取务实的态度的。唯其如此，桐城派才能生存发展，否则统治者就要立即制裁取缔，甚至杀头灭族。这在清代都有着鲜活的例证。但有一点必须说明，从桐城派的发展和实践来看，桐城派并不是御用文学，不是统治者用以统治人民的文化思想工具。方苞等治经

的目的在于经世致用，其仕清亦欲有补于时。

二、桐城的代表人物几乎都是既为文也从教，文教相辅相成，许多同时也是著名的教育家

戴名世、方苞、刘大櫆他们或求学备考期间，或乡居时，或辞官后，都做过塾师或主讲书院，尤其重视教育和培养人才。刘大櫆先后主讲安庆书院、问政书院，任黟县教谕，边教学边著述边探讨文学创作理论。姚鼐曾任《四库全书》编修，四十辞官，即终身从教，对教育事业贡献尤大，培养了一大批人才，壮大了桐城派队伍，扩大了桐城派的影响。姚门弟子籍贯不同，性格与遭际各异，文风也不尽相同，但都是那时文坛上的著名人士，他们的成才固然得益于各人的天资与后天努力，但与姚鼐的循循善诱、精心调教分不开。他在教学时，有自己的一套“戒律”，例如戒学不博，戒言无文，戒但只识考据而毁弃义理，戒不守文法而肆逞才气等，但并不禁止门生弟子别求新路，百花齐放，大力提倡“有所法而后能，有所变而后大”。姚鼐为师，以身作则，重言传，更重身教。他一生好学，主张“兼长为贵”，倾听别人意见，善于吸收别人长处。桐城派后期的代表人物、中国近代著名的教育家吴汝纶力倡创办新学，注意吸收新思想，他在任深州、冀州和寿州知州时“所到之处，以教育为先”，他赞成洋务运动和变法维新，东渡日本考察教育。他认为中国的教育不能仅仅是小修小补，而应该是一个破旧立新的过程。不破旧不足以转变社会风气和士人的思想观念，不立新不足以培养“经世致用”的合格人才，主张废除科举，创办新式学堂。吴汝纶后来受聘为京师大学堂总教习，并创办了著名的桐城学堂（桐城中学），对现代教育的影响非常大。

三、桐城文化的家族文化特征比较明显

道光三十年（1850 年）桂林方氏方秬森，捐置田业 128 石，兴办义塾，专课本族寒士。桂林方氏家学渊源深厚，十分重视家庭教育，自方学渐以降，几代人“厉志勤学”，涌现了方大镇、方大任、方孔炤、方以智、方孝标、方苞、方维甸、方观承等闻人君子，他们在文学、科学、为政、水利等方面取得了非凡的成就，在桐城文化史上灿若群星。姚氏一族，姚鼐兄弟三人从小就从伯父姚范那里接受经学启蒙和教育，而姚鼐的侄孙姚莹又得到姚鼐的悉心调教，姚莹之孙辈姚永楷、姚永朴、姚永概和姚依云又深受其祖、父的影响，成为桐城派末期的主流人物。老宰相张英，立朝四十年，忠敬诚直，深受康熙知爱和器重。他将“立品、读书、养身、择友”奉为座右铭，致仕居乡里则“厚重谦和”。张家自张英始，即以“种田不饥，读书不俗”为家训（张英《聪训斋语》），到张英的曾孙张曾敞，张家共有十一名进士，其子张廷玉也是宰相，“父子宰相”成为千古美谈，张家是名副其实的“科举世家”。

其他如刘氏、左氏、马氏等也都是书香门第，薪火相传，尚文家风，绵延不绝。

故事之二：桂林方的由来

桐城方氏有桂林、鲁谼、会宫之分。据《桐城耆旧传》所载，桂林方氏早先从休宁迁池口，宋末始迁桐城。至明初，第五代出了四川都指挥使司断事方法。他因不满成祖杀侄自立，不肯署表归降，而被逮投江。时当十五世纪初年，方法长子方懋字自勉，与里人金腾高、史仲宏结为莫逆之交。史会看风水，他相中月山这块“吉壤”，既不敢私有，也不肯明珠暗投，便先后来到金、方二家察看其子孙德行好坏。到金家，只见人声喧嚷，孩子们有的在猜拳行令，有的在吆五喝六地赌

博，便摇头默退。而到了方家，只听东边纺绩声，西边读书声。两家气氛迥异。便兴奋地告诉自勉说："将来你的子孙必定富贵"，于是便把月山这块"宝地"指给他，并说这是上天的意旨，谁也不能违背。于是月山就成了方家祖坟山。

方自勉计有五个儿子，皆贤，时人有"五龙"之誉。因为老三方佑成进士，老五方瓘中举人，于是吏科给事中、望江县人王瑞题"桂林"二字于其门。古称科举及第为"蟾宫折桂"，这"桂林"二字既是赞辞，也是祝福，因此也就理所当然地成了该族的光荣标志，这就是"桂林方"的来历。自勉五子中，除老二廷瑞的后嗣因缺乏记载无可查考外，其余四房均堪称人才辈出。特别是长子方琳（字廷献）的后代"中一房"和五子方瓘（字廷璋）的后代，或为当朝硕辅，或为一代名儒，在桐城明清两代的人文活动中，"桂林方"有其难以磨灭的成就。

桐城的几大文化家族形成有规模的文化群体，并世相递延。望族是当地普通民众的旗帜，指引导向作用非常明显。好的家风家训，即可成为当时社会普遍遵从的风尚，进而逐渐影响当地的文化特质。

四、桐城派的文学理论是不断创新完善、与时俱进的，因而具有生命力

如前所述，桐城派创始人方苞首提古文"义、法"之说，得到当时文化界和官方的认同。刘大櫆的文学活动主要在乾隆时期，他补充了方苞的理论，以为"义理、书卷、经济者"是"行文之实"，而"神气、音节者"是"匠人之能事"（《论文偶记》）。姚鼐是桐城派集大成人物，为文修洁雅醇，气质较方苞恣肆，较刘大櫆严谨，涉猎汉、宋诸学，兼及考据、训诂。为文提倡"义理、考据、辞章"兼备。其所编《古文辞

类纂》，世人称为古文读本最精赅之书。乾隆四十二年(1777)，他在《刘海峰先生八十寿序》中，正式亮出了桐城派的旗号并阐述了方苞、刘大櫆以及姚鼐之间的理论继承关系。桐城派中兴人物姚莹和号称“清中兴第一名臣”的曾国藩在“义理、考据、词章”之外，加上“经济”，他虽然加上了“经济”，但他强调“义理之学最大，义理明则躬行有要，而经济有本”，可见他与姚鼐的理论本质上一致。桐城派理论的发展使桐城派重焕生机，胡适称之为“桐城古文的中兴大将”。

综上所述，桐城派这个具有浓厚地域色彩的文学派别和桐城文人，一直崇尚自身文化，高度重视教育和传承，由自信而自觉，并能与时俱进，不断创新，形成“崇文重教、务实创新”的文化品格，并反过来影响桐城派和桐城文化。

传承：文化品格伴随绵绵文脉一路彰显

首先，受桐城独特的地理环境和发展历史的影响，桐城派文化保守中有融通，兼融众长，既务实又创新。在新石器时代，桐城地区就有人类活动的踪影。尽管在数千年历史演进中，区域分合多变，县名沿革数易，但位于长江与淮河之间的桐城，一直承担着接江望淮、承东启西、交通南北的重要交通地位，并由此形成了独具特色的地域文化。

明清时期的桐城包括枞阳全部、宜秀的一部分和怀宁、潜山的小部分，面积广大，它背依逶迤高大的大别山，南临长江，是沟通中原地区和长江中游及以南地区的陆路交通要道上的节点。相对便捷的水陆交通，既开放又有所凭依的地理格局，吸引了大量外地人口汇聚于此。西北的龙眠山脉阻挡了北方冷空气的侵袭，使得这里气候温暖湿润，土壤肥沃，有利于经济发展，经济的繁荣发展为文化繁荣昌盛打下了坚实的物质基础。

春秋时期的桐国是江淮之间的小国之一。春秋晚期，吴、越、楚争霸，先后交替控制桐国，因而桐国深受吴、越、楚文化的熏陶，相对来说受楚文化影响更大一些。所以《汉书·地理志》说：“楚越数相兼并，故民俗略同。”楚文化、吴越文化、中原文化在江淮地区互相交融、互相渗透，处于“吴头楚尾”的桐城地区恰好处在这种多元文化的过渡带上。各种文化间的取长补短，无形中也促成桐城人学习的自觉性。

两宋时期，桐城龙眠山以秀丽的风景吸引大画家李公麟终老于此，苏轼、苏辙、黄庭坚等亦慕名而来，徜徉山水之间，留下诗文与别业。南宋建都临安，偏安东南，大批北人因之南迁，带来了江淮地区商业的繁荣，桐城域内有四乡、八镇，商品流通渠道通畅。元朝末年，天下大乱，桐城地处江淮要冲，深受战祸，居民大量死亡或迁徙，至明初，这里人烟稀少，一片凄凉。对于历尽沧桑的桐城来说，明朝的建立是一件幸事，它使得桐城成为京都南京的近畿，而聪明智慧的桐城人，也适时地抓住了这一难得的发展机遇，他们高举尊儒重教的旗帜，以科举入仕为突破口，以古文相号召，以桐城、南京、北京为基地，由本土而东南而海内，逐渐形成了全国性的文化影响力。

其次，桐城派的兴起是桐城文化厚积薄发的结果，有其自身的文化发展规律。桐城文庙的科举教育对桐城派文化品格的形成有很大的影响。出于宣传孔孟儒家思想和德化民众的需要，也出于培养科举人才的需要，元延祐年间由当时知县温士谦主持建立桐城文庙，明洪武初年扩建，距今有近七百年历史。文庙既是桐城地方祭祀孔子的礼制性建筑，又是县学的学宫与儒学教育的衙署，县学即儒学，因学修庙，即庙建学，庙学合一。正因为学中有庙，所以清代外省官员上任的第二天，都要到县学行香释奠，每逢初一、十五也要依例向文庙叩拜，以示尊崇文教。诸生参加试会试，以及中试者、与贡者，其姓名题于明伦堂左右，谓之“题名”。资料统计显示，从这里考取的进士有286名，举人640名。明清两代，桐城由科举步入仕途的七品以上官员786人（大学士4人，尚书9人），曾培育了方以智、钱澄之等学林泰斗；孕育了方苞、刘大櫆、姚鼐等桐城派宗师；走出了左光斗、张英、张廷玉等名臣循吏。桐城县学生员录取名额由朝廷规定，从明洪武初的20人逐步增加到同治四年的90人。据史料记载，由于桐城生源充足且成绩好，清乾隆年间安庆府争取朝廷同意增加桐城11个录取名额。

一个如此煌煌壮观的文学流派不会是一蹴而就的，是要有很长时间的孕育。在公认的桐城派创始人方苞显耀当世之前，桐城已出现了一大批卓有才华的作家群体，以何寅、方学渐、方以智、钱澄之、戴名世为代表。对此，桐城派后期名家方宗诚有着清醒而深刻的认识，他在《桐城文录序》中说：“桐城文学之兴，自唐曹孟征。宋李伯时兄弟，以诗词翰墨，名播千载。及明三百年，科第、仕宦、名臣、循吏、忠节、儒林，彪炳史志者，不可胜书。然是时风气初开，人心醇古朴茂，士之以文名者，大都尚经济，矜气节，穷理博物，而于文则未尽雅驯，以复于古。郁之久，积之厚，斯发之畅。逮于我朝，人文遂为海内宗，理势然也。”这样说是很有远见卓识的，也是符合历史实际的。戴名世不是桐城派的创始人，但他的文学思想和成就直接影响了方苞。思想内容方面，戴名世主张立诚有物，要求文章有充实的思想内容，要真实地反映社会现实。在创作方法上，他主张道、法、辞合一。道，即文章的思想内容；法，是文章的结构方式；辞，就是指文章的语言。而在文章的艺术境界上，戴名世主张精、气、神合一。戴名世的这些创作理论，被方苞接纳，并在此基础上进行了发展，为桐城派的形成奠定了坚实的基础。

再次，尊重老师、重视文化教育成为老百姓的行动自觉。桐城的官宦乡贤不遗余力地兴办教育的事迹对后世桐城人就是潜移默化的教育。明清时期桐城私学、义学和家庭教育促进了桐城文化的世相传递。明清两代桐城民间书院、私学、义学也较为发达，其创办者都尚德义、重名节、务实事，如乾隆末年张若瀛创办了毓秀书院，道光二十年（1840）孔城当地诸生文聚奎、戴钧衡、程恩绶等倡议和捐资建立的桐乡书院等，均以下层平民子弟为教育对象。

故事之三：苏蕙华裁襟励子

20世纪初叶，桐城嬉子湖畔有一位名叫苏蕙华的，是尊师重教的典范，她的丈夫是一位才华横溢却屡试不第的名儒塾师江百川先生。苏蕙华很节俭，却常请塾师到家中作客，热情款待，尊为上宾。苏蕙华长子江兴成在塾师陈明起那儿求学，一天，陈师母欲为其幼子拼做一件彩色围兜。因为尚缺一块大红绸布料，数月未能成衣。就在陈师母与先生闲聊之时，无意中被聪明懂事的学生江兴成听见了。放学回家，兴成将此事告知母亲。苏蕙华闻知此事后，立即打开自己的箱子，取出一件自己出嫁时穿的大红绸嫁衣，手持剪刀，毫不犹豫地将崭新的衣襟裁下一块。兴成对母亲此举深感诧异，苏蕙华女士循循善诱地对兴成说："孩子啊，先生对你们的教诲可以说是呕心沥血，这么一小块红绸布料又能值几文钱呢？先生传授给你们的知识才是无价之宝哇！下午上学时记住把这块布料带给陈师母，啥也不要乱说啊！"兴成满口答应。塾师陈明起先生是个很细心的人。当天晚上，他就发现这块红绸布料是未经水的布料，且缀有密密的针线痕迹，颇为诧异。后来，陈明起先生终于知道了这块大红绸布料的来龙去脉，倍受感动。他认为，苏蕙华女士这种尊师之举难能可贵，遂作诗称赞，苏蕙华女士尊师故事传扬开来。

桐城歌中就有一首歌叫《穷不能丢书，富不能丢猪》：关关雎鸠，最好读书。在河之洲，最好养猪。少君幺女，哪知日子苦？穷不能丢书，富不能丢猪。据不完全统计，桐城歌中关于劝学明理一类的有几百首。“穷不丢书”，读书在古代被认为是第一等好事，一般只有小康的人家才能做到，但桐城人即使穷得揭不开锅，也要砸锅卖铁供子女上学，以此改变命运，同时也是带着对传统文化的执着，毅然担当其文化传承和改造社会的使命。更重要的是为了“明事理”，若是读书人不讲孝道礼仪，蝇营狗苟，则就被乡邻骂作“书读到狗肚子里去了”。所以，在过去的桐城，无论贫富，皆向往读书，书院遍布城乡，清晨一派书声琅琅，以致代代弦歌不绝。“富不丢猪”，桐城人富裕了，不显摆，更不会浪费挥霍，而是始终保持一种忧患意识，其内涵除了不忘本等朴素的人品外，最要紧处是通过艰辛诚实的劳动、实实在在地创业，去做大做强家业、实业，从而实现自身的社会担当。

“穷不丢书，富不丢猪”正是桐城人对于“崇文重教、务实创新”文化品格的通俗表达。

最后，桐城派的文化品格至今在发扬光大。新中国成立后，历任桐城领导都把文化教育摆在突出位置来抓，“人文兴市”被列为当前全市四大战略之一。桐城市委、市政府和社会各界历来尊师重教，全面贯彻落实《中华人民共和国九年义务教育法》《中华人民共和国教师法》等政策法规，全市上下形成“百年大计，教育为本；教育大计，教师为本”的共识。恢复高考以来，桐城高考本科录取率几乎一直蝉联安庆地区的冠军，在安徽省也是名列前茅。2016 年高考的安庆市理科状元就是来自桐城中学的邢前。桐城市是首批“安徽省教育强市”、首批“全省义务教育均衡发展实验区”。2015 年顺利通过全国“义务教育均衡发展县（市）”验收。

崇文重教、捐资助学的优良传统也未曾间断，社会各界助学兴学的热情高涨。1993 年，桐城派创始人方苞后裔、台湾大华中学董事长方志平女士将自己的养老金 150 万元捐给当时的桐城职高，桐城职高借此机会迁址重建并更名为桐城望溪高级职业技术学校。1994 年，方志平女士携子方海龙博士回乡探望，再次捐资 50 万元，设立“志平奖学金”。

近些年来，桐城的社会捐资助学逐渐由自发式转向有计划、有组织，除带有官方性质的“希望工程”外，“情系爱心联合会”“关爱女孩工程”等民间爱心助学组织越来越发挥重要的作用，为大量贫困家庭的子女就学提供帮助，多年来桐城基本没有因贫困而辍学的孩子。

桐城派文化品格的发扬光大还鲜明地表现在改革开放和经济发展领域。桐城农村在全省较早实行“包产到户”，桐城在全省乃至全国较早大力发展乡镇企业，在 20 世纪 80 年代形成了“十万供销大军跑全国”的经济现象。近些年，把文化和经济紧密联系与融合的文化产业也发展很快，印刷包装业成为全市支柱性产业之一，玉雕和铜工艺制作在海内外都有较大影响。这些行业都是“两头在外，全靠脑袋”的经济发展模式，也是得益于桐城的文化底蕴和桐城人发挥自身聪明才智的结果。

结语：桐城派文化品格不会淹没于历史的烟尘

由于“五四”新文化运动提倡白话文，给予桐城派致命的打击而逐渐退出历史舞台。当时文化学术界对桐城派几乎是全盘否定，尤以钱玄同提出的“桐城谬种，选学妖孽”为代表，是完全无视桐城派在中国文化历史上真正的地位和影响的歪曲评价，使得桐城派在其后相当长的一段时期内不为人们所正确对待认识和分析研究。

在现代，桐城涌现出的文史大家有很多，如中国科学院哲学社会科学学部委员朱光潜，是我国当代最负盛名的美学大师，同时又是著名的文艺理论家、哲学家、翻译家和教育家，享有崇高的国际声誉，尤以他完美的人格、高尚的情操和严谨的学风，为世人树立了一个真正学者的光辉形象；哲学家方东美，学问熔铸东西、古今文化于一炉，在海外有“一代大哲”之称。而最引人瞩目的是目前桐城籍的中国科学院院士和中国工程院院士多达12人，其中有被誉为“中国当代钢铁泰斗”的冶金学家孙德和、“中国巨型计算机之父”慈云桂、经济地理学家陆大道、雷达专家吴曼青。县域内尖端科技人才如此高密度的现象在全国范围内都十分罕见。这是由于时代发展的需要和国家发展战略的指引，也正是桐城人秉承“务实创新”的文化品格的表现。

故事之四：干惊天动地的事　做隐姓埋名的人

2016年6月25日，在海南文昌航天发射场，长征七号运载火箭成功点火升空。这是文昌航天发射场建成之后执行的第一次发射任务，备受瞩目。海南文昌航天发射场技术负责人就是西昌卫星发射中心副总工程师、桐城人毛万标。他应邀作为央视《开讲啦》的嘉宾，以《面朝大海　仰望星空》为演讲主题的毛万标，打破了人们认为航天人严肃、不苟言笑的传统印象。在他身上，既有严谨的态度，又有浪漫的精神；在他眼里，无论是发射场还是火箭，都充满了诗意。就连测试火箭，他都可以感叹：“不求朝暮与君守，只为红颜尽华芳”。在《开讲啦》现场，对于航天人群体的特征，他做出了自己的总结：“不浪漫的人，他是上不了天的。”

从以“桐城派”著称的文学圣地——安徽桐城走出来，毛万标乡音不改，身上随处可见家乡的印记。对于家乡，他坦言“桐城”二字已经融入到了血脉之中。而中学时的校训“勉成国器”则成为他人生奉行的准则。这一点也给全国观众留下了深刻的印象。作为海南文昌航天发射场的建设者，毛万标跟大家分享了这个中国第一座滨海航天发射场的幕后故事。文昌航天发射场的建成，填补了中国低纬度发射区域的空白，标志着中国航天事业的发展又上了一个新台阶，为今后的深空探测任务打下了基础。从西昌到文昌，毛万标和他的同事们从“沿海发射场建设零经验”开始逐步积累，克服了“高盐雾”的环境带来的挑战，最终为中国南海之滨建起了一座现代化的航天发射场。“一边是椰林，一边是大海，你可以看到一道闪电从空中划过，飞向太空。”毛万标如是描述在文昌看火箭发射的美妙场景。

无独有偶，同样是深受桐城派文化濡染的枞阳人朱枞鹏（新中国成立后枞阳从桐城析出置县），也是航天事业的英雄，他是中国航天科技集团公司第五研究院天宫二号总设计师，也是今年九月份我国发射的天宫二号的总设计师。而罕有人知的是航天梦一直促使朱枞鹏发奋读书、潜心钻研，从中专毕业后工作，到再上大学、考研，最终圆了航天梦，成为航天科技的翘楚。9 月 15 日，新华社发表了对他的专访——《叩开中国空间站时代的大门》。从毛万标和朱枞鹏的言行事迹上，不难看出他们都有刻苦好学、勤奋务实、勇于创新的优良品质。

习近平总书记在庆祝中国共产党成立 95 周年大会上发表重要讲话指出，坚持不忘初心、继续前进，就要坚持中国特色社会主义道路自信、理论自信、制度自信、文化自信，坚持党的基本路线不动摇，不断把中国特色社会主义伟大事业推向前进。首次把文化自信与十八提出的“三个自信”并列。文化自信，意味着将我们民族的生活价值系统及其表达形式提升到中国特色社会主义理论体系的核心层面，使中国特色社会主义真正植根于中华民族文化的沃土。同样，作为地方优秀传统文化，当地人也要有文化自信，进而自觉传承和弘扬地方优秀传统文化。“崇文重教、务实创新”是高度的文化自信基础上的文化自觉。二者良性循环，相得益彰。几百年来，桐城人一直奉行“崇文重教、务实创新”的文化品格，始终站在时代发展的前列，领风气之先，涌现出一大批分布在各领域的知名人士，把“崇文重教、务实创新”的文化品格不断发扬光大，并将继续推动桐城文化不断发展兴盛。

作者：桐城市文广新局　方云龙

主要参考书目：

《桐城耆旧传》，马其昶著。

《桐城历史文化丛书》之《桐城科举》、《桐城官宦》，方宁胜等著。

《苍苍龙眠》，唐红炬著。

《桐城派研究》第十一至十四辑，桐城派研究会。

“黄、舒之间”浅议

李国春

乡先生刘海峰八十岁寿辰时，惜抱先生作《刘海峰先生八十寿序》，文中征引歙人程晋芳主事、山东历城人周永年编修一语：“为文章者，有所法而后能，有所变而后大。维盛清治，迈逾前古千百，独士能为古文者未广。昔有方侍郎，今有刘先生，天下文章，其出于桐城乎?”而文中又引望溪先生语：“如方某，何足算耶！邑子刘生，乃国士尔！”自此，海峰先生始为天下知，文章亦为世人所贵。

当时人读惜抱先生此文，知桐城一县，方侍郎之后，又有高卧枞江之上，怀“卫武懿诗之志”的刘海峰处士，加上惜抱先生写此序之时，正在扬州主讲梅花书院，早已名重一时。此文既出，海内文人翕然向往桐城一邑。

然则文中考究桐城文章何以在当时风靡天下时，惜抱先生说了下面一段话：

> 夫黄、舒之间，天下奇山水也。郁千余年，一方无数十人名于史传者。独浮屠之儁雄，自梁陈以来，不出二三百里，肩背交而声相应和也，其徒遍天下，奉之为宗。岂山川奇杰之气，有蕴而属之邪？夫释氏衰歇，则儒士兴，今殆其时矣。

当康乾之际，桐城文士不名已数千年矣。迨至方望溪、海峰二先生出，人才雄起，始为天下读书人所称道。

惜抱先生此番议论，将人文兴起与山川之淑气相连属，此亦古代人文成因之一说。正所谓钟灵毓秀，人杰地灵。乡先辈戴田有每每论及此，也喟叹凡“山区水聚，风气完密，才隽之彦独盛于他邦”。桐城先贤这种一以贯之的文化地理观，实为中华传统文化中天人感应的承续。

陋文无意论及桐城文章以及桐城一区人才成因，仅就惜抱先生《刘海峰先生八十寿序》一文中“黄、舒之间”所指何地，略从考辨。

今人王凯符、漆绪邦二位先生有选注本《桐城派文选》，其注“黄、舒之间”为“桐城在黄山、舒城之间。”愚意以为此臆断也，“黄、舒之间”应为黄州、舒州之间。何有此谓?

从地理位置上看

秦并六国，分天下三十六郡。查阅相关史料，秦王政二十四年（公元前223年），秦灭楚，建九江郡，辖境约相当于今天安徽、河南之淮河以南以及湖北黄冈以东和江西全省。姚惜抱先生《汉庐江、九江二郡沿革考》云：“昔《禹贡》九江之水，居秦九江郡南。今安徽淮南地及湖广之黄州府，皆秦九江郡也。”又云：“项羽分王诸将，分九江为二国：其北封九江王黥布都六（安），其南封衡山王吴芮都邾（大约今武汉新洲区）。”吴芮为衡山工，领地有安庆、庐州、黄州。惜抱先生作郡考，在清代最有卓识，著名历史地理学家谭其骧先生称三百年来学者言秦郡者无虑数十家，而“姚氏鼐最为通达，所言皆中肯綮，（惜未能博采以证实之）。”由此可知，黄州、舒州地域毗连，同为九江郡辖下。

黄州、舒州先后建置于隋、唐。隋文帝开皇5年，（585年）设黄州总管府，明洪武元年（1368年），改黄州路为黄州府。明嘉靖时辖黄冈、麻城、黄陂、黄安、罗田、广济、黄梅和蕲州。唐武德四年（621 年）置舒州，领今安庆全境。黄、舒二州据大别山东、南，两州接壤。正如惜抱先生《寿序》一文中所说“黄、舒之间”不出二三百里。

从禅宗文化传播上看

南朝梁陈以后，黄、舒之间有一个重要的文化现象，就是禅宗文化在此生根开花。释印顺法师《中国禅宗史》写道：说到唐代却勃然而兴，这应该重视“禅法南行”的事实。达摩禅向南移动，传说因周武帝灭法，慧可到了舒州的皖公山，四祖道信的禅法，就是从这里学来的。道信到长江以南的江西住了近二十年，渡江在黄梅的破头山住下来，接受天下学众。在这里，道信与五祖弘忍，以五十多年的弘法努力，达摩禅终于一跃成为中国禅法的主流，黄、舒之间成为当时达摩禅的中心。而六祖慧能在黄梅听弘忍说法，及至后来弘忍付法与惠能，德音远播，黄梅祖庭，真是光昭百代。

四祖、五祖、六祖于黄州弘道学法，而在此之前的二祖、三祖则主要在舒地弘道。二祖慧可自北方来司空山避难。隋开皇时，三祖僧粲受慧可传法，隐化于舒之皖公山岫，结塔供养。唐以后，舒州山水之间伽蓝等列，晚唐桐城有投子山大德大同禅师，桐西有王屋山道场兴起，经宋元至明代不废。

故惜抱先生说，黄、舒之间：“自梁陈以来，不出二三百里，肩背交而声相应和也。其徒遍天下，奉之为宗。”

从两地名称上看

《桐城派文选》“黄、舒之间”一语，王、漆注为黄山、舒城县，此条注释在地名上就不对应。古人作文不会以山名对县名，黄山、舒城，两地相距远在千里之外。况且，以“舒”

指舒城县，更是不着边际。

结　语

显而易见，“黄”指黄州一带地方，“舒”指舒州一带地方，两地正好相隔二三百里，且如惜抱先所说，此地自南朝至清初以前为中国禅宗活动之中心，清以后，佛教衰歇，儒士兴起，龙眠文人如戴、方、刘、姚诸子名誉中国，此为这时期一个重要的文化现象。惜抱先生此文，可以为我们研究桐城文派兴起提供极好的文献资料，陋文不作赘述。

作者：桐城市文化广电新闻出版局主任科员

洪涛奋日驭，天势出其中

——孙元衡《赤嵌集》咏海诗歌品读

于志斌

清代桐城人孙元衡，字湘南，在康熙年间担任台湾地方官。孙元衡出生于桐城，这里是雄霸明清文坛的桐城派滥觞之地。孙元衡深受乡邦文化熏陶，卓有才气，长年宦游在外，晚年回归桐城故里。

孙元衡一生写了哪些作品，已不可考。孙元衡诗集《赤嵌集》四卷流传了下来。所谓“赤嵌”，在台湾有赤嵌城，曾被用作台湾的代称。《赤嵌集》是孙元衡在台湾期间写作的诗歌作品集。或者说，《赤嵌集》是反映台湾社会环境、自然环境的诗歌作品集。《赤嵌集》被收入《四库全书》而流传了下来，说明它既是作者的重视之作，也是清朝廷许可刊布的作品。

《赤嵌集》流传了下来，从中可知：在历代歌咏海洋的诗人队伍中，孙元衡卓然是大家风范。孙元衡的咏海诗歌怎么样？试分析如下。

一、赴台之前：向往·惊吓·升华

孙氏还没有渡海，就已写了咏海的诗句了。《赤嵌集》第一首诗歌题目就清晰明白，叫做《除台湾郡丞，客以海图见遗，漫赋一篇寄诸同学》。孙元衡出任台湾郡丞的命令下达了，他得到一张地图。他看着图上要去的地方，可见很多的岛屿。他知道在航海时是要靠“回身指南斗，东西日月浴”辨识方向的。海上尽管会“飓风怒有声，骇浪堆篷幅”，但是我孙元衡却是“涤汔终古心，濆瀁万里目”。在《书怀》二首中，“彼岸浮鹏外，灵槎着日傍”“望云为故国，见日是长安”的句子，与前人咏海诗作的一些境界差不多。不过，这是孙元衡苦吟所得。孙元衡知道自己这样写诗，是“未到滋遐想，胸翻大海澜”（《书怀》）。我们可知：孙元衡在没有取道海路前往台湾时，心里已经翻滚起大波澜了。

既然强烈渴望在大海上航行，那么会不会有所行动呢？果然，孙元衡要在海行之前练一练了。他是练航海的胆子吗？却也不是。

泉州洛阳桥是一座跨江接海桥梁。那一天，孙元衡到此一游，写下《洛阳桥》诗，在诗序与诗句中他都批评了当地沿袭旧说的可笑；此外还有：“四十七门分雪浪，三千余尺驾虹梁。垒渊不道蒙神力，观海何曾似洛阳！鱼鸟逍遥倭鬼遁，轮蹄安稳孽龙僵。迎潮磊磊支危石，尚与渔家养蛎房。”孙元衡这回练的是望海的一双眼睛，他看到大海了，虽还没有漂洋过海的行动，心却已是在航海了。

与其说孙元衡此时练习望海的眼睛，倒不如说海洋的确是要望一望、想一想、写一写的。海洋的气度、格局、形貌、变幻等，与望海者心灵相碰撞，就流淌出了诗歌来。在《渡浯通支海》中，在写了“帆挂逆风舟宛转，浪翻危屿岸流连”句后，又有“我与轻鸥同泛泛，未知何处是桑田”句，这就表达了轻快的心情。

再如：“潮汐东西游子路，嶕沙开阖水军威”（《望洋》），“岛屿浮空天地青，舟人束手坐邮亭。风威豫识逡巡月，潮信真随长短星”（《守风厦门排闷》），写海潮东来西去是游子要行的路，波涛起落间岛礁浮现，海军操演十分威猛；岛屿若漂浮在海天一色中，船夫因为行不了船闲坐在驿站里，风力大帮助预先识别月晕，潮水随着能占潮候的星星涨落。从这些诗句，我能测知孙元衡在等候航海去台湾的日子里，不仅望海写景抒情，还学习了航海知识。诸如辨识“逡巡月”“长短星”，都与选择何时启航有关，这难道是那个闲在驿馆的船老大教他的吗?

孙元衡登舟了，有《登舟》诗为证。可是，登舟不等于海行啊?我在这首诗中只读到“波水涔云片席张，情怀气味孰相当?美人一去投龙塞，猛士相将赴敌场”，是向朝廷表达一种豪情壮志。“涔云”，含雨的浓云。由此可知登舟这天，虽没有下雨，却有可能下雨。这次登舟，是没有成功到达目的地的。

《登舟》之后不久，孙元衡又写了一首长诗，题目很清楚，曰:《乙酉三月十七夜渡海遇飓，天晓觅彭湖不得，回西北帆，屡濒于危，作歌以纪其事》。这一次是真的航海了。航海情况怎么样?全诗如下:

羲和鞭日日已酉，金门理檝乌鹊栖。满张云帆夜济海，天吴镇静无纤翳。东方蟾蜍照颜色，高低万顷黄琉璃。飞廉倏来海若怒，颓飙鼓锐喧鲸鲵。南箕簸扬北斗乱，马衔罔象随蛟犀。暴骇铿訇两耳裂，金甲格鬪交鼓鼙。倒悬不解云动席，宛有异物来诃诋。伏艎僮仆呕欲死，胆汁沥尽挛腰脐。长夜漫漫半人鬼，舵楼一唱疑天鸡。阿班眩睫痿筋力，出海环珓频难稽(海舶内称望远者为阿班、舟师为出海)。不见彭湖见飞鸟，鸟飞已没山转迷。旁罗子午晷度错，陷身异域同酸嘶。况闻北嶕沙似铁，误尔触之为粉齑（彭湖山南有北嶕，下为铁板沙，济海之舟不见彭湖，则不敢南渡)!回帆北向岂得已，失所犹作中原泥。浪锋舂汉鹢首立，下漩涡臼高桅低。怒涛汹溅顶踵湿，悔不脱壳为凫鹥!此事但蒙神鬼力，窅然大地真浮稊。翠华南幸公卿集，从臣旧识咸金闺。桂冠神武踪已迈，愿乞骸骨还山溪。读书有儿织有妻，春深烟雨把锄犁。

这首诗用了不少典故，前六句说明傍晚时分，在金门修理船桨，海鸟停在了船上。天黑了，海船扬帆起航，海面平静，天上没有阴云。月亮飘升在东方，月光金黄，给亿万顷起伏的海水敷上了黄色，仿若竹席。从“飞廉”句开始，写风神“倏来”摹状大风起兮，海神“怒”摹状波浪起伏；海上飓风的情状有声有景，有形有色——巨大的声音把鲸鱼惊动，天上的星宿已经颠倒斜乱、分不清在哪，海神咬住水怪追赶蛟龙犀牛，爆炸般的声音令人两耳失聪，若有金甲神兵在厮杀格斗，战鼓声声响，倒挂不松懈的云连着竹席般海面，仿佛有怪物在那边责骂诋毁。自“伏艎”句一转，写船上的人的情状：僮仆呕吐欲死，船上活物半人半鬼，舵工一声喊叫，大家都当做天鸡叫太阳出；这时候，导航的叫“阿班”——他眼花体瘫，驾船的叫“出海”——他想要占卜吉凶却做不到。我眼中不见彭湖，看见了飞鸟，看见了飞鸟时它已影杳，远山也迷蒙；哪曾想，测度方向时连晷度却错了，陷身外乡的人好悲叹啊！而且还听说，北嶕那儿礁沙似铁，碰触到它必然化身粉齑。掉转船帆返回，实属不得已；没办法到达应到之处，只好再回到内地。浪锋击向天空，船头高立；俯瞰海面，满是漩涡，高高的桅杆显得很低；怒涛汹涌飞溅全身透湿，还不如生为凫鹥！发生海上飓风这样的事情，真是由了神鬼之力驱动，深远的大地真像是漂浮的稊米。今皇南巡，众多公卿群集，跟随的朝臣中有我认识的人。今皇高洁神武已经超越了前代圣贤君主，我愿皇上准许我归还故乡；伴着儿女读书声、妻子织机声度日，在春天锄犁于农田。

史称孙元衡是康熙年间被派到台湾任官的。由此诗题中“乙酉”“三月十七日”，进一步确定了孙氏是在公元1705年4月10日这一天渡海前往台湾，但是因遇到台风而没有到达台湾便返回了。诗中“翠华南幸公卿集”等句，是指清康熙帝第五次南巡阅河的大事件，与孙元衡赴任台湾的时间是相互印证的。

1705 年农历二月，康熙谕吏部、户部、工部：“我谨念民生，加意河道，屡行亲阅，一切疏浚修筑事宜，业经周详指划。前黄河之水往往倒灌清口，但由于仲庄闸与清口相对，骆马湖水势湍急，遂逼黄灌入清口。我视河时亲命河臣移仲庄闸，改建于杨家庄出口。工竣之后，河臣报称黄水畅流入海，绝无倒灌清口之患。我尚未经亲阅，今欲亲临其地，察验形势，用筹善后之规。其中河、运河、黄河有应加修防的，亦随时指示。乘兹仲春解冻，减从轻装，循河南下，往返皆用舟楫，不御室庐；经过地方，不得更旨缮治行宫，妄事科敛。其日用所需，俱自内廷供应，从无纤毫取办于民。前此屡次南巡，闾阎皆所深悉，倘有不肖官吏藉名预备，擅动官帑，并图日后加派补偿，以为巧取侵渔之地，事觉，严行治罪，决不宽宥。”康熙在农历二月里乘舟南巡，三月驻跸苏州，命选江南、浙江举、贡、生、监善书者入京修书。江宁织造曹寅校刊《全唐诗》成。赐大学士马齐等《皇舆表》。

以上这段历史在孙元衡诗中化为“翠华南幸公卿集，从臣旧识咸金闺”两句。孙氏还赞扬康熙高洁神武，功绩超越了前代帝王。《乙酉三月十七夜渡海遇飓，天晓觅彭湖不得，回西北帆，屡濒于危，作歌以纪其事》获得了王士禛好评，说是诗“洞心駴目，字字挟海外风涛之气；恨坡公不及见之!”

王士祯是《赤嵌集》的评点者，他对于孙元衡《赤嵌集》及其咏海诗多有好评。在《乙酉三月十七夜渡海遇飓，天晓觅彭湖不得，回西北帆，屡濒于危，作歌以纪其事》之后，王士祯评《危舟得泊，晚饭书怀对》“皆从杜出”，评《即事》“第六句亦不减右丞”，评《黑水沟》“险绝，又妙于典”，评《舟人言泛海不见飞鸟则渐至大洋，盖水禽陆栖也》

“旷甚”，评《抵台湾》“兴会笔墨都不减坡，欲不为海外之游，胡可得也”，仅从这几处评点之语看，已经把孙元衡之作与苏轼、杜甫的诗歌创作相提并论，评价很高。

《四库提要》介绍孙元衡之《赤嵌集》：“清朝孙元衡撰。元衡字湘南，桐城人，康熙中官至东昌府知府。是集，皆其为台湾同知时所作，以地有‘赤嵌城’，故以为名。多纪海外风土物产，颇逞才气；而未能尽轨于诗律，王士祯为之点定，谓其追踪建安，蹑迹长公。似乎太过也。”《乙酉三月十七夜渡海遇飓，天晓觅彭湖不得，回西北帆，屡濒于危，作歌以纪其事》写作于1705年4月，《赤嵌集》完成于孙元衡任官台湾的三年期间。王士祯卒于1711年。对《赤嵌集》点定，一定是王士祯去世前的一次重要的文学评论活动。因此，我们既可以推想孙、王两人的交情匪浅，也可以确知王士祯对孙元衡诗歌的评价甚高。由于评价甚高，《四库提要》编撰者都认为“似乎太过也”。

且撇过王士祯不表，回到孙元衡咏海诗歌上来。在到达台湾之前，受到台风惊吓的孙元衡，回味航海，还心有余悸：“大海狂澜惊转舵，金山到似解重围。此生不道有来日，欲往何如成独归！龘粝儒餐初定痛，萧疏旅鬓忽知非。百年好是双行脚，梦绕湖山旧翠微”（《危舟得泊，晚饭书怀》）。诗里流露出对于陆地生活的依恋，喜欢用的还是自己的一双好脚，心向往之的是田园山水。而海波平稳、风月柔情之时，又扰动孙元衡的诗心，他写出了“乱若春灯远度萤，坐看光怪满沧溟。天风吹却半边月，波水杳然无数星。是色是空迷住着，非仙非鬼照青荧。夜珠十斛谁抛得，欲掬微闻龙气腥”（《海波夜动，焰如流火，天黑弥烂，亦奇观也》）。好一派春灯风月漾星海的景色，好一个空灵梦幻起龙珠的仙境！此外，“沧溟笔墨鱼龙气，汗漫行藏鸿鹄心。日没云流天地断，山穷水弱岁时深”（《写怀》），“海邦耳目多新获，岛市谈言各不聆。暮雨过时丛屿黑，春潮到处晓天青”（《即事》），是在咏海之中抒怀写意，表达心情。

想来此时孙元衡已听得不少台海故事了。有关黑水沟是从厦门到台湾的险隘之处的传言，打动了他。那一天，《黑水沟》一诗油然而出。孙元衡特地写了诗序，云：“大海洪波，实分顺逆；凡适他国，悉循势以行。惟台与厦藏岸七百里，号曰横洋；中有‘黑水沟’，色如墨，曰黑洋，广百余里，惊涛鼎沸，势若连山，险冠诸海。或言顺流而东，则为弱水；虽无可考证，然自来浮去之舟，无一还者，盖亦有足信焉。”这首诗也写得好，王士祯说它写出了黑水沟的险恶绝望之环境，诗中用典灵活而美妙。我照录全诗如下：

气势不容陈茂骂，犇腾难着谢安吟。十洲遍历横洋险，百谷同归弱水沈。黔浪隐樯天在臼，神光涌棹日当心。方知浑沌无终极，不省人间变古今。

孙元衡创作《黑水沟》时是在陆地上。他与航海者刚刚聊完天，手里可能还捧着一杯香茶。当然，孙元衡所在的陆地其实就是海边，他与从人在等待着再次过海那边、赴任台湾官职的时机。时机没到，诗题甚至话题还是离不开“海”。《舟人言泛海不见飞鸟则渐至大洋，盖水禽陆栖也》曰：“天无鸿雁水无鸥，烟雨茫茫我即浮。已识功名如嚼蜡，逍遥偶逐大鹏游”。诗从海上看不见飞鸟，讲自己人生是在烟雨茫茫中漂浮，此时已知功名味同爵蜡，学习逍遥游精神做一次鲲鹏扶摇九万里的追随者。孙元衡这样咏海，把人生感悟与情操自守融入其间，未来航海还有什么可怕的?!

孙元衡终于起航了。在《赤嵌集》中有两首诗连续出现，题目是《抵彭湖澳》《抵台湾》。但是，我们不知孙元衡是哪一天到了彭湖澳，哪一天到了台湾。从《抵彭湖澳》看，航海于晴朗的晚上，一阵“夜鼓天风”就过了黑水沟，诗人在船上似在品尝着“翠蝌”“胎鱼”之类的海鲜，天上能见到月亮，因而“贯月浮查正渺茫”。再看《抵台湾》：

八幅征帆落远空，苍龙衔烛晚波红。洲前竹树疑归后，天外云山似梦中。鹿耳荡缨分左路，鲲身沙线利南风。书名纸尾知无补，着得诗筒与钓筒。

浪言矢志在澄清，博得天涯汗漫行。山势北盘乌鬼渡，潮声南吼赤嵌城。眼明象外三千界，肠转人间十二更。我与苏髯同不恨，兹游奇绝冠平生。

孙元衡在诗中有夹注，注释“鹿耳荡缨”“鲲身沙线”“十二更”等。“鹿耳”“鲲身”都是台湾的地名。在鹿耳，由于水路弯弯曲曲，用缨绳系在竹竿上，用以探试水路哪里深哪里浅，这就叫作“荡缨”。鲲身是七个岛屿相连的岛礁地带“七鲲身”的省称，这里的尾部有个叫“沙线”的所在，航行到此处时如恰遇南风，便可在沙线停泊。从厦门渡海到台湾，需要十二更的时间。诗中有多个典故。如：“苍龙衔烛”典出于《楚辞·天问》“日安不到，烛龙何照。”汉·王逸注：“言天之西北有幽冥无日之国，有龙衔烛而照之也。”其“衔烛”即口含火炬。又，“汗漫”典出于《淮南子·道应训》：“吾与汗漫期于九垓之外。”后来汗漫被附会为仙人的名字。“汗漫”的常用义是“渺茫不可知”。诗最后用了苏轼咏海名作的意境，并照引一句。苏轼《六月二十日夜渡海》结束句是“九死南荒吾不恨，兹游奇绝冠平生”；孙元衡用了一个巧劲，以“我与苏髯同不恨，兹游奇绝冠平生”结束全诗。

王士祯评价《抵台湾》诗：“兴会笔墨都不减坡，欲不为海外之游，胡可得也。”我以为孙元衡这首航海诗不仅是对海上情景的传神着墨，还借助此诗表达了一种化外之心境，他升华了，物我相忘了，最后把自己在宦海漂泊、渡海遇险的坎坷、遭遇一笔带过，歌咏出了豪迈情怀。

二、在台时日：自嘲·观察·寄寓

孙元衡到达台湾后，在三年的工作中还有一些海行的经历，因为只在台湾群岛之间穿梭，航程不远。这些都有诗为证。如《朔四日泛海赴安平镇》：

异国春回问鹿亹，风微浪静受朝暾。云屏列翠飞孤凤，烟镜浮花漾七鲲。古堠初依新树色，灵槎远赴碧天痕。未知铁骑戈船在，落落罛寮水面村。

他这次短距离航海，是出于公干；时令是春回大地的某天，海面上风微浪静，七鲲沙被浮花一样的水波荡漾着……一切很美好。这是孙元衡在海上观察安平镇的感受。他还写了《安平镇》，曰："浮空巨镇海云齐，七点鲲身踞水犀。潮趁去来分顺逆，风乘朝暮便东西。空城一任生禾黍，老将应知厌鼓鼙。战舸如山乌在幕，千樯影静夕阳低。"把安平镇在海洋中的情景摹状传神，有力地表现了此镇的军事意义，同时祈祝厌鼓鼙、千樯影静的和平时光。又一次短距离航海——不得不做的返航回府，孙元衡写《自安平镇风中返棹，波涛甚恶，归卧竟日而心犹悸，作诗自嘲》："七里风涛万迭愁，归来不道小瀛洲（安平在水中，距郡七里，余常以小瀛洲称之）。流云过影身摇动，空语无声耳唧啾。飘泊樽罍三峡夜，黄昏枕簟九疑秋。自量终是尘凡客，海月应难挂席求。"孙元衡说自己只航海了七里便有"万迭愁"，就是一尘凡客，哪里能像前人那样"挂席拾海月"呢。"挂席"与"扬帆"义同，孙元衡借用了谢灵运《游赤石进帆海》诗中"扬帆采石华，挂席拾海月"之意境，只不过用此自嘲而已。

他即使没有航海，在诗歌中都会自然流淌出咏海的诗句。《赤嵌城》"石楼盘百级，涌出似孤城。下岸临沧海，依然禾黍生”；《七沙鲲》“海天悬北斗，下照七鲲斜。阴火燃深夜，鱼龙自有家”。两首诗只是题点台湾的地方，却都写出了海洋的韵味，写出了人类与海洋的依存关系。《冬日眺远》：“叶叶征帆似羽翰，排空飞上白云端。驰风骋雨无常态，海水那知天地寒！”孙元衡眺望大海，把海面上的点点帆船想象成飞上苍穹的羽翰，陆地已经天寒地冻而海上并没有这样的常态。诸如“落日镕天海，归舟刺岛亹”（《晚眺》），“行春大海岸，心遥步已穷。洪涛奋日驭，天势出其中”（《初春杂咏》），“危城映白沙，天与海为涯。日射千樯影，黄龙出浪花”（《安平镇城》）等诗句，在作诗过程中如出天然。这样的例子真是不胜枚举。

孙元衡歌咏渔民、渔村、海鲜贸易市场以及海族，丰富了咏海诗歌的内容。《渔家》写渔民“业就水为田”“艘侣分潮路”，赞美渔民“岁晏输公毕，风波自有仙”；《渔家口号》则道“家在蚝山蜃气开，鲸潮初定鲎帆来。虎鲨鬼蟹纷无数，就里难求蛤蚌胎”，把渔民干活的场景与艰险再现出来，有画面感；《海市清言》的“巧人西域营工到，估舶东吴载酒来”，概言国外的商人带着做工精巧的产品、国内苏浙一带的商人带着美酒到这里的贸易市场来。孙元衡以当地人对一些海洋生物的称谓作为诗题，写作了《新妇啼》《飞藉鱼》《鹦哥鱼》《翠蟹》《海龙》等诗，诗中的海洋生物在海洋的表现、关联的传说、被烹饪后的佐餐、捕获时的情景，不一而足，此处不一一征引了。

在台湾三年，孙元衡可能不止一次见识了海啸，但是他只有一首写海啸的诗歌。这首诗即《海吼》，诗曰：

我闻百物愤恚鸣穹苍，而何有于百谷之王？幽隘搏击成声光，而何有于祝融之汪洋？云胡吼怒弥昼夜，震撼鲛室喧龙堂？延听千声无远近，气沴风屯海为运。穷天拗忿悲莫伸，死地埋忧思欲奋。初时起类渔阳挝，七鲲喷沫开谽谺（自安平七鲲身起，故俗云鲲身响)。繁响渐臻有嘘噏，万蹄按辔行虚沙。倏如战胜轰千轴，刮干戾坤为起伏。漓以山摧熊虎号，砰磕成雷魔母哭。山摧石烂如寒灰，雷震翻空偶驰逐。尔乃十日五日吼不休，使我耳聋心矗矗。或言訇哮为积风，挂席长梢凝碧空。或言狂潮本澜汗，进则剽沙礐石争来攻，退则余波呀呷殿成功；为魁为窟奔海童，朝夕池边历岁月，去来喧寂将毋同？老农又言征在雨，黑螭隐见青鼍舞。叫啸年来彻霄汉，炎威千里成焦土。泱泱海若大难名，我欲问之阻长鲸。水德懦弱惧民玩，庶几赫怒张奇兵。大贤崇实戒虚声，股肱之喜良非轻。

海吼，与“海啸”同。在《赤嵌集》虽仅此一首吟咏海啸的诗歌，但是在读过这首诗后，却令人感受其独特的艺术魅力而爱不释手。全诗用典较多，如“鲛室”“龙堂”“渔阳”“挂席”“澜汗”“海童”“海若”“余波呀呷”“水德懦弱”“大贤”等，但都不是僻典。我试译如下：

我知道万物怨恨时鸣于苍天，怎么会向大海做声？在幽隘之处迎击风浪发出的声光，怎么会存在于海神治下广阔无边的海洋？为什么怒吼了全天，以致震动摇撼鲛室，喧腾龙堂？慢慢地听去，千百种声音听不清谁远谁近，气阻了风积了大海为它们运动。就算一生不顺、满腔忿恨，都莫要申吐，在绝境排除忧愁应当图谋奋进。声音初起时犹如渔阳之鼓被敲击，七鲲那里喷涌泡沫闪烁光芒。繁密的响声渐渐形成有节奏般的吐纳之势，犹如万马在缰绳扣紧下于虚幻之沙上一会儿缓行一会儿停步。风疾起就像战斗中千万战车轰鸣，吹翻天空扭转大地成起伏之状。连续不断的地动海翻令熊虎哀号，水流激荡，声势如炸雷，让魔母都哭泣了。山摧石烂就像断绝了心思，雷鸣翻倒又如有所追随。吼啸了五日、吼啸了十日还吼个不停，使我耳聋使我心也悬得老高。有人讲风大的样子还是为了蓄积风，如同扬起的风帆在船尾凝望着蓝蓝的天穹。有人讲汹涌的潮水原本就声势浩大，进则以裹挟砂砾及海水击石之声势争相攻伐，退则以余势未尽的波浪及其吞吐开合之形守护着成效；变作小丘、变作洞窟像个奔跑的海神童，在大海无边无际那里守着岁月，来来往往的喧腾与静默莫非相同？老农又说征兆在雨水，黑色螭龙隐约显身、青黑色的鼍龙也舞当空。这一年中长长的高叫声音响彻霄汉，酷热的威力致千里成为焦土。无边际深难测的海洋之神灵太难说得清了，我还想问问却被长鲸所阻止。黑龙出有水德之瑞兆，可水显懦弱之势，老百姓易轻视之，这又让百姓葬身于水——这是我担心的；或许以盛怒之声势来夸张我们拥有奇兵。才德超群的人崇尚朴实力戒浮夸，这是辅佐天子捍卫疆域的好事，真的是很好的事情。

《海吼》诗中不仅有直观，还有内省，都寄寓了作者深沉的人生体验与执政情怀；语言典雅精妙，意境深远，气势沉雄，允为传世佳作。孙元衡这样写海啸，构筑了广阔而奇妙的审美空间，是以绝少而胜多多的创作实践之典范。

再有，《秋日杂诗二十首》值得重视。孙元衡将自己在台湾执政三年中观察与思考台湾的海洋地理环境、军事意义，岛上原住民习俗、生态环境、原住民与汉人关系、经济生产等情况，写在组诗中。组诗开篇一首就言海："西偏惟落日，东向一烟峦。不爽针盘路，无形铁板关。鱼舠纷似叶，战舸静如山。滨稳成安宅，毋忧海国顽。"他在铁板关夹注道："渡海以指南为信，曰'针路'。又台郡无形胜，可据水底铁沙为要害云。"组诗中还出现"战舸""战鼓""边烽""版籍"，都反映了作者始终不忘前来台湾的政治使命。

此外，几首因"海客"而作的诗歌值得玩味。何谓海客？《汉语大词典》解释"海客"有三义，即：航海者，海商，浪迹四海者（谓走江湖的人）。孙元衡《赠海客》《听海客言，寄嘲北庄友人》《因海客言勖文士》等诗，我结合各诗内容看，认为他的确与一个航海者有交集。这个人是上了年纪的

"头白"之人，是"安居"之人，经常随着风向乘坐"顺逆船"在岛屿、陆地往还。孙元衡以为像他这样的安居已经算是过着神仙般生活了，足可以游乐人间了。这人说了海上求仙的故事，求仙很艰险，既要依靠舟楫渡海，也要凭借攀爬登山。爬两座山：银山，玉山。可这两座有金银、美玉的山，却是"千条歧路""状若峰峦"而已。在《海客与文士谈仙》中，有前人写过的海上神仙故事，对仙人生活的描述活灵活现，王士祯评之曰："如闻徐福辈语"。我相信，孙元衡生活中与一位"海客"交集，孙元衡心中还驻扎着一位"海客"。不过，孙元衡心中的海客是他自己。这组以"海客"为名的诗作，反映出于此时在此地的孙元衡之思想动态。分散在这些诗中的"安居已是仙""此中堪翫世""典籍为罟儒锻羽，衣冠是鼎儒沸汤""有生最乐独良友，与世不死惟高文"诗句，都是孙元衡的借题发挥，表达了一种安于现状、职守岛上、心驰八荒、读写终生的志尚与情趣。

三、离台前夕：送别·伤情·走人

与"海客"诗歌同一写作期间，孙元衡还写了一些送别诗歌。这些诗歌以海洋为背景，别离之情仿佛至今还漂浮在台湾海峡的海面上。在《海外饯客登舟，其情怀黯然，乃在离别之外，因为是诗》中，有诗句是"展转别离无后约"，可知他已经有了与来访者从此一别、再无相见之日的心理准备了。这也说明孙元衡安于现状、职守岛上等思想，不是空虚来风的；而是他很可能隐约感到自己回不了中原，要在岛上工作至退休了。

不久，孙元衡又在送别七弟等人时，写诗相赠："仙舟李郭去从容，别酒兰英气味浓。六月天云开岛屿，南风海水似吴松。珠连夜照蟾光合，鹏徙秋程鴈字逢。直到姑苏枫叶岸，寒山晓寺待鸣钟。”（《七弟、沅真、光三、会贞同舟泛海，拟在姑苏登岸，驰赴秋闱，赠别》）七弟等在一个好天气里登船航海，目的地是苏州，参加在那里的秋季科举考试。孙元衡在诗中为几个亲人描绘了海上风平浪静、景色宜人的画面，珍珠、月、鲲鹏、一字雁阵、枫叶、寒山寺、鸣钟扑面而来，美不胜收，而实际上是以此祈祝亲人们一帆风顺。

孙元衡的心情果然平静如水吗？那天他写《风潮靡定，远眺大洋无片帆往来，累十余日矣，书怀一首》：“大海劳孤望，长天日日阴。水云相断续，中外一浮沈。远鸟搴为练，虚沙响作砧。亲朋归已尽，南北有遐心。”从题目就知道，诗人十几天看海面上的往来船只，没有看到他想看到的。那么，孙元衡真正想看的是什么？若说他想看到的是乘船而来的亲朋，似乎不像。“亲朋归已尽”——不会再来亲朋了。那么他想看什么呢？他想看到船来，哪怕是片帆而来。因为有片帆过来，就可能带来一些信息；有信息到，这信息就有可能是与自己有关的通知。可十几天中都没有等到片帆来，回到中原怕是无望了吧？“遐心”，避世隐居的心情。

孙元衡之“遐心”，实在是一种无奈的心情。不过，清廷没有忘记这位职守台湾三年的地方官员。某一天，清廷的“调令”终于来了。

离台前夕的情形在“调令”来了之后，于《赤嵌集》一些诗作中可以知晓与判断。在等待航海回到大陆的日子里，孙元衡也没有创作咏海诗歌了。《赤嵌集》中最后一首咏海诗是《澎湖》，全诗如下：

七十二屿称澎湖，沧溟万里开荒涂。屿屿盘纡互钩带，洪波割据成方隅。东西二吉门户壮，将军之澳为中区。雄师镇压马宫汛，天然犄角中邦无。其余赋形非一状，纷陈簠簋兼盘盂，蛟蛇拳曲龙隐见，狮象蹲踞僧跏趺。诸流回漩舟难入，逆帆欲泊兴嗟吁。百折终成触嶕势，狂澜反走如亡逋。有时无风水澄镜，咫尺胶固谁能逾。巨舸理不任篙楫，束手待敌甘为俘。汪洋指南争此土，既到往往遭艰虞。昔日王师事征讨，神兵彷佛前驰驱。风摧火灭甘泉沸，降幡夜出台山陬（大帅施公亲见马祖助战，表上其事，敕封天后）。制府谋成输百万，冠军一战真良图。事关正统岂微细，封赏有间传闻殊。榜人维舟汲清水，蹑踪到顶招吾徒。黑铁崩崖潮欲缩，黄沙石碛盐为污。氄岛峰峦咸破碎，皃亹草木原焦枯。大海东流无底极，振衣一啸心踟蹰。

全诗白话为：七十二个岛屿合称澎湖，在万里碧波中形成了荒凉的沙滩。各个岛屿在回环盘旋间像被带钩连接在一起，在洪波割据下形成部分区域。澎湖两边是吉利的形胜而使得要塞固若金汤，施琅将军所在的海湾是中心区域。雄师镇守着马宫的汛情，这样天然而有利的军事地理位置在中原大地是没有的。其余的形胜没有一样的，都不过像是纷陈在桌面上的簠簋盘盂，是蛟蛇拳曲猛龙藏身之地，是狮象蹲踞和尚打坐之所。众多的水流回旋往复船舟难以进入，逆水行舟休想在此停泊。无数次浪来浪去终成撞击岛礁的势能，汹涌的波澜像迈着小步伐迅速倒退的逃亡者。无风时海水澄澈如镜，各岛距离近而巩固，谁又能经过。大船以为凭借划动篙楫就可以了，结果它束手待敌甘为俘虏。皇帝的恩情深厚指引武力收回被贰臣占领之土，到达了这里往往遭遇困难忧患。昔日朝廷之师征讨郑氏，仿佛有神兵在前头驰驱。对郑氏军队的风摧火灭之战事不断传到朝廷，黑夜里郑氏军队在台湾的山角落挂出降旗（大帅施琅公亲眼看见妈祖前来助战，特向朝廷上表，朝廷敕封妈祖为“天后”）。施琅主战的谋划成功了，不啻是向朝廷的极大进贡，这可列作诸军之首的一战真是很好的图谋。这战事关乎了国家的统一，岂能言其“微细”？对有功之人的封赏是丰裕的，但是有的传闻与实际有不同处。恍见大帅的船停泊了去汲取清纯之水，我愿追随其足迹到最高处并招纳同志来。兵锋所及像潮水撞击岩崖总被反弹，死葬于多石的沙滩把盐田都搞脏了。蚝岛峰峦都破碎了，水鸟聚集的草木也焦枯了。大海东流没有终极，我整整衣服长啸一声，心却不知止于何处。

孙元衡之《澎湖》莫非诗史？抑或史诗？王士祯评价它是“纵笔所之，明白若图画”。明白什么？或者说在什么上明白呢？孙元衡在澎湖海战胜利二十五年后，航海途经澎湖，写诗纪念与赞美了施琅，思考了战争与和平的关系，肯定了澎湖海战为国家统一做出了重大贡献，摹写了战争造成的灾难局面，表达了和平与非战的愿望。

航海去，航海回。孙元衡就带着这样一种感情，一种思想，离开了台湾，从此在祖国内地生活。孙元衡视《赤嵌集》为其一生精神成果，刊印成书，遂流传至今。我品读《赤嵌集》一年，为其咏海诗歌而彰扬之。

作者：深圳海天出版社副总编辑

文化遗存

清代冀州知州吴汝纶为民减赋禀文初考

常海成

冀州市为修志，多方进行历史遗存资料的查询工作。忽闻北京中国书店有冀州知州吴汝纶禀文一件，市政府负责同志非常重视，立即派人寻找，终而所得（图见封三）。

这件禀文质地为彩色薄蔗纸，第一页粉红色，后三页米黄色；每页长 23 厘米，宽 13 厘米；页面上图案精美：上方祥云飘逸，右下方松干屈伸，挺拔的细竹为杠，将页面分为八格；剪刀似的竹叶丛生有序。疏密有度。散布其中；在第七格松干之上镶嵌“青云直上”四个红字。更引人注目的是。几页古色古香的信笺中，苍劲、端庄、清秀、流畅、具有“二王”风韵的行楷小字跃然之上。该禀文共 4 页、32 行，597 个字。它不仅彰显出清代学者吴汝纶超人的才气，同时充分体现了这位知州大人心系民众的高尚品质与果敢行为。

一、抄录禀文原文，并作点校注释

汝纶谨禀。大人钧座叩违。光霁倏已月余。到津后简料赴官，闰月初八日到冀，初十接印视事。

钧谕保甲一节，李升牧办理极为认真，遵照颁章，列有另户。此州风气淳朴，造册时皆肯分别听讼，时查出匪人，即在另户册中至自新所学习技艺。因压犯多系积贼，未易驯化，前州未经办理，汝纶拟随时斟酌，总期仰副化莠为良之至意。

本年奉派陵差，冀州向章按村庄上下派办，轮值支应之年赔累甚钜，派令协济之年稍可长余。汝纶以村庄大小殊不公平，前在深州改为按亩派办，百姓颇以为便。今来此州亦即改章按亩。因系改章之始，续派马差不復加派里下，亦以长余之款办次马匹。按亩之法本比向来少收，加以马差仅可敷用，民间少受差徭之累，官亦洗手奉公，后任知我、罪我所不计也。惟向派马匹仅止八匹，至多不过十匹。同治十二年，孙方伯忽派二十匹，曾经吴牧檠查照历年旧章，禀请减派。当时奉到宪台手谕，内称“查明向章果正八匹十匹，嗣后再遇派办，仍即改还旧章”云云，此函尚在州案附卷。乃自同治十二年以后，历奉派马仍復加倍，惜吴檠早经去任，不復能为民请命。本年所派十六匹，汝纶既拟捐备，自应照数办齐；惟冀州本系累缺，后任愿捐与否，各视其人。万一仍派民间（州中向例奉派马差，系在车价、夫价之外另行加派办理），则瘠地穷民，实属难支。黄鲁直有诗云：“一马人间费十牛”正谓此也。不揣冒昧，拟俟此次差竣之后，查照向派八匹旧章，仍请改派復旧，通禀立案，不识是否可行？伏乞示遵。

汪毅山，与汝纶儿女婚姻，自去岁以来毅山迭催纳吉。宪署昨发到毅山一函，又催送女，汝纶今年力难办嫁，欲乞宪台通函毅山时便为一言，请缓至来岁，儿女均未二十也。再叩

均安

汝纶又禀

八月初四日

二、考释其文，先介其人

禀文抬头写“大人钧座”，这里的“大人”系指时任直隶总署兼北洋大臣李鸿章。而直书禀文的系冀州知州吴汝纶。

吴汝纶（1840—1903），安徽桐城人。字挚甫，又字至父，系晚清著名学者、文人和杰出教育家，生前有“海内大师”之盛名。吴自幼读书，同治四年（1865）考取进士第八名，为曾国藩的四大弟子之一，同时深受李鸿章器重。同治十年（1871）任直隶州深州知州。吴在深期间，办事颇多，尤对风土民情，感悟至深，此后编撰《深州风土记》22 卷。该书从内容到体例开志书之先河，震动朝野，一度成为后来修志范本。同治十二年（1873）二月、光绪元年（1875）七月，及光绪四年（1878），吴因父母先后病故按例去官居丧与请假安葬，断续居家三年余。光绪五年（1879）九月代理天津知府，一年许，就任直隶州知州。一年许，就任直隶州冀州知州。吴在冀州 8 年间，体察民情、安置乡里、访良纳贤、助学兴教、勘察地形、修渠治河等，做出卓越贡献。吴汝纶经办的冀州信都书院，为北方书院之冠，各路贤达齐居“信都”，勤育英才，树起并推进了冀州“幼而求学，长而经商”优秀独特的传统风尚。特别是他率民开挖百里长渠与修建渠上水闸，使万亩荒野变为良田，民众无不敬佩。为纪念他的功绩，百姓将此渠称为“吴公渠”，此闸称为“吴公闸”，渠闸遗迹至今尚存。吴在冀州任后期，外夷侵犯猖獗，民灾国乱，为求救国之路，他于光绪十四年（1888）辞官从教，任保定莲花池书院总讲，当时清政府曾委他为京师大学堂总教习，他看到清陈旧教规育人无望，因而婉言不受。后到日本考察明治维新教育，写出了中国第一份关于当时日本教育的观察报告，对改革旧的教育制度起到助推作用。回国后到家乡办学，因突发病症，医治无效，于光绪二十五年（1903）病故家中。

三、从禀文起止日期释吴汝纶为民减赋的紧迫心情

禀文第一段写道，光阴很快便过去了一个多月，到天津简要地料理了一下，“闰月初八到冀州”赴官上任。经查此时“闰月”，为光绪七年（1881）第二个七月。屈指算来，从天津到冀州，旱路也有400余里。当时道路坎坷，交通不便，就是乘坐马车，也需三四日方可到达。吴先生长途跋涉，一路劳累，可想而知。然而来到冀州后，与前任知州进行交接，仅用了“初九”一天时间。他顾不上歇息，随即“初十接印视事”，开始办理州务了。可见勤政之官，史就有之。

该信的止笔时间为“八月初四”，可以推断，吴汝纶从“七月初十接印”到“八月初四”发函，相隔仅为二十四天。也就是说，吴在上任24天的短短时间内就深入乡村，体察民情，了解到了民众的劳役之苦，并研读案卷，找出多派马差的症结以急迫的心情呈文禀报，申诉根由，为民请命。

该文的最后有“汝纶又禀”四个字，是指除了公务差马之事外，有关儿女结亲之私事，请李鸿章“便为一言”。

四、从申诉减少差徭释吴汝纶为民请命有理有据

吴汝纶在禀文中，用三分之二的笔墨来申诉减少差派马匹之事。这系本文的中心段落，也是本文中心思想，以下可从三个方面去理解：

首先，立即改变不合理的派差章法。吴知州明确指出，今年派下的差徭按冀州过去的章法，以村庄大小从上到下派办，有些村庄连年赔款，积累起来亏额巨大。吴知州认为：“以村庄大小”派差很不公平，前在深州任知州时改为“按亩派

办”，百姓觉得很为方便。今来冀州也要马上更改过去的章程，变为按亩分担差费，这样使民间少收差徭之累。同时因所派差费没有多余的款额，从而防止了地方官员贪欲之念，所以也就“洗手奉公”了，如后任理解我或怪罪我，我都不去计较。从这里看出吴汝纶秉公办事、一心为民的真诚心愿。其次，查找请求减派马差的可靠依据。吴知州了解到过去派到冀州的马差“仅止八匹，至多不过十匹”，而从同治十二年(1873)，“孙方伯忽派二十匹”，数量增加一倍。时任知州的吴棨，曾“查明旧章，秉请减派”，当时得到宪台亲笔复函，今后再遇派办此事“仍改为旧章”等等，并说明此函现存州案卷中。从这里看出吴知州为减少差徭，认真查找历史依据，以理据争。

再是吴汝纶为民请命晓之以理，动之以情。文中吴知州阐明本年所派十六匹马差，打算用捐款的方式照数办理，但后任是否还采用捐款方式照数办理，是否还采用捐款方式解决马差之事，就看本人了。如果后任“万一”仍然按增加马匹的数额派到民间，冀州则“瘠地穷民，实属难支”。正如宋代诗人黄庭坚诗中所说，一匹马差，民间百姓要拿出十头牛的费用来。所以，吴大胆严正地提出，今后“仍请改派復旧”并“通禀立案”，乞求上级给予批复。这表现出吴汝纶为民而忧、心系民众的真挚感情。

另，禀文第二段系关于冀州保甲之事，评价前任知州李秉衡，办理州事，极为认真。称赞冀州“风气纯朴”，将查出的“匪人”“编于另一户册”，同时打算对“匪人”加强管理与改造，使其变为新人。从而看出历朝历代都将长治久安，社会稳定当成大事来办。秉文的最后段落是吴提到的儿女家事，请总督给亲家毅山去函时，顺便劝说暂推儿女婚期。这虽说是件家事，但可看出吴知州与直隶总督李鸿章的融洽关系。

通览这篇禀文，可以看到清代封建社会，就有吴汝纶这样不唯书、不唯上、不瞒报、不推诿，千方百计为贫苦民众理事的廉政官吏。这种为官作风不仅难能可贵，而且使华夏儿女“先天下之忧而忧，后天下之乐而乐”的可贵精神得以传承。还可以看出冀州“风气纯朴”，系成就勤政廉政官员的沃土。因而增强了在此为官者的“为官一任，造福一方”的信念和力量。同时禀文无论在资料学术价值方面，还是在艺术文化价值方面，都是不可多得的佳品。

作者：衡水市文化局干部，《冀州市志》主编

桐城派三祖文化遗存述略

唐红炬

桐城派，亦称桐城文派。清代文学流派。因创立这个文派的皆是桐城人而得名。方苞、刘大櫆、姚鼐以其对桐城派的开创之功，被尊为“桐城派三祖”。本文拟对其三人故居、墓葬、书院、书法作品等遗存作一概述，为保存资料起见，少数今已不存的旧址亦作了简要介绍。

将园　方苞故园。在江苏省南京市，位于由正街之西。方苞曾大父自桐城迁金陵始居此，其后定居土街。宅出质，园无主，长廊曲槛、轩亭花石遂尽于居民之毁窃而荒秽。康熙四十三年（1704 年）7 月，方苞的父亲收回老宅。“因步园之旧址，缭以百堵，隔居民之漱浣者。然后出池之淤以实下地，而清流汇焉。堰之使方，圃其四周。池东有独树，荫三丈余，甃其下，可列坐，风謖謖，虽盛夏不留蚊蝇。先君子日召故人欢饮其间，将俟其成，而名之曰‘将园’，取诗人‘将父’‘将母’之义也”（方苞《将园记》）。康熙四十七年（1708 年），方苞在池之东北隅构四室，奉老母居其北，自己读书其南。又数年，复于池东南隅为堂，敞其中，椳其左右，而翼其西偏以临于池。庑堂之东，上属于四室，编篱穿径，列植竹树。每饭后，扶老母循庑至南堂，观仆婢莳花灌畦；或立池上，视月之始生，清光莹然。南堂成于康熙四十九年（1710 年）之春，其西翼尚未完工。康熙五十年（1711 年），方苞因《南山集》牵连被逮。又二年出狱。出狱之次年，宅仍他属。又三年，园亦出质。方苞作《将园记》记所由始，示兄子道希："使知此大父母精神所凭依，而余之心力尝竭焉，毋淹久于他姓也。"将园今已不存。

田间先生墓表　表彰钱澄之生前事迹的墓碑，方苞撰文。表于乾隆二年（1737 年）。在安徽省桐城县（今属安徽省铜陵市枞阳县）瓦山镇，位于桃花村桃花山南麓钱澄之墓前。1985 年枞阳县文物普查发现后，移至桃花村村部保存。碑高 3 米，宽 1.5 米，厚 0.2 米，楷书阴刻，共 685 字。题为：《田间先生墓表》。记述田间先生昌言以诋逆奸余党某御史，主几社、复社坛坫与诸老相望等"志节之盛"。末署"乾隆二年十有二月望前日，后学方苞表"，光绪二十五年（1899 年），后裔建碑。田间先生即钱澄之，初名秉镫，字饮光，一字幼光，晚号田间老人，安徽省桐城县人。

方苞墓　方苞、方百川、方椒塗三兄弟合葬墓。在江苏省南京市江宁区，位于牛首山梁塘庙沙场村南半里许。背倚山冈，左右山峦环抱，墓向西北。墓碑已仆。碑文曰："桐城方百川兄弟同圻碑。乾隆十七年十二月初一日立石。皇清诰授通奉大夫显考灵皋府君之墓。男道兴，孙超、惟醇、惟稼、惟寅、惟俭、惟忠、惟俊、惟恕，曾孙其襄、其训敬立。皇清待赠承德郎顺天府通判文学显考百川府君之墓。男道永，孙惟敬、惟诚，曾孙其旋敬立。清故叔父椒塗府君之墓。赵国麟题。姪道永、道兴敬立。"据苏惇元《望溪先生年谱》云：方苞"与兄百川、弟椒塗相友爱，不忍远离，百川约曰，吾兄弟三人，异日当共葬一邱，不得以妻附。"在全国第一、第二、第三次文物普查中均未发现此墓。1941 年《国艺》第三卷第四期发表的静庵《访方望溪先生墓记》，对此墓线索有详细记载。

教忠祠　亦称"方氏祠堂""方苞教忠祠"。在江苏省南京市鼓楼区，位于龙盘里 14 号，为方氏家祠。乾隆七年

（1742 年），方苞 75 岁因病解职，回南京清凉山麓乌龙潭畔寓居，并择地营造宗祠。以其五世祖方法（字伯通）曾任四川都司断事并为建文朝死节，故祠名“教忠”。祠为四进十二间，中室祭祀五世祖断事公方法，西室祭祀始祖以下四祖，东室祭祀方法的子孙。两侧二十余间厢房供赴南京赶考的方氏宗亲子弟居住。全部建筑占地 5.88 亩，计 3921.96 平方米。中华人民共和国成立后尚存房屋三进九间，由方苞后裔居住。1984 年曾列为南京市鼓楼区文物保护单位。20 世纪 90 年代初旧城改造中被拆除，在故址上建起了开元新居。

临谿小坐楷书诗册　方苞书法作品。湖北省博物馆藏。纸本，墨笔。纵 22 厘米，横 18.2 厘米。诗曰：“临谿小坐意悠然，写出无怀与葛天。巾襪不知何处去，清凉自觉此中偏。树头风可凭呼下，沙外鸥堪作伴眠。我有家园当暑闭，只容佳梦到花前。”款署：“石城方苞题于燕山客舍”。下钤二方印。其中，“方苞之印”篆书方印朱白相间，“方”“印”二字为白文，“苞”“之”二字为朱文；“灵皋”方印为朱文篆书印。诗中的“无怀与葛天”，指传说中的上古帝王无怀氏和葛天氏，在他们的治理下，民风淳朴。《路史·禅通纪》载：“无怀氏，帝太昊之先。其抚世也，以道存生，以德安刑……当世之人甘其食，乐其俗，安其居而重其生。”又载：“葛天者，权天也。爰拟旋穹，作权象，故以葛天为号。其为治也，不言而自治，不化而自行，荡荡乎无能名之。其及乐也，八士捉扴投足、掭尾叩首，角乱之而歌八终。块柎瓦缶，武枭从之，是谓‘广乐’。于是封泰山，兴货币，以制数会，故沈滞通而天下泰矣。”后用无怀葛天指上古淳朴之世。方苞（1668—1749），安徽省桐城县人，寄籍江宁，多自称“龙眠方苞”。因金陵古称石头城，亦称石城，故此诗又署“石城方苞”。

书寄淮远年世兄楷书轴　方苞书法作品。作于乾隆三年（1738 年）。中国国家博物馆藏。刊于《小莽苍苍斋藏清代学者法书选集》（文物出版社，1995.5）。绢本，墨笔。纵123.5厘米，横62厘米。楷书八行，文曰："古之人，耳之於乐，目之於礼，左右起居，盘盂几杖，有铭有戒，动息皆有所养，今皆废此。独有'理义'之养心耳。但存此涵养意，久则自熟矣。敬以直内是涵养意。言不庄不敬，则鄙诈之心生矣；貌不庄不敬，则怠慢之心生矣。"题识："乾隆三年戊午十二月，捡程明道先生语，书寄淮远年世兄，望溪苞。"名下钤朱文篆书"方苞之印"、白文篆书"靈皋"二方印。

别业临青甸五律行书诗轴　方苞书法作品。安徽省博物馆藏。刊于《中国古代书画图目》第十二卷（文物出版社，1993年12月）。绫本，墨笔。纵133厘米，横42.5厘米。诗曰："别业临青甸，鸣銮降紫霄。长筵鸳鹭集，仙管凤凰调。树接南山近，烟含北渚遥。承恩咸已醉，恋赏未还镳。"题识："书为次辰年台，龙眠方苞。"名下钤朱文篆书"方苞之印"、白文篆书"靈皋"二方印。诗轴录唐代诗人李峤《侍宴长宁公主东庄应制》诗。书法凸显颜筋柳骨，取《始平公造像记》方笔之极轨，含《颜家庙碑》之庄严，寓《神策军碑》的秀逸劲健。

乌龙潭放生举本记碑　方苞撰文。作于乾隆十年（1745年）。在江苏省南京市古楼区，位于乌龙潭颜鲁公祠内。青石质地，共三块。其中两块嵌于颜鲁公祠二厅东墙上，每块碑长87厘米，高34厘米，厚10厘米。另一块嵌在人厅西墙上，长64厘米，高37厘米，厚10厘米。相传唐颜鲁公为浙西节度使驻升州，奏请为放生池，并发明放生池经营之法，为后世所守之。碑文中方苞考证放生池原址在玄武湖，而不是在今乌龙潭，至明初才"易湖以潭"。而言及重修放生池及写《记》因由，缘于"三学诸生讼言，请修庵，返颜公神位，复放生旧制。巡抚部院祁阳陈公（大受），捐俸为公家所不能及，苟有力当独身任之……时余寓居潭旁，首事者曰'宜有记'，遂为之书。”末署：“乾隆十年季春，望溪方苞撰，天门唐建中书，宝应汤鐨镌。”

刘大櫆故居　在安徽省桐城县（今属安徽省铜陵市枞阳县）后方乡，位于周岗村刘家周庄。据《刘氏宗谱》记载，刘大櫆曾祖父刘日燿于明崇祯十四年（1641年）以岁贡生授歙县训导，明亡后，归故里陈家洲。陈家洲滨江，常被水患，乃迁于合明山之麓建房定居。因当地周姓较多，便以“刘家周庄”名之。清康熙三十七年（1698年），刘大櫆出生于此。故居坐落于村庄西侧，原有房屋三进，占地面积300平方米，东为书房，名曰“缥碧轩”，西有花园，名曰“一掌园”。刘大櫆曾写有《缥碧轩记》和《一掌园记》叙其事。

勺园　刘大櫆曾在此为张闲中子弟设帐授徒，后为方宗诚购得。在安徽省桐城市文昌街道，位于西环城路东侧68号，与六尺巷邻近。园极小，然极精。园内“九间楼”，上下两层各五间，楼下中屋为过厅，故云“九间楼”，系方宗诚的藏书楼。后为其后代诗人方守敦住宅，短垣外障，圆门通达，入门则“楼”，砖砌回廊，雕花木扇，窗明几净，高墙小院。立一方铭石，镌刻着“立云”二字。植数株榴梅，简洁明快，清新可人，典型的桐城文人之居住处。当代文学家舒芜（方管）在此度过童年。1988年5月，桐城县人民政府公布“方氏九间楼”为桐城县文物保护单位。

四望亭　刘大櫆晚年著书讲学之处。在安徽省桐城县（今属安徽省铜陵市枞阳县），位于枞阳镇凤凰山之南，为枞川十大名胜之一。乾隆二十六年（1761年），刘大櫆出任黟县教谕，乾隆三十二年（1767年），刘大櫆辞官归枞阳，营建此亭，取《楚辞·九歌·河伯》“登昆仑兮四望，心飞扬兮浩荡”之意。亭内珍藏大量古籍善本，并在此居住达十年之久。四望亭后毁于战火，今旧址尚存。

刘大櫆墓　刘大櫆夫妇合葬墓。在安徽省桐城县（今属安徽省铜陵市枞阳县）金社乡向荣村，位于张家庄东侧的张家大洼山半腰刘氏先茔之左，人称“刘家筲箕地”。东临枫树冲，西挨汤家山，北接鹤树岭，南望白荡湖，居高临下，视野开阔。墓地坐东北朝西南，占地面积为250平方米。靠山立碑，楷书阴刻碑文曰：“皇清勅授修职郎刘公海峰先生/皇清勅封孺人母吴太君之合墓”，上款为“嘉庆四年岁次己未季冬谷旦孙符琢立石”，下款为“赐进士出身翰林院编修刑部广东司郎中世愚侄姚鼐顿首拜题”。前立门人吴定撰题墓志铭碑，言“先生状貌丰伟而性情直宽，博读书，工辞章之学”，赞扬先生“其才之雄，兼集庄骚左史韩柳欧曾苏王之能，瑰奇恣睢，铿锵绚烂，足使震川、灵皋惊退改色”的文采。“文化大革命”期间，墓志铭碑被毁。1988年3月，枞阳县人民政府公布其为县级文物保护单位，1985年5月安徽省人民政府公布其为省级文物保护单位。保护范围以墓冢为中心，东、西、南、北各20米。

托兴和怀行书八言联　刘大櫆书法作品。小莽苍苍斋旧藏。今藏中国国家博物馆。描金花卉纹蜡笺，墨笔。纵190厘米，横45.5厘米。联曰：“托兴永言，情文尽致；和怀虚抱，将相齐能。”款署：“海峰大櫆”。下钤方印两枚。

题孙孟然品酒图行书诗跋　刘大櫆书法作品。安徽省博物馆藏。纸本，墨笔。诗曰：“天上酒星地酒泉，清者为圣浊者贤。古来贤圣皆爱酒，何独于今孙孟然。吾闻酒者天之禄，持以养人生百福。长乐宫中觞九行，步兵厨下酿千斛。左手持螯右把杯，拍浮其中一生足。青田之核衡阳酃，关中白薄高公清。松叶臱花八风涑，竹碧鹅黄千日醒。西蜀东吴各异造，妙香殊色难知名。此间高下有伦次，谁谓醇醨无定评。高堂广座罗宾友，并坐鼓琴还击瓴。小蛮凿落纷纵横，自卯同倾将及酉。稌穲那用作经程，但愿河东日一斗。君不见阮遥集，百钱挂杖常自随。又不见山季伦，乘骢倒著白接離。金貂只作换酒具，酩酊凭教无所知。孙郎昂藏天下士，捧罂承槽非本意。胸中壘块故须浇，一月二十九日醉。车轮括颈庸何伤，失一老兵豈复计。披图故态恍如昨，糟浆之风犹逆鼻。從使人呼老渴羌，我知酒中有真味。”题识：“品酒图，为孟然年学兄题照。桐城刘大櫆。”名下钤朱文篆書“大櫆”、白文篆书“一字畊南”二方印。

姚鼐故居　有两种说法：①在安徽省桐城市文昌街道公园居委会，位于桐城中学校园内。姚氏十世迁入县城，先后居“天尺楼”“雁轩”“树德堂”“初复堂”。雍正九年（1731年）十二月二十日，姚鼐生于桐城南门树德堂，八岁时（1738年）由树德堂徙居桐城北门口初复堂，建惜抱轩为其书房。轩前传为姚鼐手植银杏树尚在，故居已不存。②在南京市老门东陶家巷5号。传为姚鼐生前在南京主持钟山书院讲席时所遗故居。建筑坐西朝东，前后共四进十二间。室中住有姚姓后人，称其宅为先祖姚鼐于扬州迁来南京后建造，现已辟为姚鼐纪念馆。

惜抱轩银杏树　姚鼐书房“惜抱轩”前院之宅树，传为姚鼐手植。在安徽省桐城市文昌街道公园居委会，位于桐城中学校园东侧。银杏树至今已有二百余年，树围2.8米，高21米，树冠面积为39.16平方米，挺拔参天，枝繁叶茂。1986年桐城县人民政府拨款于树周围建六方形栏杆，勒石立碑，楷书阴刻：“本校东隅，原为桐城派文学大师姚鼐先生故居。姚先生自公元1738年来居于此，至1955年划归本校改建教学楼，姚先生及其后裔计居217年，此银杏树乃姚氏园中故物。建栏保护，以供欣赏，如睹前贤之风范，因刻石纪念。1986年秋，桐城中学志。”1988年5月，桐城县人民政府公布为县级文物保护单位。

惜抱轩　姚鼐书房。在安徽省桐城市文昌街道公园居委会，旧址位于桐城中学校园东侧。据姚鼐第七世孙姚示章传述，先祖惜抱轩乃取“寸阴是惜，必以抱之”之意。轩已不在。

梅花书院　在江苏省扬州市，位于广陵路248号。始建于明嘉靖时。乾隆四十二年（1777年），盐运使朱孝纯接受呈请，重新修缮了书院楼宇，书写“梅花书院”匾额镌刻于门楣上，并请著名文学家姚鼐掌院。书院进入由盐官兴学、盐商助学，名师硕儒频频往来，最为辉煌的鼎盛时期。姚鼐主讲梅花书院时，以古文义法教授弟子，曾编《古文辞类纂》作为教学古文的教科书。书院还常常邀请名流学者讲学，活跃学术空气，开阔生徒视野，因而“四方来肄业者甚多”“一时群才蔚兴”，有“照耀江淮之盛”。朱孝纯于乾隆四十五年（1780年）辞官北上归京，姚鼐也辞去梅花书院掌院一职离开扬州。同治五年（1866年）盐运史丁日昌在东关街重建书院，由书画家吴让之书写“梅花书院”雕成石额。同治七年（1868年），该处让位于安定书院，梅花书院迁至左卫街官房，即今址。梅花书院现存旧屋还有楠木大厅，厅前三面回廊。厅后接二进二层木楼，皆面阔三间，前后主房三进处于同一中轴线上，中庸规整。各进明间后檐墙原来都设置中门，使之前后贯通，按需分合。二进楼宅前后对峙，又相互串接。光绪二十八年（1902年）梅花书院改为“尊古学堂”，光绪三十四年（1908年）改为两淮师范学堂，1912年改为“江苏省立第五师范学校”。1914年五师迁大汪边，原址办小学。1972年改为“扬州七中”，1980年改办“扬州职业技术学校”。

故崇正书院　在江苏省南京市，位于清凉山东侧。姚鼐在乾隆五十五年至嘉庆五年（1790—1800）、嘉庆十年至嘉庆二十年（1805—1815）先后两此在江宁主讲钟山书院，达二十年之久。而故崇正书院附近清凉山颠翠微亭，则是他在江宁时“每徘徊”之处。当时曾作《游故崇正书院记》，记述了崇正书院的历史延革，以及从东汉建安十七年（212年）孙权筑石头城以来，历经南唐至明清十几个世纪的沧桑巨变。书院系明嘉靖年间南京督学御史耿定向创办。倚山就势，筑殿堂三进，题名“崇正书院”，意取南宋丞相文天祥“天地有正气”句，并有推崇儒学正传之意。书院建成以后即令南京所属十四府选拔优秀诸生来书院学习，耿定向亲自主讲，其学生焦竑管理书院日常工作。数十年间培养了一批人才，其中有焦竑、王艮等。耿定向去世后，曾考上状元的焦竑为追悼先师，于万历初年改书院为祠堂，并题记“耿天台先生讲学处”。此后，祠堂一度改为“云巢庵”。清乾隆年间，庵堂毁于火灾，僧人展品募资“修饰其祠宇”，增筑“江天一线阁”、禅房等建筑，作为佛事活动场所，仍沿称“崇正书院”名称。清咸丰年间，书院再次毁于战火。清同治四年（1865 年），僧人可曾募资重建，建有地藏殿、灵宫殿等建筑，改名为“小九华寺”。“文化大革命”期间，寺院毁坏殆尽。1980 年，南京市政府拨款重修崇正书院，东侧廊壁嵌有书法家沙曼翁书写的姚鼐《游故崇正书院记》碑。

钟山书院　位于江苏省南京市白下区。乾隆五十五年（1790 年），姚鼐主持钟山书院。此后，他除赴安庆敬敷书院一段时间外，均在此主持，直到嘉庆二十年（1815 年）病逝。这是钟山书院的鼎盛时期。姚鼐在主持钟山书院时，已年届古稀，仍创作不止，直到去世前，仍有文章问世，留下了大量优秀古文。此间，他负责撰修了《江宁府志》。《江宁府志》自康熙七年陈开虞修撰之后，历时一百四十年没能重修。百年间，人物风情发生极大的变化，亟须重新编修府志。嘉庆十六年，江宁知府吕燕昭开馆延士，重新修《江宁府志》，并请当时已年届八旬的姚鼐负责总修。姚鼐等人广搜博访，将所得资料“缺者补之，讹者正之，谬者削之”，经过七个多月的艰苦劳动，最终成书 56 卷。《江宁府志》记述了自古至清江宁的人物、地理、风俗、制度等各方面的情况，尤其是对于康熙到嘉庆一百多年的历史状貌，做到详尽备实，言之有据，其载述宏富，征引浩博，文辞精炼，尤其是在山水志和人物志中均有简洁生动之笔。对于艺文，抄撮省志、采问故家、参诸旧史及四库存书目著录，以补前志之缺，对人物的经历叙述极详，记述人物占全志篇幅的60%左右，其中科贡表又约占人物的30%，列女和秩官表各占人物的17%左右。姚鼐撰修的《江宁府志》为后人留下了一部翔实的研究南京的史籍。钟山书院是清代南京众多书院中规模最大、影响最广、最为著名的书院，执掌书院的山长中，又以桐城派大师姚鼐最享盛名。姚鼐在主讲钟山书院的二十二年中，培养了大批学人，以方东树、梅曾亮、管同、姚莹最为著名，后世称为“姚门四杰”。钟山书院始建于雍正二年（1724年），原址在今太平南路白下会堂所在，后临火瓦巷。本为钱厂，雍正二年总督查弼纳改钱厂为钟山书院，雍正十年又加修治，有“门二层，堂二进，楼二层，两旁斋舍百余间”（见《乾隆江南通志》）。清世宗胤禛赐御书“敦崇实学”匾额，悬挂院内。乾隆十六年、二十二年、二十七年、三十年、四十五年，清高宗弘历五次南巡至江宁，皆在钟山书院召试士子（见《首都志·大事表》）。书院山长由督抚聘请当时著名学者担任，学生来源由“驻省道员专司稽查，各州县秉公选举，布政使会同该道再加考验”（见《光绪会典·礼部》），十分严格。咸丰年间，钟山书院被毁。同治三年，天京被湘军攻克，曾国藩在回光寺故址恢复钟山书院。光绪七年（1881年），又在钱厂原址重建（见《首都志·大事表》）。光绪二十八年废科举后改为“江南高等学堂”。1912年改为“江苏省立第四师范学校”。1927年改为“江苏省立南京中学”，房舍已非钟山书院原貌，但地形范围，大体未变。1946年在此开办江苏省立江宁师范学校。建国后此处为市师附小、太平路小学、白下区职工业余学校，1984年5月在此处建成白下会堂。

孝子胡汝彩墓志铭碑　姚鼐撰。作于乾隆四十七年(1782年)。在安徽省桐城县（今属安徽省铜陵市枞阳县）邱山镇，位于叶庄小胡山南麓，立于胡汝彩墓前。1985年枞阳县文物普查发现后，移至七桥村村部保管。墓志铭碑高2米，宽1米，厚0.12米，楷书阴刻，共702字。题为:《孝子胡汝彩墓志铭》。叙述孝子佣工孝养母病，前后达三十余年无怨言，母没负土成坟，即坟旁挂片席而居，露冷风凄，以积困成腹疾而卒的孝行。款署:“赐进士出身、奉政大夫、刑部广东司郎中、充四库全书纂修官、前礼部祠祭司员外郎、辛卯科会试同考官、庚寅科湖南乡试副考官、仪制司主事、戊子科山东乡试副考、官翰林院庶吉士姚鼐拜撰。”

姚鼐墓志　存放于姚鼐墓中，记载墓主姓名、籍贯、家世、妻室、子嗣、生平事略、生卒年、墓葬地的刻石。安徽省枞阳县文管所藏。长方形，石灰石质地，保存完好。长52厘米，宽53厘米，厚2.8厘米。二十一行，满行二十字，共四百一十二字。竖行阴刻，小楷书体。书法工整，雕刻细致。未署撰者、书者姓名。“文化大革命”期间，坐落在枞阳县义津镇阮畈村小伍庄铁门口的姚鼐墓遭到破坏，墓志被挖出抛于荒野，后被当地一村民搬回保存。1983年11月，枞阳县文管所征集收藏。

姚鼐墓　姚鼐与元配张恭人合葬墓。在安徽省桐城县（今属安徽省铜陵市枞阳县）义津镇，位于铁门口小伍庄南侧的姚师山。墓地依山面水，坐北朝南，占地面积为240平方米。前有姚氏裔孙于清嘉庆二十四年（1819年）所立墓碑，墓碑正中楷书阴刻“皇清诰授朝议大夫刑部广东司郎中重晏鹿鸣钦加四品顶戴前翰林院庶吉士加二级惜抱姚公/诰封恭人姚母张恭人之墓”文字，右侧具:“赐进士出身资政大夫兵部侍郎兼都察院右副都御史巡抚广西加五级门下晚学生赵慎畛顿首拜题”。1963年，枞阳县人民委员会公布其为县级文物保护单位，1986年7月安徽省人民政府公布其为省级文物保护单位。姚鼐墓的保护范围是：以墓冢为中心，向东8米，向西7米，向南12米，向北4米。

讲易铭随形澄泥砚　姚鼐自用砚。小莽苍苍斋（十学人砚斋）旧藏。刊于《收藏家》（1999年第五期）。澄泥质地，砚底行书题“讲易”两个大字，苍劲有力，行书小字“姚鼐”署款，朴实端庄。下铭白文篆书“姬传”方印。砚体略近三角形，呈鳝鱼黄色，包浆沉积，光泽自然。配以紫檀砚盒。少事雕饰，简洁大方。

录李白诗三首行书卷　姚鼐书法作品。作于嘉庆十三年（1808年）。安徽省博物馆藏。刊于《中国古代书画图目》第十二卷（文物出版社，1993年12月）。纸本，墨笔。纵196厘米，横35厘米。录李白《金陵城西楼月下吟》《江上吟》《金陵酒肆留别》诗三首。款署：“惜翁，书似井楼甥。”下钤白文篆书方印。

黄昏急雨七绝行书诗轴　姚鼐书法作品。作于嘉庆十三年（1808年）。安徽省博物馆藏。刊于《中国古代书画图目》第十二卷（文物出版社，1993年12月）。纸本，墨笔。纵125厘米，横57.5厘米。诗曰：“黄昏急雨夜中收，起见华云吐玉钩。久立玲珑阶下影，树梢风过已鸣秋。”题识：“绍□贤姪。时嘉庆戊辰十月。”下钤下钤朱文篆书“姬传”方印。

录旧句行书七言诗轴　姚鼐书法作品。北京市文物商店藏。刊于《中国法书全集》（文物出版社）。纸本，墨笔。纵108.5厘米，横27.5厘米。行草书诗曰：“积雨晴时风满襟，夕阳空院落疏阴。暑过秋至關誰事，付与寒蝉树上吟。”款署：“录旧句书似纫兰同学兄，姚鼐。”下钤朱文篆书“姬传”、白文篆书“姚鼐之印”二方印。启首印朱文篆书“惜抱轩翰墨”方印。姚鼐行草书墨迹萧疏澹宕，飘逸秀姿中蕴藏儒雅文士气息。

高斋西面七绝行书诗轴　姚鼐书法作品。湖北省博物馆藏。纸本，墨笔。纵82.6厘米，横37.4厘米。行草书诗曰："高斋西面向澄江，缓酌兰陵春酒缸。莫厌坐深风霜重，霄分圆月始盈窗。"款署："壬寅秋八月，漫录近句，惜抱居士鼐。"下钤朱文篆书"姬传"方印。启首印朱文篆书"惜抱轩翰墨"方印。姚鼐行草书墨迹萧疏澹宕，飘逸秀姿中蕴藏儒雅文士气息。

七绝行草诗轴　姚鼐书法作品。纸本，墨笔。江苏省南通博物苑藏。《中国古代书画图目》第六卷（文物出版社，2009年5月）著录。

五律行书诗轴　姚鼐书法作品。纸本，墨笔。江苏省南通博物苑藏。《中国古代书画图目》第六卷（文物出版社，2009年5月）著录。

七绝行书扇页　姚鼐扇面书法作品。纸本，墨笔。江苏省扬州市文物商店藏。《中国古代书画图目》第六卷（文物出版社，2009年5月）著录。

背临董文敏十洲记行书轴　姚鼐书法作品。纸本，墨笔。作于道光三年（1823年）。江苏省镇江市博物馆藏。《中国古代书画图目》第六卷（文物出版社，2009年5月）著录。

春楼十里行书七绝诗轴　姚鼐书法作品。四川省博物馆藏。纸本，墨笔。纵82.1厘米，横38厘米。诗曰："春楼十里珠帘捲，仿佛三生杜牧之。芍药梢头初茧栗，扬州风动鬓成丝。"款署："书似訒斋贤友，惜翁。"下钤白文篆书"姚鼐之印"方印。启首印：朱文篆书"梦谷"椭圆形印。这幅行草书飘洒自如，无拘无束，既舒展奔放，又婀娜多姿，轻松流畅之中，时出章草笔意，这在乾隆、嘉庆时代是少见的。

茅屋竹书行书十九言联　姚鼐书法作品。安徽省博物馆藏。刊于《中国古代书画图目》第十二卷（文物出版社，1993年12月）。纵131.3厘米，横26.3厘米。联曰："茅屋八九间，钓雨耕烟，须信富不如贫，贵不如贱；竹书千万字，灌花酿酒，益知安自宜乐，闲自宜清。”题识：“石如老长兄嘱，桐城姚鼐书。”据姚鼐裔孙姚永朴《旧文随笔·邓石如先生》所记，联文为邓石如自撰。

赠阜祥行书七绝诗轴　姚鼐书法作品。中国国家博物馆藏。刊于《小莽苍苍斋藏清代学者法书选集》（文物出版社，1995 年 5 月）。高丽本，墨笔。纵 107 厘米，横 40.8 厘米。诗曰：“积雨晴时风满襟，夕阳空院落疏阴。暑过秋至關誰事，付与寒蝉树上吟。”题识：“书似阜祥学博，姚鼐。”名下钤白文篆书“臣鼐私印”、朱文篆书“姬传”二方印。启首印：朱文篆书“萝縠”椭圆印。收藏印：白文篆书“家英之印”方印。诗轴录姚鼐旧作。姚鼐行书墨迹萧疏澹宕，飘逸秀姿中蕴藏儒雅文士气息，不同凡响。

万类同春行书七言联　姚鼐楹联书法作品。安徽省桐城市博物馆藏。纸本，墨笔。纵 120 厘米，横 26 厘米。联曰：“万类同春人己合，大虚为室岁年长。”题识：“集稧帖似浣江六姪，惜抱居士鼐。”名下钤白文篆书“臣鼐私印”、朱文篆书“姬传”二方印。此联为姚鼐晚年所作。据周中明先生考证，姚鼐在乾隆四十八年（1783 年）五十三岁后始自称“居士”。

碧玉根鑱七绝行书折扇面　姚鼐扇面书法作品。安徽省桐城市博物馆藏。纸本，墨笔。纵 24 厘米，横 52 厘米。诗曰：“碧玉根鑱白玉脂，惊雷古树出金芝。春蔬自胜鸡豚味，不为寒酸菜肚宜。”题识：“□人贤□鉴，惜翁。”名下钤朱文篆书“姚鼐”方印。启首印：朱文“惜抱轩”长方形印。

录陈献章梅花诗行书折扇面　姚鼐扇面书法作品。安徽省桐城市博物馆藏。纸本，墨笔。纵 23 厘米，横 52.5 厘米。诗曰：“沙笼寒月树笼烟，香澈梅溪水底天。斜隔竹林窥未得，更寻西路上渔船。”题识：“书似宋卿学兄，惜翁。”名下钤朱文篆书“姚鼐”方印。录明陈献章《陈白沙集·梅花》诗。

临李北海缙云三帖行书页　姚鼐书法作品。作于嘉庆元年(1796 年)，安徽省桐城市博物馆藏。绢本，墨笔。共两页，每页纵 41. 5 厘米，横 28 厘米。题识："临李北海缙云三帖。嘉庆元年九月十三日秋雨初晴，于钟山书院为引恬贤友仿唐人书，鼐。"名下钤朱文篆书"姬传""姚鼐"二方印。

临枯树赋行书页　姚鼐书法作品。安徽省桐城市博物馆藏。绢本，墨笔。纵 42. 5 厘米，横 28 厘米，共两页。赋曰："殷仲文风流儒雅，海内知名。代异时移，出为东阳太守。常忽忽不乐，顾庭槐而叹曰，'此树婆娑，生意尽矣'。至如白鹿贞松，青牛文梓，根抵盘魄，山崖表里。桂何事而销亡，桐何为而半死？昔之三河徙植，九畹移根。开花建始之殿，落实睢阳之园。声含嶰谷，曲抱《云门》。将雏集凤，比翼巢鸳。临风亭而唳鹤，对月峡而吟猿。乃有拳曲拥肿，盘坳反覆。熊彪顾盼，鱼龙"。钤"得五楼"启首印。《枯树赋》是魏晋南北朝时期的一篇骈体文，作者庾信。

积雨晴时七绝行书诗轴　姚鼐书法作品。安徽省博物馆藏。纸本，墨笔。诗曰："积雨晴时风满襟，夕阳空院落疏阴。暑过秋至關誰事，付与寒蝉树上吟。"款署："姚鼐"。诗轴录姚鼐旧作。姚鼐行书墨迹萧疏澹宕，飘逸秀姿中蕴藏儒雅文士气息。

刘海峰先生传手稿行书轴　姚鼐文稿书法作品。中国国家博物馆藏。纸本，墨笔。纵 24. 5 厘米，横 22 厘米。传中记载了海峰先生姓名、字号、地望、生卒年。伟躯巨髯、能以拳入口的身形，嗜酒、谐谑、与人易良无不尽的个性。记述康熙末年，方侍郎苞名重于京师，"见海峰大奇之，语人曰'如苞何足言耶，吾同里刘大櫆乃今世韩欧才也!'"的相重相惜、推介提携之举。"然自康熙至乾隆数十载，（先生）应顺天府试两登副榜，终不得举。乾隆元年举博学鸿词、十五年举经学，皆不录用。朝官相知，提督学政者率邀之幕中阅文，因历天下佳山水，为歌诗自发其意”的曲折经历。介绍了先生少时与鼐伯父薑坞先生及叶庶子酉的交谊和“尝谓鼐，吾与汝再世交矣”的师生情义。盛赞“海峰则文与诗并极其力，能包括古人之异体镕以成其体，雄豪奥秘，麾斥出之”的绝出之才，以及先生“其文与诗皆有雕版，鼐欲稍删次之，合为集未就，乃次其传”的原委。文稿中修改近二十处。

雨昏风动七绝行书诗轴　姚鼐书法作品。安徽省博物馆藏。刊于《中国古代书画图目》第十二卷（文物出版社，1993 年 12 月）。纸本，墨笔。纵 99 厘米，横 42.8 厘米。诗曰：“雨昏石砚寒云色，风动牙籤乱叶声。庭下已生书带草，使君疑是郑康成。”款署：“惜翁”，下钤白文篆书“姚鼐之印”方印。此作录自宋苏轼《和文与可洋川园池·书轩》诗。书带草一名沿阶草，即麦冬，叶长而极其坚韧，相传汉郑玄门下取以束书，故名。

直干枝稀七绝行书诗轴　姚鼐书法作品。江西省上饶市婺源博物馆藏。纸本，墨笔。纵 104.5 厘米，横 39 厘米。诗曰：“直干枝稀似立虬，裂柯横草翠还抽。七珠嘉庆三年看，更历人间几百秋。”题识：“旧句书似养中世长兄，鼐。”下钤朱文篆书“姬传”方印。启首印：朱文篆书“梦谷”椭圆形印。此诗在姚鼐《惜抱轩诗集》中的诗题为《古柏庵》，“直干枝稀”作“高干枝稀”。

致何元烺何道生行书手札两通　姚鼐写给何元烺、何道生兄弟的书信。小莽苍苍斋旧藏。刊于《小莽苍苍斋藏清代学者书札》（人民文学出版社，2014.9）。纸本，墨笔。其一：“得持衡书，云尊大人已弃荣养，老怀凄恻，殆不可堪。数十年之相知，于兹永绝。遥想诸世讲值此大痛，哀毁曷胜，犹望以礼自节，以全大孝耳。灵輀何时归里？鼐作一祭文，以达悲怀，令持衡陈一薄奠，想尚可及也。特此奉唁。砚农、兰士两世讲。姚鼐顿首。十月廿八日。”鑒藏印：“马积祚印”朱文方印。其二："鼐十一日未动身，以书院借作臬台公馆，须廿日外方可去。贤若赴郡，可于月尽月初也。鼐手简。"鑒藏印：朱文篆书"积祚审定"方印。收信人砚农即何元烺，山西灵石两渡村人，钦点翰林院庶吉士，嘉庆十四年御史，与兰士为兄弟。兰士即何道生，字立之，号兰士。乾隆五十二年(1787 年)，进士。历工部主事、员外郎、郎中，迁御史。出知江西九江府，以病告归。又起为甘肃宁夏府知府。居官廉敏，卒于任。

致汪志伊行书手札　姚鼐写给汪志伊的书信。小莽苍苍斋旧藏。刊于《小莽苍苍斋藏清代学者书札》（人民文学出版社，2014.9)。纸本，墨笔。文曰："初八日一书附东浦方伯处，上寄必已达左右。鼐决于明日登舟归矣。犬子朱卷谨寄呈阅，更希有以诲之。程二哥太夫人与其昆仲，合议为之赎眚，诚为佳事。伊现赴吴中递呈词，至于力为转移其间，俾之得遂承亲之志，此在乎仁人锡类之盛心，非第为乡情而已。附候。不具。稼门先生六兄大人。愚弟姚鼐顿首上。十月十三日。"名下钤朱文篆书"姬传"方印。收信人稼门即汪志伊，字稼门，安徽桐城人，清朝大臣。乾隆三十六年（1771 年）举人，充四库馆校对，议叙，授山西灵石知县。迁霍州直隶州知州。擢江苏镇江知府，调苏州，连擢苏松粮道、按察使。乾隆五十八年，迁甘肃布政使，调浙江。所至皆先除规费之在官者，然后以次裁革，严设科条。

致陈用光行书手札　姚鼐写给陈用光的书信。小莽苍苍斋旧藏。刊于《小莽苍苍斋藏清代学者书札》（人民文学出版社，2014.9)。纸本，墨笔，共四页。信中曰："当今时事艰难，士大夫惟有痛自刻苦而已。经学用功，诚为要务。窃谓学者以潜心玩索，另胸中有浸润深厚之味，不须急急于著述，斯为最善学也。至于作文作诗，亦以此意通求之为佳耳!"又曰："方今人乏财匮，上下以文相承，无实心，故无实政。慷慨建言，真大有裨于国，此其易言哉！如有所陈，大小深浅，自凭素所蓄蕴发之，非他人所能助也。”末署：“冬寒，惟珍重。不具。硕士编修。十月朔日姚鼐顿首。”下钤朱文篆书“姬传”“惜翁”二方印。启首印：朱文篆书“惜抱轩”长方印。

作者：安徽省桐城市博物馆研究馆员